W9-BAS-525

PAPER MONEY

Ken Follett est né à Cardiff en 1949. Diplômé en philosophie de l'University College de Londres, il travaille comme journaliste à Cardiff puis à Londres avant de se lancer dans l'écriture. En 1978, *L'Arme à l'œil* devient un best-seller et reçoit l'Edgar des auteurs de romans policiers d'Amérique. Ken Follett ne s'est cependant pas cantonné à un genre ni à une époque : outre ses thrillers, il a signé des fresques historiques, tels *Les Piliers de la Terre*, *Un monde sans fin*, *La Chute des géants* ou encore *L'Hiver du monde*. Ses romans sont traduits en plus de vingt langues et plusieurs d'entre eux ont été portés à l'écran. Ken Follett vit aujourd'hui à Londres.

Paru dans Le Livre de Poche :

APOCALYPSE SUR COMMANDE
L'ARME À L'ŒIL
LA CHUTE DES GÉANTS
LE CODE REBECCA
CODE ZÉRO
COMME UN VOL D'AIGLES
L'HOMME DE SAINT-PÉTERSBOURG
LES LIONS DU PANSHIR
LA MARQUE DE WINFIELD
LA NUIT DE TOUS LES DANGERS
LE PAYS DE LA LIBERTÉ
PEUR BLANCHE
LES PILIERS DE LA TERRE
LE RÉSEAU CORNEILLE
LE SCANDALE MODIGLIANI
TRIANGLE
LE TROISIÈME JUMEAU
UN MONDE SANS FIN
LE VOL DU FRELON

KEN FOLLETT

Paper Money

ROMAN TRADUIT DE L'ANGLAIS PAR VIVIANE MIKHALKOV

LE LIVRE DE POCHE

Titre original :

PAPER MONEY
Publié par New American Library,
un département de Penguin Group (USA).

© Zachary Stone, 1977.
© Librairie Générale Française, 2013, pour la traduction française.
ISBN : 978-2-253-16012-0 – 1re publication LGF

Introduction

De tous mes livres boudés par le public, *Paper Money* est à mon sens le meilleur. Je l'ai écrit en 1976, juste avant *L'Arme à l'œil*, et publié sous le pseudonyme de Zachary Stone, tout comme *Le Scandale Modigliani*. Ces deux livres partagent en effet la caractéristique de ne pas avoir de héros central, mais une multitude de personnages dont les histoires se déroulent en parallèle jusqu'au paroxysme final.

Ici, cependant, les liens entre les différents personnages relèvent moins du hasard que dans les deux autres romans. Cela tient au fait que je tenais à démontrer les interactions entre le crime, la haute finance et le journalisme, et plus particulièrement comment ces trois secteurs reposent sur un socle commun de corruption.

Comparé au *Scandale Modigliani* qui l'a directement précédé, *Paper Money* s'achève sur une note plutôt sombre, presque tragique. Mais c'est surtout en rapprochant ce roman de *L'Arme à l'œil* qu'on en apprend le plus. (Aux lecteurs qui préfèrent ne pas connaître les ficelles d'une intrigue avant de lire un livre, je conseillerais de passer directement au chapitre 1.)

La trame qui a servi de base à la construction de

Paper Money est sans nul doute la plus élaborée, la plus soignée de ma carrière d'écrivain à l'époque. Cela dit, l'ingéniosité de l'intrigue ne suffit pas à faire d'un roman un succès commercial et les ventes modérées de ce livre au moment de sa parution m'ont d'ailleurs enseigné qu'une telle complexité venait plus flatter l'auteur que satisfaire le lecteur. La structure de *L'Arme à l'œil*, d'une simplicité biblique, pourrait se résumer en trois paragraphes – en l'occurrence, ceux que j'ai pris pour point de départ quand je me suis lancé dans la rédaction du roman. Les personnages principaux ne sont pas plus de trois ou quatre, alors qu'on en compte bien une douzaine dans *Paper Money*.

Malgré une trame narrative sophistiquée, ce récit est deux fois plus court que *Le Scandale Modigliani*. Il est vrai que j'ai tendance à être trop concis dans mon travail d'écriture. C'est un penchant contre lequel je ne cesse de lutter. Ainsi, dans *Paper Money*, le style reste encore très dépouillé et les nombreux personnages y sont seulement esquissés ; il leur manque peut-être une certaine profondeur et toute la palette d'émotions qu'on attend d'un best-seller.

Cependant, la force de *Paper Money* se trouve précisément dans sa forme condensée. L'action se déroule en effet au cours d'une seule et même journée dans la vie d'un quotidien du soir londonien. (J'ai personnellement collaboré à un journal de ce type entre 1973 et 1974.) Heure par heure, chaque chapitre retrace, en trois ou quatre scènes, à la fois ce qui se passe à la rédaction du journal et les différents événements qui seront (ou non) repris dans la dernière édition. La structure de *L'Arme à l'œil* suit, elle, un schéma plus rigide encore puisqu'elle se divise en six parties de six chapitres chacune (sauf la dernière qui en compte sept). Le premier chapitre est toujours consacré à l'espion, le deuxième à ceux qui le traquent, et ainsi de suite jusqu'au sixième chapitre, où les précédents événements sont repris et développés sous leur angle international et militaire. À mon sens, la récurrence d'une partie à l'autre de cette alternance rythme le récit et donne au lecteur le sentiment d'une intrigue bien ficelée, d'autant que cette symétrie passe inaperçue. À ma connaissance, en tout cas, personne ne l'a jamais relevée.

Un autre point commun que partagent *Paper Money* et *L'Arme à l'œil* réside dans l'abondance de personnages secondaires plutôt réussis, tantôt truands, voleurs ou gamins attardés, tantôt prostituées, épouses de la classe ouvrière ou vieillards esseulés. Cette abondance, je n'ai pas voulu la reproduire dans mes livres ultérieurs parce qu'elle dilue l'intérêt du lecteur à l'égard des personnages principaux et de ce qui leur arrive. Mais peut-être suis-je là un peu trop pointilleux.

Par ailleurs, je ne suis pas sûr que l'idée d'un lien entre crime, haute finance et journalisme, fondé sur la corruption, soit aussi vraie aujourd'hui qu'elle ne l'était en 1976. Quoi qu'il en soit, *Paper Money* reste vraisemblable, du moins me semble-t-il, en ce sens qu'il nous offre un aperçu réaliste du Londres des années 1970 tel que je l'ai connu – avec ses flics et ses voyous, ses banquiers et ses call-girls, ses journalistes et ses politiciens, ses boutiques de luxe et ses taudis, ses rues et son fleuve. C'était le Londres que j'aimais. J'espère qu'il vous plaira aussi.

Ken FOLLETT.

SIX HEURES DU MATIN

CHAPITRE 1

La plus belle nuit de ma vie !

C'est ce qui vint à l'esprit de Tim Fitzpeterson lorsqu'il ouvrit les yeux et la vit, encore endormie, dans le lit, à ses côtés. Il n'osait pas bouger de peur de la réveiller, mais il la regardait à la dérobée dans la froide lumière de l'aube londonienne. Elle était étendue sur le dos dans cet abandon propre aux petits enfants, et cette fragilité lui rappela sa fille Adrienne à un tout jeune âge. Souvenir malencontreux qu'il s'empressa de chasser.

La fille était rousse et ses cheveux enserraient sa petite tête à la façon d'un chapeau, laissant bien dégagées ses oreilles, qu'elle avait minuscules. Tout en elle, d'ailleurs, était fin et gracieux, le nez, le menton, les pommettes, les dents. À un moment, au cours de la nuit, il avait posé ses grandes mains maladroites sur son visage, pressant délicatement de ses doigts le creux de ses yeux et de ses joues, écartant ses lèvres de ses pouces, laissant sa beauté irradier ses paumes, comme la chaleur apaisante d'un feu.

Le bras gauche de la fille reposait mollement sur la courtepointe rejetée au pied du lit, découvrant ses menues épaules et l'esquisse d'un sein.

Ils étaient allongés l'un à côté de l'autre, sans vraiment se toucher, mais Tim percevait la chaleur de sa cuisse. Il détourna le regard et fixa le plafond, laissant une joie quasi physique l'envahir au souvenir de la passion de leurs étreintes nocturnes.

Puis il se leva. Se retournant, il lança à nouveau un regard dans sa direction. Elle était toujours assoupie, ses mouvements ne l'avaient pas éveillée. Dans la blancheur du petit matin, elle restait aussi attirante que la veille, malgré ses cheveux emmêlés et son maquillage à demi effacé. L'aube ne se montrait pas aussi indulgente envers lui. Tim Fitzpeterson le savait et avait fait de son mieux pour rester silencieux : il préférait se jeter un coup d'œil dans la glace avant de se présenter à elle.

Nu, il traversa le salon en direction de la salle de bains. L'espace d'un instant, il considéra les lieux comme s'il les découvrait pour la première fois et les trouva d'un ennui accablant. Au vert délavé de la moquette répondait celui, plus sinistre encore, du canapé agrémenté de coussins à fleurs aux couleurs passées. Le bureau en bois aurait tout à fait trouvé sa place dans une entreprise, tout comme la vieille télé en noir et blanc, l'armoire à dossiers et les étagères pleines de bouquins de droit ou d'économie et de bulletins *Hansard* sur les débats du Parlement. Et dire qu'à une certaine époque, ce pied-à-terre à Londres lui paraissait fabuleux !

Dans la salle de bains était fixée une glace en pied, achetée par son épouse avant qu'elle ne se retire définitivement à la campagne. Pendant que la baignoire se remplissait, il s'y examinait en se demandant ce qui pouvait bien susciter chez cette jeune femme

– de quoi, vingt-cinq ans ? – un tel désir pour un homme d'âge mûr. Tim n'avait rien de ces apollons qui font régulièrement de l'exercice et fréquentent les salles de sport. Il n'était pas gros, mais un léger surpoids au niveau du torse, de la taille et des fesses alourdissait sa silhouette, déjà courtaude et trapue. Il n'était pas si mal physiquement pour un type de quarante et un an, mais, franchement, il n'y avait pas de quoi rendre folles les demoiselles les moins exigeantes.

À présent, la buée couvrait entièrement son reflet. Tim entra dans la baignoire. La tête posée sur le rebord, il ferma les yeux. Il n'avait pas dû dormir plus de deux heures, et pourtant il se sentait plutôt en forme. Élevé dans la conviction que la douleur, le mal-être, voire la maladie étaient les conséquences évidentes d'une vie de bâton de chaise, que fêtes et nuits blanches rimaient avec adultère et boisson et que de tels péchés, commis tous ensemble, attiraient forcément sur leur auteur la colère divine, voilà qu'il découvrait soudain que rien n'était plus faux. Non, il n'y avait pas de prix à payer pour cette vie décousue, c'était tout bénef !

La langueur le gagnait peu à peu tandis qu'il se savonnait. Tout avait commencé à l'un de ces dîners mortels donnés en l'honneur d'une organisation parfaitement inutile où quelque trois cents convives se voient offrir le sempiternel cocktail de pamplemousse, suivi du steak trop cuit et de la bombe glacée bien loin d'exploser en bouche. Dans son discours, Tim n'avait guère fait plus qu'exposer la stratégie du gouvernement en mettant l'accent sur les points susceptibles de susciter l'empathie du public. Plus tard, il avait accepté d'aller boire un verre ailleurs avec un collègue, un jeune économiste plein d'avenir, et deux personnes de l'assistance plus ou moins intéressantes.

Le night-club choisi était bien au-dessus de ses moyens, mais quelqu'un s'était chargé de payer l'entrée pour tout le monde. Une fois à l'intérieur, Tim, emporté par l'enthousiasme de cette virée impromptue, avait offert à ses compagnons une bouteille de champagne achetée sur sa carte de crédit. D'autres gens avaient ensuite rejoint leur groupe : le directeur d'une boîte de production de cinéma dont Tim avait vaguement entendu parler, un scénariste dont il ignorait tout, un économiste gauchisant qui lui avait serré la main avec un sourire narquois éludant toute tentative de parler business et, enfin, les filles.

Le champagne, de même que le côté inhabituel de la situation, lui avait fait un peu tourner la tête. Arrivé à ce stade, dans sa vie antérieure, il aurait ramené sa femme à la maison et lui aurait fait l'amour brutalement. Elle aimait ça, Julia, avant. De temps en temps. Aujourd'hui, elle ne venait plus en ville et lui-même ne sortait plus en boîte. Du moins, en règle générale.

Les filles ne leur avaient pas été vraiment présentées. Tim avait bavardé avec celle qui s'était assise le plus près de lui, une rousse à la poitrine menue, qui avait tout d'un mannequin dans sa longue robe pastel. Une actrice, lui avait-elle dit. Il s'était attendu à ce qu'elle se révèle ennuyeuse, et que, réciproquement, elle le trouve soporifique, mais visiblement il la fascinait. À ce moment-là, pour la première fois de la soirée, il avait eu la vague intuition que la nuit à venir pourrait bien lui réserver des surprises.

Leur tête-à-tête les avait bientôt isolés du reste de la compagnie. Lorsque quelqu'un avait proposé de changer d'endroit, Tim avait d'abord déclaré qu'il rentrait. Mais la rousse, le prenant par le bras, lui avait demandé de rester et il ne s'était pas fait prier : c'était bien la première fois, depuis au moins vingt ans, qu'il pouvait se montrer galant à l'égard d'une jeune et belle femme !

De quoi avaient-ils bien pu parler pendant les heures qui avaient suivi ? Tim tentait vainement de s'en souvenir tout en sortant de son bain. En matière de conversations mondaines, son travail au ministère de l'Énergie n'offrait guère de ressources : les sujets qu'il traitait en sa qualité de directeur de cabinet étaient ou bien hautement confidentiels, ou bien techniques. Avaient-ils parlé politique ? Aurait-il raconté sur son ton goguenard – le seul qu'il sache prendre lorsqu'il s'essayait à l'humour – des anecdotes sur des politiciens connus ? Impossible de savoir. Tout ce qu'il se rappelait, c'était la dévotion avec laquelle cette fille l'écoutait, le corps entier tourné vers lui : la tête, les épaules, les genoux et les pieds, dans une pose à la fois intime et provocante.

Il essuya la buée sur le miroir et passa sur son menton une main hésitante, mesurant la tâche qui l'attendait. Il était très brun ; s'il avait porté la barbe, elle aurait été très fournie. Le reste de son visage était des plus ordinaire : un menton fuyant, un nez pointu et marqué d'une tache blanche de part et d'autre de l'arête à l'endroit où reposaient ses lunettes – trente-cinq ans qu'il en portait –, une bouche plutôt charnue mais grave, des oreilles trop grandes, un front haut et intelligent. Un visage qui ne laissait rien transparaître de la personnalité de son propriétaire. Un visage exercé à dissimuler les pensées plutôt qu'à exprimer les émotions.

Il brancha son rasoir et grimaça de manière à faire apparaître entièrement sa joue gauche dans la glace. Il n'avait même pas pour lui d'être laid, qualité qui attire certaines femmes, avait-il entendu dire sans l'avoir jamais vérifié par lui-même, n'ayant pas l'heur d'appartenir à cette catégorie soi-disant privilégiée. Mais peut-être était-il temps de reconsidérer tout compte fait ces critères censés le définir.

Tim n'était pas un grand amateur de musique. L'eût-il été, ses goûts ne l'auraient pas porté vers le tapage assourdissant qui réduisait à néant toute tentative de conversation et qui faisait la renommée du Black Hole, le night-club où ils s'étaient rendus ensuite. Mais il avait dansé, ou, plus précisément, il avait imité la chorégraphie confuse de mouvements saccadés observée dans l'assistance et qui était apparemment de rigueur ici. Personne ne l'avait dévisagé d'un air moqueur, contrairement à ce qu'il craignait. Probablement parce que nombre d'entre eux étaient du même âge que lui.

Le DJ, un jeune barbu en T-shirt de la Harvard Business School, avait finalement passé un slow chanté par un Américain passablement enrhumé. À ce moment-là, Tim était sur la piste. La rousse s'était approchée de lui et l'avait serré contre elle. Ses intentions ne laissaient pas de place au doute. En sentant ce petit corps brûlant se coller à lui comme un linge humide, Tim n'avait pas tergiversé longtemps. Se penchant vers elle, à peine, car elle était presque aussi grande que lui, il lui avait murmuré à l'oreille : « Allons prendre un verre chez moi. »

Dans le taxi, il l'avait embrassée, chose qui ne lui était pas arrivée depuis des années. Un baiser passionné, au point qu'il était allé jusqu'à lui caresser les seins… des seins petits et merveilleusement fermes sous le tissu léger de sa robe. Après cela, ils avaient eu le plus grand mal à refréner leur désir. Une fois arrivés dans l'appartement, il n'avait plus été question de boire un verre ! Il leur avait fallu moins d'une minute pour se retrouver au lit, se rappela Tim avec une certaine suffisance.

Il finit de se raser et chercha du regard son eau de Cologne. La bouteille, bien entamée, se trouvait dans l'armoire de toilette.

Il regagna la chambre où la fille dormait toujours. Ayant enfilé un peignoir, il s'installa avec des cigarettes dans le fauteuil à dossier droit près de la fenêtre. J'ai été sacrément bon, se dit-il, tout en sachant pertinemment qu'il se racontait des salades. En vérité, c'était elle qui avait mené le jeu et qui s'était montrée audacieuse. À son initiative, ils avaient fait des choses qu'il n'avait jamais osé proposer à Julia, même après quinze années de mariage.

Julia, oui… Depuis sa fenêtre, au premier étage, il regardait sans le voir le bâtiment en brique rouge de style victorien, de l'autre côté de la rue – une école et sa petite cour de récréation avec des lignes jaune délavé délimitant le court de *netball*[1]. Ses sentiments pour sa femme n'avaient pas changé : il l'aimait avant

1. Le *netball*, sport collectif féminin qui réunit deux équipes de sept joueuses, s'inspire des règles du basket-ball. Très populaire au Royaume-Uni, en Australie et en Nouvelle-Zélande, il figure au programme des jeux du Commonwealth. *(N.d.E.)*

cette nuit, il l'aimait encore maintenant. La fille qui dormait dans son lit, ça n'avait rien à voir. Une phrase que tous les imbéciles doivent se répéter au moment d'entamer une liaison, se dit il. Ne précipitons pas les choses. L'aventure de cette nuit peut très bien rester sans lendemain.

Que cette fille puisse souhaiter le revoir, il n'arrivait pas à l'imaginer. De toute façon, avant même de sonder les intentions de la rousse, il devait faire le point sur les siennes. Garder toujours en tête son objectif, c'était la règle d'or que tant d'années de travail au sein de l'administration lui avaient enseignée. Et lorsque la situation devenait difficile, il appliquait la formule : qu'est-ce que je risque d'y perdre ?

En l'occurrence : Julia. Sa Julia bien en chair, intelligente et heureuse de son sort, mais dont les horizons s'étaient rétrécis irrémédiablement au fil des maternités. À une époque, il n'avait vécu que pour elle, s'habillant selon ses goûts, lisant le genre de littérature qu'elle aimait – les romans –, trouvant d'autant plus de bonheur à s'engager en politique que les succès qu'il y remportait semblaient la combler. Avec le temps, le centre de gravité de sa vie s'était déplacé et Julia ne s'occupait plus aujourd'hui que des détails futiles de l'existence. Elle avait voulu vivre dans le Hampshire, ils s'y étaient installés parce que cela lui était égal. En revanche, il avait toujours catégoriquement refusé de porter les vestons écossais qu'elle lui conseillait ! Le chic, à Westminster, c'était la sobriété. Voilà pourquoi il se cantonnait aux costumes sombres, gris ou bleu marine, coupés dans des tissus à motifs discrets.

En vérité, cette introspection montrait bien à quel point peu de choses le liaient à Julia. À part peut-être le vague souvenir nostalgique d'une jeune fille à queue-de-cheval dansant le swing dans une jupe étroite. Mais était-ce vraiment ça, l'amour ? Il n'en était pas certain.

Ses filles, Katie, Penny et Adrienne, c'était autre chose. Des trois, seule Katie était en âge de comprendre ce que signifiaient l'amour et le mariage. Il ne voyait certes pas beaucoup ses enfants, mais, selon lui, une simple présence paternelle suffisait amplement. De toute façon, c'était toujours mieux que de ne pas avoir de père du tout, il en était fermement convaincu.

Et puis, il y avait sa carrière. Divorcer, pour un directeur de cabinet, ne portait pas à conséquence, mais cela pouvait compromettre le sort de quiconque visait de plus hautes fonctions. Avait-on jamais vu un Premier ministre divorcé ? Or c'était précisément le poste qu'il convoitait.

Oui, en fin de compte, il avait pas mal de choses à perdre dans cette affaire. À vrai dire, tout ce qui lui tenait à cœur.

Son regard se reporta vers le lit. La fille s'était tournée sur le côté et il ne voyait plus d'elle que son dos. Un dos qui descendait en fuseau jusqu'à sa taille étroite, puis disparaissait sous le drap ramassé en boule. Elle avait tout à fait raison de porter les cheveux courts, cela faisait ressortir la finesse de son cou et la beauté de ses épaules. Elle avait aussi la peau légèrement hâlée.

Il avait tant à gagner de ce côté-là !

La joie ! Le mot fit irruption au milieu de ses pensées, subitement. Un mot qui n'entrait pas dans son vocabulaire quotidien. Il n'avait d'ailleurs pas le souvenir d'avoir un jour connu ce sentiment. La satisfaction, oui. Celle d'avoir écrit un rapport clair et intelligent, par exemple, ou encore d'avoir remporté l'une de ces innombrables petites batailles qui se tiennent au sein d'un comité ou à la Chambre des communes ; celle de lire un grand auteur ou de goûter un bon vin. Mais le plaisir sauvage, comme celui qu'il avait ressenti avec cette fille, un plaisir né de la fusion de deux chimies, non, ça, c'était la première fois.

Voilà ce qu'il en était des pour et des contre. D'après sa formule, il s'agissait maintenant d'en faire la somme pour voir quel côté l'emporterait. Sauf que ça ne marchait pas. Ça ne marchait jamais, d'ailleurs, à en croire ses amis. Peut-être avaient-ils raison ? Peut-être était-ce une erreur de s'imaginer qu'on pouvait additionner les motivations comme on compte des billets de banque. Curieusement, une phrase entendue au lycée pendant un cours de philo lui revint en mémoire : « L'intelligence prise au piège du langage. » Qu'est-ce qui est le plus long : un avion ou une pièce en un acte ? Qu'est-ce que je préfère : la satisfaction ou la joie ? Sa vivacité d'esprit aurait-elle disparu ? Un soupir dépité s'échappa de ses lèvres malgré lui et il tourna vivement la tête, craignant de l'avoir réveillée. Non. Tant mieux.

En bas, dans la rue, à cent mètres de l'immeuble, une Rolls-Royce grise se gara le long du trottoir. Personne n'en descendit cependant. Regardant plus attentivement, Tim vit le conducteur ouvrir un journal. Six heures et demie du matin. Un chauffeur venu chercher un voisin ? Un homme d'affaires arrivé en avance à un rendez-vous, après un voyage de nuit ? D'aussi loin, la plaque minéralogique n'était pas lisible, mais on voyait que l'homme au volant était costaud. Sa large carrure occupait tant l'espace intérieur qu'on aurait pu le croire assis dans une Mini.

Tim se replongea dans ses pensées. Que fait-on, en politique, quand on est confronté à un tel dilemme, deux exigences contradictoires aussi impérieuses l'une que l'autre ? La réponse s'imposa d'elle-même : on n'a d'autre choix que de trouver le moyen de satisfaire les deux parties – quitte à ce que ce soit seulement en apparence. Dans son cas, l'équation était finalement assez facile à résoudre : avoir une aventure avec cette fille sans divorcer de Julia. Cette solution le réjouit par sa dimension très politique.

Il alluma une autre cigarette et se plut à imaginer l'avenir. Ils auraient d'autres nuits ensemble, dans cet appartement ; de temps à autre, un week-end à la campagne, dans un petit hôtel ; peut-être même deux semaines au soleil sur une plage discrète d'Afrique du Nord ou des Caraïbes. En bikini, elle serait sensationnelle.

Comparé à ces rêveries, tout autre projet lui paraissait bien terne. Il eut subitement la sensation que cette nuit mémorable donnait enfin un sens à sa vie. Cette pensée était ridicule, bien évidemment, car il n'avait certainement pas gaspillé son temps jusqu'à présent. Ça non, pas du tout ! Pourtant, il avait bel et bien l'impression d'avoir passé sa jeunesse à additionner des colonnes interminables sans jamais soupçonner l'existence du calcul différentiel.

Il décida finalement qu'il était plus sage de reparler de tout ça avec elle. Elle dirait que ça ne marcherait pas ; il répondrait qu'il était maître dans l'art de faire des compromis.

Mais comment aborder le sujet ? « Chérie, je voudrais revivre cette nuit très souvent. » Pas si mal, comme entrée en matière. Répondrait-elle : « Moi aussi » ? Ou bien : « Appelle-moi à ce numéro. » Ou encore : « Désolée, Timmy. Avec moi, il n'y a pas de deuxième fois. »

Non, ça, c'est impossible ! Cette nuit l'avait comblée, elle aussi. Il en était certain, il n'avait pas été pour elle qu'un passe-temps : elle le lui avait dit. Il se leva et éteignit sa cigarette.

Je vais aller près du lit, écarter doucement les couvertures et admirer un instant son corps. Ensuite, je m'allongerai près d'elle et je baiserai son ventre, ses cuisses et ses seins jusqu'à ce qu'elle se réveille. Après, je lui ferai encore l'amour.

Il regarda à nouveau par la fenêtre, savourant son plaisir à l'avance. La Rolls était toujours là, comme une limace gisant dans le caniveau. Sans raison, sa présence le dérangea et il chassa cette image de ses pensées pour se retourner vers la fille.

CHAPITRE 2

Bien qu'il soit très riche, Felix Laski n'avait pas d'argent. Sa fortune était constituée d'actions, de terrains, d'immeubles, et de capitaux parfois plus nébuleux, comme la moitié d'un scénario de cinéma ou le tiers d'une invention – un appareil à faire des chips, par exemple. La presse, qui se gargarisait de chiffres à son sujet, affirmait que sa fortune, convertie en livres sterling, pouvait être estimée à plusieurs millions ; ce à quoi Laski répondait avec un plaisir identique qu'il serait cependant quasiment impossible de transformer la totalité de ses avoirs en monnaie sonnante et trébuchante.

Pour l'heure, Felix Laski se rendait à pied de la gare de Waterloo à la City. Il était intimement convaincu que la paresse était la cause première des crises cardiaques chez les hommes de son âge. Cette inquiétude était bien ridicule en ce qui le concernait, car on n'aurait pas trouvé dans tout le quartier des affaires un homme de cinquante ans en meilleure forme que lui. À en juger d'après sa taille – un peu moins d'un mètre quatre-vingt-dix – et sa stature – un buste taillé en proue de navire –, il avait à peu près autant de chances de succomber à un arrêt du cœur que de passer pour un paysan endimanché. En effet, Felix Laski affichait en toutes circonstances une élégance des plus raffinée. Et sa fière silhouette se découpait nettement, traversant le Blackfriars Bridge, dans la pâle lueur du petit matin. Originaire d'un village où les hommes portaient des salopettes et des casquettes en toile, il se plaisait aujourd'hui à porter des chemises en soie et des chaussures cousues main qui lui rappelaient le chemin parcouru. L'habit faisait partie intégrante de son image, celle d'un dandy, d'un aventurier doublé d'un homme de main. Car ses affaires impliquaient un certain degré de risque ou d'opportunisme, quand ce n'était pas les deux à la fois. Lorsqu'il en parlait, il veillait d'ailleurs à enrober la réalité d'une certaine dose de mystère et de danger qui lui conférait, aux yeux des gens, un talent magique et, finalement, cela comptait bien plus que de posséder sa banque d'affaires.

Son image, oui, songeait-il alors qu'il passait devant la cathédrale Saint-Paul pour rejoindre le lieu de son rendez-vous, voilà ce qui avait séduit Peters. Néanmoins, ce petit Peters à l'esprit étriqué était un expert en matière de mouvements de fonds. De fonds physiques s'entend, rien à voir avec le crédit. Peters travaillait à la Banque d'Angleterre, où il était chargé de lancer la fabrication et la destruction des pièces et billets. Il était donc en première ligne pour ce qui était des transports de fonds. Oh, les décisions ne lui appartenaient pas, elles étaient prises en haut lieu, au Conseil des ministres peut-être, mais il pouvait dire, avant que la Barclays ne le sache elle-même, le nombre de billets de cinq livres dont elle aurait besoin.

Laski avait fait sa connaissance lors de l'inauguration des somptueux locaux d'une société de vente discount, qui occupaient tout un pâté de maisons. Laski se rendait à ce genre de soirées dans le seul but d'y rencontrer des gens susceptibles de lui être utiles un jour. Pour Peters, ce jour était arrivé cinq ans plus tard. Laski l'avait appelé à son bureau pour lui demander le nom d'un numismate qui puisse le conseiller dans l'achat de pièces anciennes. Peters avait déclaré être lui-même collectionneur, à un humble niveau, et il avait proposé de les examiner. « Merveilleux ! » s'était exclamé Laski, et il les lui avait apportées sans plus tarder. Peters lui avait conseillé de les acheter et c'est ainsi qu'était née leur amitié.

(Ce lot de pièces, premier pas dans la constitution d'une véritable collection non prévue à l'époque, avait aujourd'hui doublé de valeur, et Laski tirait une fierté démesurée de cette affaire, pourtant tout à fait secondaire par rapport à ses objectifs.)

Peters appartenait à la catégorie des lève-tôt. Non seulement parce que c'était dans sa nature, mais aussi parce que les transports de fonds s'effectuaient de bonne heure et que la plus grande partie de son travail devait être accomplie avant l'ouverture des bureaux. Chaque matin, sur le coup de six heures et demie, il prenait néanmoins le temps de s'arrêter dans un bistrot, toujours le même, pour boire un café. Ayant découvert cette habitude, Laski l'y rejoignait, d'abord de temps à autre, puis de façon plus régulière, prétendant lui aussi se lever aux aurores et prendre plaisir à déambuler dans les rues silencieuses pour respirer l'air vif du petit jour. En vérité, il aimait les grasses matinées, mais il aurait consenti à tous les sacrifices si l'effort pouvait lui offrir ne serait-ce qu'une chance de voir aboutir l'incroyable projet qu'il caressait.

Lorsqu'il pénétra dans le troquet, il était hors d'haleine. Mais qui, parmi les hommes de son âge, même les plus sportifs, ne l'aurait pas été après une si longue marche ? Les murs étaient décorés de tomates en plastique et d'aquarelles représentant la ville d'Italie où était né le patron, et une délicieuse odeur de café et de pain frais emplissait la salle. Derrière le comptoir, une femme en salopette et un jeune à cheveux longs préparaient à la chaîne des montagnes de sandwichs que les centaines d'employés du quartier emporteraient au bureau pour déjeuner rapidement devant leurs écrans. Une radio ronronnait quelque part. Peters était déjà là, près de la fenêtre, attablé devant des beignets. Visiblement, les problèmes de surpoids ne le préoccupaient pas.

Laski vint s'asseoir en face de lui, avec un café et un sandwich à la *leberwurst*. « La journée promet d'être belle, dit-il de sa voix de ténor, profonde et sonore, à peine teintée d'accent slave.

— Formidable ! répondit Peters. À quatre heures et demie, j'aurai retrouvé mon jardin. »

Laski but une gorgée de son café et examina son interlocuteur. Peters portait les cheveux coupés très court et une petite moustache. Il avait les traits tirés. Rêver d'être rentré chez soi avant même d'avoir commencé sa journée de travail, c'est pitoyable ! songea Laski. Soudain, il fut saisi d'un élan de compassion pour Peters et ses semblables – ceux pour qui le travail était un moyen et non une fin.

« Pourtant, j'aime mon boulot, reprit Peters, comme s'il avait lu dans ses pensées.

— Mais vous aimez mieux votre jardin.

— Par un temps pareil, sans l'ombre d'un doute ! Vous avez un jardin... Felix ?

— La gouvernante fait pousser des fleurs devant les fenêtres. Personnellement, ça ne m'intéresse pas tellement, je n'ai pas ce genre de passe-temps – ni d'autres, d'ailleurs. »

Par-devers lui, Laski s'interrogea sur ce qui avait bien pu faire hésiter son compagnon au moment de prononcer son prénom. Un sentiment d'infériorité, probablement.

« Le manque de temps, je suppose, poursuivait Peters. Vous travaillez sûrement beaucoup.

— Le fait est qu'entre six heures du soir et minuit, je préfère consacrer mon temps à gagner cinquante mille livres plutôt qu'à regarder des acteurs faire semblant de s'étriper à la télé. »

Peters sourit, amusé : « Alors, comme ça, l'esprit le plus créatif de la City n'aurait pas d'imagination !...

— Comment cela ?

— Vous ne lisez pas de romans non plus ? Et vous n'allez pas davantage au cinéma ?

— Non.

— Vous voyez ! Il y a en vous un angle mort : vous ne percevez pas les bienfaits de la fiction. C'est un manque dont souffrent souvent les grands hommes d'affaires, mais qui est compensé par une perspicacité surdéveloppée, semble-t-il. Comme les aveugles, qui ont l'ouïe particulièrement fine. »

Laski se crispa, mal à l'aise d'être ainsi analysé, et Peters, semblant sentir sa gêne, ajouta aussitôt :

« J'ai toujours été fasciné par l'incroyable carrière des grands entrepreneurs.

— Et moi donc ! Je serais bien curieux de savoir ce qui se passe dans leur tête.

— Quel a été votre premier gros coup, Felix ? »

Laski parut se détendre. Il avait plus l'habitude d'évoluer sur ce genre de terrain.

« Je dirais que c'était celui de la Woolwich Chemicals, une petite entreprise de produits pharmaceutiques. Après la guerre, ils avaient ouvert une chaîne de quelques boutiques sur High Street afin de se garantir une clientèle. Le problème, c'est qu'ils étaient forts dans leur secteur, mais qu'ils n'y connaissaient rien en matière de distribution. Et les boutiques ont rapidement absorbé tous les bénéfices dégagés par l'entreprise.

« À l'époque, je travaillais pour un agent de change et j'avais réussi à me faire un peu d'argent grâce à des placements judicieux. Quand j'ai entendu parler de cette histoire, je suis allé voir mon patron et je lui ai proposé de partager les gains à cinquante-cinquante s'il acceptait de financer mon projet de rachat. On a donc repris les rênes de la société qu'on a immédiatement revendue à ICI pour la somme qu'on avait investie. Ensuite, on a fermé les magasins les uns après les autres et on les a revendus séparément – et je peux vous dire qu'ils étaient tous très bien situés…

— Je crois que je n'arriverai jamais à comprendre ce genre de choses, dit Peters. Si la société et les boutiques valaient tellement d'argent, pourquoi les actions étaient-elles si basses ?

— Parce que la structure, dans son ensemble, était déficitaire, Peters, reprit Laski. Aucun dividende n'avait été versé aux actionnaires depuis plus d'un an. Personne parmi l'équipe dirigeante n'a eu le courage de récupérer ses billes et de se tirer, pour parler franchement. Or tout, dans le business, est une question de courage. »

Là-dessus, Laski mordit dans son sandwich.

« C'est fascinant », dit Peters. Puis, regardant sa montre :

« Je dois y aller.

— Grosse journée ? demanda Laski, l'air de rien.

— Aujourd'hui, c'est un de *ces* jours... Et ça me donne toujours des migraines rien que d'y penser.

— Et avez-vous trouvé une solution à votre problème ?

— Quel problème ?

— Les itinéraires... » Et Laski ajouta, sur un ton plus bas : « Vos gars de la sécurité qui voulaient que le convoi emprunte une route différente chaque fois.

— Non », répondit Peters, embarrassé de s'en être ouvert à Laski. C'était une indiscrétion impardonnable. « En fait, c'est le seul chemin intelligent pour se rendre là-bas. Quoi qu'il en soit... » Il se leva.

L'air de ne pas y toucher, Laski embraya : « Autrement dit, la grosse expédition du jour empruntera le chemin habituel, dit-il avec un sourire.

— Top secret ! Question de sécurité..., répliqua Peters, le doigt sur les lèvres.

— Évidemment !

— Au revoir, lança-t-il, et il saisit son imperméable.

— À demain », répondit Laski, visiblement ravi.

Chapitre 3

Arthur Cole grimpa les marches de la station de métro le souffle court et rauque. Une bouffée d'air chaud jaillit soudain des entrailles de la terre et l'enveloppa, hélas trop brièvement, et il fut parcouru d'un léger frisson lorsqu'il émergea dans la rue.

La vue du soleil le surprit ; le jour commençait seulement à poindre quand il était monté dans le wagon. L'air était frais et plaisant. Mais bientôt, la pollution atteindrait un niveau tel que les agents de police postés aux carrefours seraient pris de malaise les uns après les autres. La première fois que cela s'était produit, se souvint-il, c'est son journal, l'*Evening Post*, qui en avait eu l'exclusivité.

Il marcha lentement jusqu'à retrouver une respiration normale. Ces vingt-cinq années de journalisme m'auront ruiné la santé, pensa-t-il. En réalité, n'importe quel métier aurait eu le même effet, tout d'abord parce qu'il était de nature plutôt inquiète et qu'il avait tendance à lever le coude, ensuite parce qu'il souffrait d'une faiblesse pulmonaire. Mais ça le soulageait de mettre ça sur le compte de son boulot.

Il avait quand même arrêté de fumer. Depuis... – il regarda sa montre – cent vingt-huit minutes. Et même huit heures, s'il tenait compte de la nuit. Il avait déjà remporté plusieurs victoires à différents moments périlleux : juste après la sonnerie du réveil, à quatre heures et demie du matin (d'ordinaire, il allumait la première aux toilettes) ; en partant de chez lui, au moment de passer la première, quand il avait allumé la radio pour écouter les infos sur la BBC ; en accélérant sur le premier tronçon de l'A12, là où sa grosse Ford pouvait prendre sa vitesse de croisière ; enfin, en attendant la première rame du jour, dans le froid matinal qui balayait le quai de la station aérienne de l'East End.

Le bulletin de cinq heures n'avait rien de réjouissant. Arthur l'avait écouté avec attention tout en conduisant. Il connaissait si bien virages et ronds-points qu'il aurait pu rouler les yeux fermés. Le sujet phare traitait de la politique du Parlement et plus particulièrement du dernier décret sur l'industrie, passé de justesse la veille. Cole avait suivi l'affaire à la télévision. Conclusion n° 1 : la nouvelle serait dans tous les journaux du matin ; conclusion n° 2, corollaire de la précédente : pour le *Post*, rien de palpitant à en tirer, à moins d'un développement inattendu dans les heures à venir.

Le sujet suivant abordait l'indice des prix à la consommation. Les statistiques officielles devaient avoir été frappées d'embargo jusqu'à minuit. Là encore, les autres canards du matin en parleraient.

La grève dans l'industrie automobile était évoquée également : les ouvriers avaient voté la poursuite, ce qui n'avait rien de surprenant. Comment cette affaire aurait-elle trouvé une solution pendant la nuit ?

Les essais du championnat de cricket en Australie

sauveraient la mise pour la page sportive ; pour lui, ça ne réglait rien : l'info n'était pas assez sensationnelle pour mériter la une.

Cole commençait à se faire du souci.

Il entra dans l'immeuble de l'*Evening Post* et s'engouffra dans l'ascenseur. La salle de rédaction occupait toute la superficie du premier étage. C'était une pièce immense, dépourvue de cloisons et qui avait la forme d'un I majuscule. Cole y pénétra par la base horizontale du I. À gauche, une batterie de machines à écrire et de téléphones servant aux dactylos qui prenaient en note les sujets dictés par les reporters envoyés sur le terrain ; à droite, des armoires à dossiers et les étagères des journalistes, organisées par domaines : politique, industrie, affaires criminelles, défense, etc. Cole remonta la partie verticale du I, constituée de rangées de tables réservées aux pigistes – le tout-venant, comme on les appelait –, et parvint au newsdesk, une table tout en longueur qui divisait la salle en deux. Au-delà, il y avait la section des rewriters avec ses tables réunies en U et, derrière, dans la petite barre horizontale du I, les Sports, royaume semi-indépendant avec son propre rédacteur, ses journalistes et ses rewriters. Quand il lui arrivait de montrer les lieux à des proches, Cole disait toujours : « Ça se veut aussi efficace qu'une chaîne de montage, mais le plus souvent, c'est le foutoir ! » C'était exagéré, bien sûr, mais ça faisait toujours rire les visiteurs, ravis de découvrir cet univers.

La salle, bien que déserte, était brillamment éclairée. En sa qualité de rédac-chef adjoint, Cole disposait d'une grande partie du newsdesk. Muni d'une pièce trouvée dans son tiroir, il alla au distributeur du département des sports et pressa les touches correspondant à thé au lait et sucre. Les vibrations d'un Télex revenant à la vie brisèrent le silence. Il reprenait le chemin de son bureau, son gobelet en carton à la main, quand la porte du fond s'ouvrit bruyamment pour livrer passage à une silhouette courtaude, engoncée dans une parka fermée par des crochets. Cole lui fit un petit geste de la main.

« Salut, George !

— Bonjour, Arthur. Qu'est-ce qu'il fait froid, tu trouves pas ? » répondit le nouveau venu en se dévêtant. Sans sa doudoune, il était petit et fluet. Malgré son âge, il était « garçon de courses ». C'est lui qui dirigeait l'équipe des coursiers. Il habitait à Potters Bar et venait au journal à vélo – un véritable exploit aux yeux d'Arthur.

Celui-ci posa son thé, se débarrassa de son imper en secouant les épaules, alluma la radio et s'assit. Un ronron de conversations se fit entendre. Il but son thé à petites gorgées, le regard fixé droit devant lui, sans remarquer le désordre de cette salle de presse, les chaises laissées çà et là, les bureaux couverts de journaux et de papier carbone. Il y était trop habitué. En ces temps d'économie forcée, la rénovation des locaux était sans cesse reportée. Cole se concentrait sur la première édition. Elle devrait être dans les kiosques dans trois heures.

Elle compterait seize pages, dont quatorze étaient déjà montées sur les demi-cylindres métalliques des presses et attendaient au sous-sol. Elles contenaient la publicité, les articles de fond, les programmes télé et les nouvelles datant de quelques jours, mais rédigées de telle sorte que cela ne saute pas immédiatement aux yeux – du moins fallait-il l'espérer. La dernière page était réservée au rédacteur sportif, ce qui lui laissait la une.

Le Parlement, la grève et l'inflation, trois sujets déjà traités la veille. Pas grand-chose à en tirer. Évidemment, on pouvait les surmonter d'un nouveau chapeau : « Le Conseil des ministres a mené aujourd'hui une enquête sur l'étroite marge de manœuvre laissée au gouvernement… » Des phrases de ce genre, il en existait des ribambelles pour chaque situation. Pour transformer une catastrophe survenue la veille en nouvelle du jour, il suffisait de dire : « À l'aube, l'horreur s'est révélée dans toute son ampleur… Le meurtre d'hier a bénéficié de… Les enquêteurs passent la ville au peigne fin pour découvrir celui qui… » Le calme politique et social avait engendré quantité de formules types et de clichés.

Trois jours sur six, la première édition du journal ne présentait strictement aucun intérêt, et personne n'y trouvait à redire. Pour sa part, Cole considérait que, dans une société véritablement civilisée, les journaux ne devraient pas paraître les jours où il ne se passait rien. Cette pensée récurrente n'était pas faite pour le réconforter puisque c'était lui qui avait précisément pour tâche de superviser cette première édition, et il la chassa de son esprit non sans impatience.

Cinq ans maintenant qu'il occupait ce poste de rédacteur en chef adjoint. Par deux fois, au cours de cette période, la place de rédac-chef s'était trouvée vacante. Les deux fois, quelqu'un de plus jeune avait été nommé. À l'évidence, on avait décidé en haut lieu que ses compétences ne dépassaient pas le niveau de numéro deux. Il n'était pas d'accord.

Le seul moyen pour lui de démontrer son talent, c'était de publier quotidiennement une excellente première édition, du moins meilleure que celle des concurrents. C'était donc le but qu'il s'était fixé… mais la chance y était pour beaucoup. Y parvenait-il ? Oui, sans aucun doute. Quant à savoir si, là-haut, quelqu'un partageait cet avis… Enfin, il n'allait pas se laisser abattre.

George, arrivé dans son dos, laissa tomber une pile de journaux sur sa table. « Le petit Stephen s'est encore fait porter pâle, maugréa-t-il.

— C'est quoi, cette fois ? Une gueule de bois ou un rhume ?

— Tu te rappelles ce qu'on nous disait dans le temps ? Tant que tu peux mettre un pied devant l'autre, tu peux travailler ! Lui, il ferait bien d'en prendre de la graine ! »

Arthur acquiesça en silence. George insista :

« J'ai pas raison ?

— Si, tu as raison. »

Ils avaient débuté au journal ensemble, garçons de courses tous les deux. Arthur avait obtenu sa carte de presse après la guerre. George, qui n'avait pas été appelé sous les drapeaux, était resté au même poste.

« On en voulait. On *voulait* travailler », reprit George avec force.

Arthur s'empara du numéro en haut de la pile. Ce n'était pas la première fois que George se plaignait de son équipe et qu'Arthur lui donnait raison. Mais le problème n'était pas là. Le problème, c'était qu'il y a trente ans, un garçon de courses avait des chances de devenir journaliste, pour peu qu'il soit un peu malin, alors qu'aujourd'hui il se heurtait invariablement à une porte close. Résultat : les jeunes les plus doués préféraient faire des études plutôt que d'être formés sur le tas, et ceux qui entraient dans un journal en tant que coursiers savaient qu'aucun avenir ne les attendait dans ce métier et en faisaient le moins possible. Mais cela, Arthur ne pouvait pas l'expliquer à son ancien collègue sans lui faire remarquer qu'il avait moins bien réussi que lui. Arthur convint donc simplement que les jeunes d'aujourd'hui étaient vraiment pourris gâtés.

Manifestement, George ne faisait qu'entamer son habituelle litanie. Pour couper court, Arthur lui demanda si des choses intéressantes étaient tombées pendant la nuit.

« Je t'apporte les bandes des téléscripteurs. Il faut juste que je me tape la paperasse.

— Vaudrait mieux que je les voie avant. » Arthur se détourna. Il détestait donner des ordres. Il n'avait jamais su le faire avec naturel, peut-être parce qu'il ne prenait aucun plaisir à commander. Il jeta un coup d'œil au *Morning Star* : le décret sur l'industrie faisait leur une.

Trop tôt encore pour les fax des agences de presse nationales. Mais peut-être pas pour celles de l'étranger. Des dépêches, il en arrivait tout au long de la nuit, par vagues, et, dans le tas, on trouvait souvent un sujet qui faisait l'affaire. À la rigueur. La plupart du temps, c'était un énorme incendie quelque part dans le monde, un triple ou un quadruple meurtre, une émeute, un coup d'État. Mais le *Post* était un journal local, londonien, et Arthur n'aimait pas faire la une avec des nouvelles de l'étranger. À moins qu'elles soient sensationnelles. Qui sait ? La cuvée de cette nuit apporterait peut-être quelque chose de mieux qu'un titre aussi banal que : « Le Conseil des ministres a fait ouvrir une enquête… »

George déversa sur le newsdesk une bande de papier longue de plusieurs mètres qui n'avait pas encore été découpée et triée par thèmes. Une façon détournée, probablement, de reprocher à Arthur son manque de compassion.

Tout en fouillant dans son tiroir à la recherche d'une paire de ciseaux, Arthur entama sa lecture : un article politique en provenance de Washington, un match test, un rassemblement au Moyen-Orient. Il en était à un divorce chez les stars d'Hollywood quand le téléphone sonna. Il décrocha.

« Salle de presse.

— Un sujet pour ta colonne des ragots. »

Une voix d'homme au fort accent cockney. Pas du genre à détenir de simples anecdotes croustillantes.

« Bien, dit-il. Je peux avoir votre nom, s'il vous plaît ?

— Sans importance. Tim Fitzpeterson, tu sais qui c'est ?

— Évidemment.

— Il fait le con avec une rousse qu'a bien vingt ans de moins que lui. Tu veux son téléphone ?

— Et comment ! »

Cole s'empressa de le noter. L'inconnu avait piqué sa curiosité : un ministre qui divorçait, c'était un vrai sujet. Ça valait bien plus que la colonne des ragots.

« C'est qui, la fille ?

— Une nénette qui s'dit actrice. La vérité, c'est qu'elle a juste un sacré culot. Passe-lui donc un coup de fil tout de suite et d'mande-z'y ce qu'y pense de Dizi Disney. » Le type raccrocha.

Cole prit le temps de réfléchir. Un peu bizarre, quand même. En général, les informateurs réclamaient du fric. Surtout pour un tuyau pareil. Il haussa les épaules : ça valait le coup de vérifier. Dès que les journalistes seraient arrivés, il en mettrait un sur l'affaire.

Et, subitement, il changea d'avis : combien de sujets avaient été perdus pour ne pas avoir été traités dans l'instant ! Fitzpeterson pouvait partir de là où il se trouvait, se rendre à la Chambre ou à son bureau de Whitehall. Et l'informateur avait bien insisté pour qu'on l'appelle sans attendre !

Cole composa le numéro inscrit sur son calepin.

SEPT HEURES DU MATIN

CHAPITRE 4

« Tu as déjà essayé devant un miroir ? » avait-elle demandé à Tim. Celui-ci secouant la tête, elle l'avait encouragé, mais, alors qu'ils étaient debout devant la glace en pied de la salle de bains, ils furent interrompus par le téléphone. La sonnerie fit sursauter Tim, qui lâcha la jeune femme pour se précipiter dans la chambre. « Hé, fais attention ! » se plaignit-elle. Il aurait volontiers ignoré l'appel, mais cette intrusion du monde extérieur avait dissous son désir. L'appareil se trouvait sur une chaise, enfoui sous les vêtements de la fille.

« Oui ? fit-il en décrochant.

— Monsieur Fitzpeterson ? »

C'était la voix d'un homme d'un certain âge, légèrement asthmatique, avec l'accent de Londres.

« Oui. Qui est à l'appareil ?

— L'*Evening Post*, monsieur. Excusez-moi de vous appeler de si bonne heure, mais je dois vérifier une information qui circule sur votre compte : est-il vrai que vous vous apprêtez à divorcer ? »

Tim se laissa tomber lourdement sur la chaise, incapable de répondre.

« Monsieur ?

— Bon sang, qui vous a raconté une chose pareille ?

— L'informateur a parlé d'une femme du nom de Dizi Disney. Connaissez-vous cette personne ?

— Jamais entendu parler ! répliqua sèchement Tim, se ressaisissant. Et je vous prierai de ne pas me réveiller aux aurores avec ce genre de ragots ridicules ! »

Sur quoi, il raccrocha.

« Que se passe-t-il ? s'enquit la rousse qui le rejoignait dans la chambre à coucher. Tu es tout pâle.

— Comment tu t'appelles ? demanda-t-il froidement.

— Dizi Disney.

— Putain de merde ! » Ses mains tremblèrent, il serra les poings. « C'était un journaliste, dit-il en se levant. Qui voulait savoir si je divorçais.

— Des rumeurs comme ça, il en court à longueur de temps sur tous les gens célèbres.

— Il a donné ton nom ! » Il frappa son poing dans le creux de sa main. « Comment ont-ils pu savoir aussi vite ? Qu'est-ce que je vais faire ? »

Elle lui tourna le dos et enfila sa culotte tandis qu'il scrutait la rue. La Rolls grise était toujours là, mais où était donc passé le conducteur ? Cette pensée parasite le contrariait. Il tenta de reconsidérer la situation avec sang-froid. Quelqu'un avait dû le voir sortir de la boîte de nuit et appeler le journal. En exagérant les faits, histoire de leur donner un aspect dramatique. Car personne n'avait pu les voir entrer ensemble dans l'appartement, il en était sûr et certain.

« Écoute-moi bien, dit-il. Hier soir, tu as dit que tu ne te sentais pas bien. Nous sommes sortis de la boîte ensemble et nous avons pris un taxi qui m'a déposé ici, avant de te conduire chez toi. On est bien d'accord ?

— Comme tu voudras. »

Son indifférence l'énerva. « Tu ne comprends donc pas que tu es impliquée jusqu'au cou, toi aussi ?

— Non. En ce qui me concerne, je crois que ma participation s'arrête là.

— Qu'est-ce que ça veut dire ? »

Des coups retentirent à la porte.

« Et merde ! s'exclama Tim.

— J'y vais ! lança la fille, se hâtant de remonter la fermeture Éclair de sa robe.

— Ne sois pas idiote, il ne faut pas qu'on te voie ! » Et, l'attrapant par le bras, il ajouta : « Ne bouge pas d'ici pendant que je vais ouvrir. Et si je dois les faire entrer, tiens-toi tranquille jusqu'à ce qu'ils repartent. »

Il enfila un slip et un T-shirt et traversa le salon, se débattant avec sa robe de chambre.

L'entrée était minuscule, la porte munie d'un judas. Tim en écarta l'obturateur et plaça l'œil contre le verre.

L'homme sur le palier lui rappelait vaguement quelqu'un. Baraqué, avec une gueule de boxeur. Le genre poids lourd. Pas encore la trentaine, pardessus gris à col de velours. À première vue, rien à voir avec un journaliste.

Tim ouvrit la porte. « Que voulez-vous ? »

Sans dire un mot, l'homme l'écarta, fit un pas dans l'entrée, referma la porte et pénétra dans le salon.

Tâchant de maîtriser la peur qui l'envahissait à présent, Tim prit une profonde inspiration et lui emboîta le pas.

« Je vais appeler la police !

— T'es là, Dizi ? »

La fille apparut sur le seuil de la chambre à coucher.

« Bon, va nous préparer du thé…

— Tu le connais ? » laissa tomber Tim, abasourdi.

Elle passa dans la cuisine sans répondre.

« Et comment, qu'elle me connaît ! s'esclaffa l'individu. Elle bosse pour moi ! »

Tim s'assit. « Qu'est-ce que c'est que cette histoire ? demanda-t-il d'une voix mal assurée.

— Chaque chose en son temps ! fit l'homme en promenant les yeux autour de lui. J'te dirai pas que t'as une crèche sympa, parce que ce s'rait mentir. Je m'attendais à que'que chose de plus classe, si tu vois ce que j'veux dire. Au fait, j'suis Tony Cox, au cas où tu m'aurais pas reconnu. »

Il tendit la main, mais Tim l'ignora.

« Comme tu voudras… »

Perdu dans ses pensées, Tim retrouvait enfin la mémoire. Ce nom et ce visage lui étaient effectivement familiers. Ce type était un homme d'affaires assez riche. Dans quel secteur déjà ? Impossible de s'en souvenir. Il devait l'avoir vu en photo dans un journal quelconque… Oui, à propos du financement de night-clubs pour hommes dans l'East End.

« Elle t'a plu ? demanda Cox avec un mouvement de la tête en direction de la cuisine.

— Bon, ça suffit maintenant ! »

La rousse revint, portant un plateau avec deux tasses. « Il a aimé ? lui lança Cox.

— À ton avis ? » répliqua-t-elle.

Cox extirpa son portefeuille et compta plusieurs billets. « Voilà pour toi. T'as fait du bon boulot, maintenant dégage ! »

Elle prit l'argent et le fourra dans son sac.

« Tu sais ce que j'aime le plus chez toi, Tony ? Tes manières. » Elle partit sur ces mots, sans un regard pour Tim.

En entendant claquer la porte d'entrée, Tim réalisa qu'il avait fait la plus belle connerie de sa vie.

« Chouette nana ! fit Cox avec un clin d'œil.

— Une traînée, vous voulez dire ! cracha Tim.

— Nan, faut pas dire ça ! C't une bonne actrice, au contraire. Elle aurait pu faire carrière au ciné si j'lui avais pas mis la main d'sus avant.

— Vous êtes son maquereau, je suppose. »

Un éclair de colère illumina le regard de Cox, mais il sut se maîtriser.

« Tu vas la regretter, ta petite plaisanterie, prononça-t-il doucement. Tout ce que t'as besoin d'savoir sur moi et Dizi, c'est qu'elle fait c'que j'lui dis. Si j'dis : "Tu la boucles", elle la boucle. Si j'dis : "Raconte donc au gentil monsieur du *News of the World* [1] comment M. Fitzpeterson t'a emballée", elle le f'ra. Tu vois c'que j'veux dire ?

— Et c'est vous, bien sûr, qui avez contacté l'*Evening Post*.

— Oh, mais t'inquiète pas ! Faut d'abord qu'y confirment l'info, sinon y peuvent rien en tirer. Et y a qu'trois personnes au courant : toi, Dizi et moi. Toi, tu diras rien ; Dizi ne fait rien sans mon accord et moi, je sais garder un secret. »

Tim alluma une cigarette. Il reprenait confiance : en dépit de son col en velours et de sa Rolls-Royce

---

1. *The News of the World* est un journal à sensation paraissant le dimanche.

grise, ce Cox n'était jamais qu'un malfrat issu de la classe ouvrière, il saurait le manipuler. « Si vous voulez me faire chanter, vous êtes mal tombé, je n'ai pas d'argent, dit-il.

— Fait chaud ici, tu trouves pas ? » Cox se leva et retira son manteau. « Bien, reprit-il. Si t'as pas d'argent, va falloir qu'on trouve aut'chose comme arrangement. »

Tim fronça les sourcils. Une fois de plus, il ne comprenait plus.

« Ces derniers temps, enchaînait Cox, une demi-douzaine de sociétés ont postulé pour reprendre l'exploitation d'un nouveau gisement d'pétrole appelé Shield, pas vrai ? »

Tim était frappé de surprise. Impossible que ce petit escroc soit en relation avec l'une ou l'autre des respectables compagnies en lice. « Oui, dit-il, mais il est trop tard pour que je puisse influer sur le résultat. La décision a d'ores et déjà été prise, elle sera annoncée officiellement cet après-midi.

— Va pas plus vite que la musique. Qu'ce soit trop tard pour y changer que'que chose, j'm'en doute. Par contre, c'que tu peux m'dire dès maintenant, c'est qui a remporté la licence… »

Tim le regardait fixement. Était-ce vraiment tout ce qu'il voulait ? C'était trop beau pour être vrai ! Calmement, il reprit : « À quoi cela pourrait bien vous servir de le savoir ?

— À moi, personnellement, rien du tout. Mais c'est un renseignement que j'peux échanger contre un autre… et, justement, j'suis en affaires avec un certain monsieur. Y sait pas comment j'obtiens mes tuyaux, et y sait pas c'que j'fais de c'qu'y m'dit. Comme ça, il garde les mains propres. Tu vois c'que j'veux dire ? Bon, alors, qui a obtenu le permis de forer ? »

Quoi de plus facile ? pensa Tim. Un seul mot et ce cauchemar prendrait fin. Oui, mais une indiscrétion comme celle-là pouvait ruiner sa carrière. D'un autre côté, s'il refusait, sa carrière s'achèverait de toute façon.

« Au cas où t'aurais des doutes sur c'que tu dois faire, pense aux gros titres. "Le ministre et l'actrice. La comédienne s'épanche : Y r'fusait d'faire de moi une honnête femme !" Rappelle-toi c'pauvre Tony Lambton[1] !

— Ah, la ferme ! gueula Tim. C'est Hamilton Holdings. »

Cox sourit. « J'en connais un qui s'ra content. Il est où, l'téléphone ?

— Dans la chambre », lâcha-t-il avec lassitude, pointant le pouce dans cette direction.

Cox sorti, il ferma les yeux. Quelle naïveté de croire qu'une jeune fille comme Dizi pouvait perdre la tête pour un type comme lui ! Il s'agissait bien d'un coup monté avec soin, et qui dépassait de loin le simple chantage. Et lui, il en était juste le pigeon.

La voix de Cox lui parvint de la pièce voisine. « Laski ? C'est moi. Hamilton Holdings. T'as bien noté ? Ce s'ra annoncé dans l'après-midi. Et d'ton côté ? » Une pause. « Aujourd'hui ? Génial, mec !

1. Anthony Lambton (1922-2006) : sous-secrétaire d'État à la Défense en 1970, contraint de démissionner trois ans plus tard en raison de révélations publiées dans la presse sur ses liaisons avec des prostituées.

Vous parlez d'un cadeau. Et l'itinéraire ? » Nouvelle pause. « Qu'est-ce que vous voulez dire : *je crois* que c'est le même que d'habitude ? Z'étiez censé... Bon, bon. À tout'. »

Laski... un petit génie de la City qui avait la cote ces temps-ci. Tim le connaissait de réputation. Las, il n'avait même plus la force de s'étonner. Dorénavant, il pourrait croire n'importe quoi à propos de n'importe qui.

Cox revint dans le salon. Tim se leva.

« Impec', cette matinée, dans un sens comme dans l'autre ! déclara Cox. Déprime pas trop, t'auras quand même eu la meilleure nuit de baise de ta vie, pas vrai ?

— Est-ce que vous allez partir maintenant ? Par pitié ?

— Juste un p'tit détail qui reste à régler. File-moi ta robe de chambre.

— Pour quoi faire ?

— J'vais t'montrer. Allez, bouge-toi ! »

Trop épuisé pour discuter, Tim fit glisser le vêtement de ses épaules et le tendit à Cox. En slip, debout devant lui, il attendit.

Cox jeta la robe de chambre sur le côté. « Pour qu't'oublies pas le "maquereau" de t'à l'heure ! » Il ponctua ses mots d'un direct à l'estomac.

Tim pivota sur lui-même, plié en deux de douleur. Cox, en position d'attaque, lui saisit les parties de sa main énorme et serra. Tim voulut crier, mais le souffle lui manquait. La bouche grande ouverte en un hurlement muet, il essayait désespérément d'aspirer de l'air.

Cox écarta les doigts et lui refila un coup de pied. Tim s'écroula au sol, en boule, incapable de réprimer des larmes. « S'il vous plaît, ne me faites plus mal. » Il n'avait plus ni fierté ni dignité.

Tony Cox souriait en enfilant son pardessus. « Ça ira pour cette fois… », et il sortit.

CHAPITRE 5

La douleur tira l'honorable Derek Hamilton de son sommeil. Étendu sur son lit, les yeux encore fermés, il tentait d'en déterminer l'origine et l'étendue. Une douleur vive, mais pas invalidante, et qui provenait bien de son estomac. Il se remémora alors son dîner de la veille. La mousse d'asperges : inoffensive ; les crêpes aux fruits de mer : il n'en avait pas pris ; le bifteck : trop cuit ; la tarte aux pommes : refusée au profit du fromage. Et comme boisson : un vin blanc léger, un café avec de la crème suivi d'un cognac.

Le cognac, bien sûr ! Il aurait dû s'en tenir au porto...

Derek Hamilton savait déjà comment se déroulerait sa journée. Il allait sauter le petit déjeuner et, vers le milieu de la matinée, quand la faim deviendrait plus forte que l'élancement, il finirait par grignoter quelque chose. À l'heure du déjeuner, l'appétit attiserait une nouvelle fois son ulcère, avec d'autant plus de force. Dans l'après-midi, un détail insignifiant le plongerait dans une colère noire, ses employés en prendraient pour leur grade et, contracté en un nœud de douleur, il ne pourrait plus penser à quoi que ce soit. Rentré chez lui, il se bourrerait de calmants et piquerait un petit somme, dont il émergerait avec une forte migraine. Après quoi, ce serait le dîner, les somnifères et le lit au plus vite.

En résumé, le seul plaisir à attendre de ce programme serait le moment du coucher.

Il se tourna sur le côté et ouvrit brutalement le tiroir de sa table de nuit pour y piocher un comprimé qu'il se fourra dans la bouche. Puis il s'assit dans son lit et saisit sa tasse de thé. Il en but une gorgée pour avaler le médicament et dit enfin : « Bonjour, ma chérie.

— Bonjour », répondit son épouse. Assise au bord du lit jumeau, les cheveux déjà brossés, sa tasse posée en équilibre sur son genou délicat, Ellen Hamilton était encore en chemise de nuit, un élégant déshabillé de soie qu'il la voyait porter pour la première fois, rien d'étonnant au regard de son imposante garde-robe. Lui se fichait pas mal des questions chiffons. Après tout, quelle importance ! se dit-il. Et ce qu'Ellen voulait, ce n'était pas tant que les hommes la désirent, mais surtout de pouvoir se dire qu'elle était toujours désirable.

Il finit son thé et posa enfin le pied par terre. Mais ce brusque mouvement relança son ulcère et le fit grimacer.

« Ça recommence ? » demanda Ellen.

Il hocha la tête. « Le cognac d'hier soir. Je devrais le savoir, pourtant ! »

Le visage d'Ellen restait impassible. « Je suppose que ça n'a rien à voir avec le bilan semestriel présenté hier. »

Il se leva péniblement et, posant avec précaution les pieds sur la moquette gris-vert, se rendit à la salle de bains. Le visage qu'il découvrit dans la glace était rond et rougeaud, les traits empâtés et un début de calvitie. Il examina sa barbe matinale et entreprit de se raser en tirant çà et là la peau affaissée de ses joues pour en rebrousser le poil. Opération d'un ennui achevé et qu'il réitérait quotidiennement depuis quarante ans.

Oui, les résultats du semestre étaient mauvais. La Hamilton Holdings traversait une mauvaise passe.

Quand il avait hérité d'Hamilton Printing, à la mort de son père, l'entreprise était encore bénéficiaire. Jasper Hamilton était un imprimeur dans l'âme : passionné par les caractères, enthousiasmé par les nouvelles technologies, amoureux des presses et de leur odeur d'huile. Lui était plutôt un homme d'affaires : il avait investi les dividendes dans des affaires aussi diversifiées que l'importation de vin, la grande consommation, l'édition, les fabriques de papier et la publicité radiophonique. En cela, il avait atteint son objectif premier, celui de transformer habilement ses revenus en une véritable fortune, tout en réduisant ses impôts. Il s'était détourné des bibles, affiches et éditions de poche si chères à son père pour ne plus s'intéresser qu'aux liquidités et au rendement. Il avait racheté des entreprises et en avait créé de nouvelles jusqu'à se constituer un empire.

Pendant tout un temps, les bons résultats de la société mère avaient masqué les défaillances de la superstructure. Ainsi, quand les lois du marché affaiblirent l'entreprise familiale, les recettes dégagées par les nombreuses filiales acquises par Hamilton s'étaient avérées insuffisantes. Pour arriver à maturité, ces activités secondaires devaient encore bénéficier de soutien, c'est-à-dire d'investissements supplémentaires, bien supérieurs aux prévisions initiales. D'ailleurs, il était apparu que certaines d'entre elles ne seraient rentables qu'à très longue échéance. Il avait alors vendu quarante-neuf pour cent de ses parts dans chacune de ces sociétés et transféré l'ensemble de ses actions sur une holding dont il avait ensuite revendu quarante-neuf pour cent des parts. Il avait levé des fonds et négocié un découvert à sept chiffres. C'était cet emprunt qui maintenait en vie l'organisation tout entière. Hélas, les taux d'intérêt n'avaient cessé de grimper au cours de la dernière décennie et ils dévoraient maintenant les maigres bénéfices que parvenait encore à dégager la compagnie.

La situation minait littéralement Derek Hamilton, dont l'ulcère n'était qu'un symptôme.

Voilà presque un an, un programme de sauvetage avait été mis en place : le crédit avait été renégocié pour tenter d'enrayer le découvert et les coûts réduits par tous les moyens possibles – de l'abandon des campagnes publicitaires au recyclage des chutes de papier de l'imprimerie en articles de papeterie.

Il s'essuya le visage avec une serviette chaude, s'aspergea d'eau de Cologne et revint dans la chambre. Ellen se maquillait devant sa coiffeuse. Elle parvenait toujours à s'habiller et à se déshabiller pendant qu'il était sorti et il réalisa soudain qu'il ne l'avait pas vue nue depuis des années. Pourquoi se cachait-elle ainsi ? Sa peau, jadis si ferme, avait-elle perdu sa fraîcheur ? À cinquante-cinq ans, se sentait-elle fanée ? Pensait-elle qu'en paraissant nue, elle détruirait cette illusion d'être restée une femme désirable ? Possible. Cependant, il soupçonnait une raison plus complexe à la pudeur excessive de son épouse. Est-ce d'une obscure façon lié au fait que mon propre corps a vieilli ? se demandait-il en enfilant un slip gigantesque, poursuivant son raisonnement. Car, de son côté, à force de ne voir Ellen que décemment vêtue, il avait définitivement cessé de l'envisager comme objet de son désir. Ce faisant, elle n'avait pas besoin de lui faire comprendre qu'*elle-même* ne voyait plus rien en *lui* de désirable. Oui, pareil mélange de finesse et de perversité lui ressemblait bien.

« Qu'est-ce que tu comptes faire ? »

Pris au dépourvu, il crut qu'elle avait lu dans ses pensées, que la question se rapportait à ses propres réflexions. Puis il comprit qu'elle parlait d'Hamilton Holdings. Tout en attachant ses bretelles, il se demandait que répondre. « Je ne sais pas bien encore », finit-il par lâcher.

Elle se rapprocha du miroir pour mieux s'y examiner pendant qu'elle s'occupait de ses cils.

« Je me demande parfois ce que tu attends de la vie. »

Il la dévisagea, ébahi de l'entendre poser sans détour une question aussi personnelle ; c'était tellement contraire à son éducation. Le milieu dans lequel elle avait grandi bannissait toute discussion trop sérieuse ou excès d'émotions qui risquaient de gâcher les réceptions et de provoquer des vertiges de contrariété chez les femmes du monde. Derek s'assit sur le lit pour se reprendre :

« Il faut simplement que j'arrête le cognac, Ellen.

— Tu comprends, j'en suis sûre, que ton état n'a rien à voir avec ce que tu manges ou ce que tu bois. » Elle posait son rouge à lèvres avec application. « Ça a commencé il y a neuf ans, un an après la mort de ton père.

— J'ai l'encre d'imprimerie dans le sang. »

La réponse était venue à Derek automatiquement, comme un catéchisme. Quiconque aurait surpris cette conversation l'aurait trouvée absurde. En vérité, ces quelques phrases possédaient une logique interne, un code parfaitement connu de tous les deux. La mort du père, c'était le contrôle que Derek prétendait exercer sur la conduite de ses affaires ; son ulcère, la preuve que les choses n'allaient pas si bien que ça.

« C'est faux ! réagit-elle vivement. Non, tu n'as pas l'encre d'imprimerie dans le sang, Derek ! Pas du tout. Ton père l'avait, mais toi, tu ne supportes même pas l'odeur des vieux ateliers.

— J'ai hérité d'une affaire florissante, je veux la léguer à mes fils plus solide encore. N'est-ce pas ce que les gens de notre rang sont censés faire de leur vie ?

— Les garçons se fichent bien de ce que nous leur laisserons. Michael a monté sa propre boîte à partir de rien ; et Andrew a pour seul objectif de vacciner l'Afrique entière contre la varicelle. »

Parlait-elle sérieusement ? Il aurait été bien incapable de le dire. Toutes ses mimiques devant le miroir rendaient impossible de déchiffrer ses pensées. Elle le faisait exprès, sans aucun doute. Comme presque tout ce qu'elle faisait.

« J'ai un devoir à remplir Ellen, répondit-il. J'ai plus de deux mille employés. Et bien plus encore dépendent directement de la bonne santé de mes sociétés.

— Si ton devoir est de veiller sur ton entreprise, je pense que tu l'as accompli. Tu as su la préserver en période de crise, tout le monde n'est pas capable d'en faire autant. C'est ta propre santé que tu as sacrifiée, tu as consacré dix ans de ta vie et Dieu sait quoi encore à cette société. » Sa voix avait faibli, comme si elle regrettait déjà ces derniers mots tout en les prononçant.

« Est-ce que je devrais pour autant sacrifier aussi mon honneur ? » Il se remit à son occupation, ajustant sa cravate en un petit nœud serré. « J'ai hissé une petite affaire d'imprimerie au niveau des mille sociétés les plus importantes du pays. Elle vaut aujourd'hui cinq fois plus que du temps de mon père. C'est moi qui ai assemblé la machine, c'est donc à moi de la faire fonctionner !

— Il faut toujours que tu surpasses ton père en tout.

— N'est-ce pas une ambition louable ?

— Non ! s'exclama-t-elle avec une véhémence inattendue. Tu devrais vouloir être en bonne santé, vivre longtemps et… et aussi faire mon bonheur.

— Si la compagnie était prospère, je pourrais la vendre. Éventuellement. Mais vu l'état des choses, je n'en tirerais même pas le prix de ses actifs. » Il regarda sa montre. « Je dois y aller, maintenant. »

Empruntant le large escalier qui conduisait au vestibule, il passa devant le portrait de Jasper Hamilton qui surplombait le hall. Les gens croyaient souvent que ce tableau le représentait, lui, Derek, à cinquante ans, alors qu'il s'agissait de son père à soixante-cinq.

Le téléphone sonna juste au moment où il atteignait le guéridon sur lequel il était posé. Il ne décrocha pas. Le matin, il ne prenait pas les appels.

Il pénétra dans la petite salle à manger, la grande étant réservée aux réceptions bien qu'ils n'en donnent plus guère. Sur la table ronde, l'argenterie étincelait. Une dame âgée en tablier lui apporta un demi-pamplemousse dans une coupelle en porcelaine ivoire.

« Pas aujourd'hui, madame Tremlett, lui dit-il. Juste une tasse de thé, s'il vous plaît. » Il s'empara du *Financial Times.*

La domestique marqua une hésitation, puis déposa la coupelle à la place d'Ellen. Hamilton releva les yeux. « Enlevez ça, je vous prie ! jeta-t-il sur un ton irrité. Vous servirez Mme Hamilton quand elle sera descendue, pas avant... Merci.

— Très bien, Monsieur », marmonna Mme Tremlett, tandis qu'elle s'exécutait.

À peine entrée, Ellen reprit la discussion là où ils en étaient restés. « Je ne pense pas que la question du prix se pose vraiment, que tu en obtiennes cinq cent mille livres ou cinq millions. Mais ce sera mieux pour nous, dans un cas comme dans l'autre. Je ne vois pas d'intérêt à posséder une fortune si l'on ne peut pas mener une vie confortable. »

Il reposa son journal et la regarda. Elle portait un tailleur sur mesure de couleur crème, un chemisier en soie imprimée et des souliers faits main. « Tu as une maison agréable, ce qu'il faut de personnel, tu as des amis et une vie mondaine dont tu peux profiter à ta guise ; tu portes ce matin des vêtements qui valent plusieurs centaines de livres alors qu'il est à croire que tu n'iras jamais plus loin que le village. Parfois, je me demande aussi ce que, toi, tu attends de la vie. »

Elle rougit, ce qui était rare. « Eh bien, je vais te le dire... », commença-t-elle.

On frappa à la porte, et un bel homme en pardessus et casquette fit son entrée. « Monsieur, Madame, je vous souhaite le bonjour... Monsieur, si nous voulons attraper le sept heures quarante-cinq...

— Tout de suite, Pritchard. Attendez-moi dans l'entrée.

— Très bien, Monsieur. Puis-je demander à Madame si elle prendra la voiture aujourd'hui ? » Hamilton se tourna vers sa femme. Elle avait gardé les yeux baissés sur son assiette. « Je pense, oui. »

Pritchard hocha la tête et sortit.

Hamilton reprit : « Tu étais sur le point de me dire ce que tu attendais de la vie.

— Je ne crois pas que ce soit un sujet de discussion approprié pour le petit déjeuner. Surtout quand tu dois courir pour attraper un train.

— Très bien. » Il se leva. « Bonne promenade. Surtout, ne roule pas trop vite.

— Pardon ?

— Sois prudente.

— Ah ! Oh, c'est Pritchard qui conduit. »

Il se pencha pour lui déposer un baiser sur la joue. Elle tourna le visage et pressa ses lèvres contre les siennes. En s'écartant, il vit que l'émotion empourprait son visage. Et qu'elle le retenait par le bras ! « C'est toi que je veux, Derek. »

Il la regarda fixement.

« Je veux que nous vivions ensemble une retraite longue et heureuse, poursuivit-elle avec hâte. Je veux que tu te détendes et que tu te nourrisses sainement. Que tu retrouves la santé, que tu maigrisses. Je veux retrouver l'homme qui me faisait la cour dans une Riley décapotable, qui est revenu de la guerre bardé de médailles, qui m'a épousée et m'a tenu la main quand j'ai accouché. Je veux t'aimer, *toi.* »

Il demeura confondu. Jamais elle ne s'était comportée de la sorte. Non, jamais. Il ne savait que dire, que faire, où poser les yeux. Ne pas savoir comment réagir le déstabilisait profondément et il ne put que balbutier : « Je… Il faut que… Il faut que j'attrape le train. »

Elle eut tôt fait de recouvrer son calme. « Oui, bien sûr ! Dépêche-toi. »

Il la regardait toujours, elle évitait ses yeux. « Bon, dit-il… Au revoir. » Elle inclina la tête en silence. Il quitta la pièce.

Dans le vestibule, Hamilton mit son chapeau et franchit la porte que lui tenait Pritchard. Stationnée sur le gravier, la Mercedes bleu foncé étincelait au soleil. Pritchard doit la laver tous les matins avant que je me lève, se dit-il.

En route vers la gare, il se prit à penser. Cette conversation avec Ellen avait été des plus particulière. Il s'en repassa mentalement les scènes principales tout en regardant le soleil jouer sur les feuilles déjà rousses. *Je veux t'aimer, toi*, avait-elle dit en insistant sur le dernier mot. Puis, parlant des choses qu'il avait sacrifiées à ses affaires, elle avait ajouté : *et Dieu sait quoi encore*.

Fallait-il comprendre : *C'est toi que je veux aimer et personne d'autre ?* Était-ce à dire qu'il aurait perdu à la fois et sa propre santé et la fidélité de sa femme ? Mais peut-être Ellen voulait-elle seulement lui suggérer l'idée qu'elle pourrait très bien avoir une aventure. Elle maniait le sous-entendu avec un art consommé. Crier pour appeler au secours, ce n'était pas son style.

Il n'avait pas besoin de problèmes à la maison, ses résultats du semestre suffisaient amplement ! Mais tout de même, y aurait-il anguille sous roche ? Ellen avait rougi quand le chauffeur avait demandé si elle comptait prendre la voiture. Et après, c'était avec une hâte suspecte qu'elle avait expliqué : *c'est Pritchard qui conduit.*

Il demanda : « Où est-ce que vous emmenez Mme Hamilton, Pritchard ?

— C'est elle qui prend la voiture, Monsieur. Pendant ce temps, je me rends utile à la maison. Il y a toujours tant de choses à...

— Bon, bien, l'interrompit Hamilton. Simple curiosité. Ce n'était pas pour vérifier vos faits et gestes.

— Bien sûr, Monsieur ! »

Il ressentit comme un coup de poignard. Son ulcère... Le thé, pensa-t-il. Le matin, je devrais boire du lait.

Chapitre 6

Avant de se lever, Herbert Chieseman alluma la lumière, coupa la sonnerie du réveil, monta le son de la radio restée allumée toute la nuit et, enfin, rembobina son magnétophone.

Puis il mit la bouilloire à chauffer et jeta un œil par la fenêtre pendant que la bande enregistrée, d'une durée de sept heures, se rembobinait. Le temps était clair et lumineux. Plus tard, le soleil taperait, mais, pour l'heure, l'air était encore frais. Il passa un pantalon et un chandail par-dessus les sous-vêtements dans lesquels il avait dormi avant d'enfiler ses chaussons.

Il habitait un vaste studio dans une maison victorienne du nord de Londres, qui avait connu naguère des jours meilleurs. Le mobilier ainsi que le poêle Ascot et la vieille cuisinière à gaz appartenaient à sa propriétaire. La radio, en revanche, était à lui. Le loyer incluait l'accès à la salle de bains commune et, surtout, au grenier. Cette dernière clause était particulièrement avantageuse, car l'usage de ces combles lui était strictement réservé.

Le système radio – constitué d'un puissant récepteur VHF assemblé par ses soins à partir de pièces méticuleusement sélectionnées dans une demi-douzaine de magasins de Tottenham Court Road, d'une antenne installée dans ce fameux grenier et de la console d'enregistrement trônant sur son bureau, de fabrication artisanale elle aussi – occupait la majeure partie de la pièce.

Il se versa du thé dans une tasse et y ajouta du lait concentré en boîte avant de s'asseoir devant sa table de travail sur laquelle, en dehors de l'équipement électronique, trônaient seulement un téléphone, un cahier et un stylo à bille. Il ouvrit le cahier à une page vierge et, d'une belle écriture cursive, inscrivit la date tout en haut. Puis il baissa le volume de la radio et fit passer à vitesse accélérée la bande enregistrée pendant la nuit. Chaque fois qu'il entendait un son aigu – signe qu'une conversation débutait –, il freinait du doigt la bobine jusqu'à ce que le discours devienne compréhensible.

« … la voiture se dirige vers Holloway Road, tout au bout, pour venir en aide à l'agent… »

« … Ludlow Road, au 5 West, une Mme Shaftesbury, la domestique apparemment ; au 21… »

« … l'inspecteur dit que si le Chinois est encore ouvert, il prendra du riz grillé au poulet et des chips… »

« … pour Holloway Road, magnez-vous ! L'agent est en difficulté… »

Herbert stoppa la bande pour relever ce passage.

« … on rapporte un cambriolage en cours. C'est près de Wimbledon Common, Jack… »

« … La 18, vous me recevez ?… »

« … toutes les voitures disponibles dans le secteur de Lee doivent se rendre au 22, Feather Street pour venir en aide aux pompiers… »

Il nota également cette injonction.

« ... La 18, vous me recevez ?... »

« ... J'sais pas, donne-lui de l'aspirine... »

« ... agression à l'arme blanche sans conséquence grave... »

« ... Où est-ce que vous étiez passés, la 18 ?... »

À cet instant, les yeux d'Herbert se portèrent sur la photo posée sur le manteau de cheminée. Ce portrait l'avantageait, songea-t-il. Il s'en était fait la remarque le jour même où elle le lui avait donné, vingt ans plus tôt. Depuis, il l'avait oublié. Curieusement, quand il repensait à elle, ce n'était plus telle qu'elle avait été dans la vie, mais comme une femme photographiée en studio devant un panorama fatigué : une femme à la peau parfaite et aux joues rosies par un léger pincement de la peau.

« ... vol d'une télé couleur. Le verre de la vitrine est endommagé... »

Dans son entourage, il avait été le premier à « perdre sa femme », comme disaient ses amis. Par la suite, plusieurs d'entre eux avaient connu le même sort. L'un avait sombré dans l'alcool, un autre s'était remarié avec une veuve ; Herbert, lui, s'était plongé dans son passe-temps favori : la radio. Et il avait commencé à se brancher sur la fréquence de la police les jours – de moins en moins rares – où il était trop déprimé pour aller travailler.

« ... Grey Avenue et Golders Green, l'agression rapportée... »

Une fois, après avoir entendu qu'une banque était en plein braquage, il avait contacté l'*Evening Post*. Le journaliste qui avait pris l'appel l'avait remercié pour le tuyau et pris son nom et son adresse. Le jour même, cette attaque et le montant du vol – 250 000 livres sterling – faisaient la une de l'édition du soir. Herbert s'en était vanté dans trois pubs différents, cette nuit-là. Puis l'histoire lui était sortie de la tête. Jusqu'à ce que, trois mois plus tard, il reçoive du *Post* un chèque de cinquante livres, accompagné de l'article en question titrant : *Deux morts pour 250 000 £.*

« … t'embête pas, Charlie. Si elle refuse de porter plainte, laisse tomber… »

Le jour suivant, Herbert était resté cloîtré chez lui, téléphonant au *Post* chaque fois qu'il repérait quelque chose d'intéressant sur la fréquence des flics. Dans l'après-midi, un type l'avait appelé, soi-disant le rédacteur en chef adjoint, afin de lui expliquer comment il pourrait se rendre vraiment utile au journal. Par exemple, en rapportant uniquement les agressions avec usage d'arme à feu ou mort d'homme ; et en laissant tomber les cambriolages, à l'exception de ceux qui avaient lieu à Belgravia, Chelsea ou Kensington. Concernant les vols, son interlocuteur lui avait conseillé de seulement noter ceux effectués à main armée ou impliquant de très grosses sommes d'argent. Voilà ce qu'on attendait des gens comme lui.

« … va au 23, Narrow Road et attends… »

Herbert, qui était loin d'être bête, comprit vite qu'il gagnait plus d'argent les jours où il se faisait porter pâle pour rencarder le *Post* en tuyaux de ce genre que ceux où il pointait au boulot. Sans compter qu'il préférait nettement écouter la radio plutôt que fabriquer des boîtiers pour appareils photo. Il finit donc par démissionner pour devenir « perce-oreille », selon l'expression consacrée dans le milieu journalistique.

« … Donne-moi plutôt la description maintenant !… »

Après plusieurs semaines d'écoute, Herbert avait reçu la visite dudit rédacteur adjoint, qui l'avait félicité pour sa collaboration et lui avait proposé de travailler en exclusivité pour le *Post*. Cela signifiait qu'il ne devrait livrer ses renseignements à aucun autre journal, avait précisé le journaliste. Herbert, qui toucherait une prime hebdomadaire compensant sa perte de revenus, accepta de bonne grâce la proposition, se gardant bien de dire qu'il n'avait jamais eu l'idée de téléphoner à un journal concurrent. Cela s'était déroulé avant qu'il n'emménage dans ce studio.

« … Tiens bon, on t'envoie des renforts sur-le-champ… »

Les années passant, il avait amélioré son équipement et mieux compris ce qu'on attendait de lui. Aux petites heures du matin, le *Post* reprenait grosso modo n'importe quelle information. Les heures passant, la rédaction devenait de plus en plus sélective pour finalement ne s'occuper que des meurtres en pleine rue et des vols aggravés – cela jusqu'à environ trois heures du matin. Herbert découvrit également que, à l'instar de la police, le *Post* manifestait peu d'intérêt envers les crimes commis dans les cités sur des personnes de couleur. Cela lui semblait tout à fait normal. En tant que lecteur, lui-même se fichait bien de ce que ces métèques pouvaient se faire entre eux, dans leurs cités de banlieue. Il supposa que si le *Post* ne s'intéressait pas à ce genre de nouvelles, c'était sans doute tout simplement parce que les gens qui le lisaient s'en moquaient autant que lui. Il apprit aussi à déchiffrer le jargon policier, à comprendre quand l'agression ne présentait aucun intérêt pour le journal ou concernait un problème familial, à repérer au ton du dispatcher s'il s'agissait d'une situation d'urgence ou s'il lisait la liste interminable des numéros de voitures volées. Dans ce dernier cas, sa concentration se relâchait.

Subitement, la sonnerie de son réveille-matin retentit dans le haut-parleur. Herbert coupa le magnétophone. Il monta le son de la radio et appela le *Post,* buvant une gorgée de son thé en attendant qu'on décroche.

« Le *Post,* bonjour, annonça une voix d'homme.

— Les sténos, s'il vous plaît. »

Une pause suivit.

« Sténo à l'appareil !

— Bonjour, ici Chieseman. L'heure : zéro sept cinquante-neuf. »

Un cliquetis de machine à écrire se fit entendre avant que quelqu'un ne réponde :

« Salut, Bertie. Des événements à signaler ?

— Non. Apparemment, la nuit a été plutôt tranquille. »

HUIT HEURES

CHAPITRE 7

Enfermé dans la cabine téléphonique au coin de Quill Street et de Bethnal Green, Tony Cox transpirait à grosses gouttes dans son chaud manteau à col de velours. D'une main, il tenait le combiné contre son oreille, de l'autre, une laisse en chaîne. Le chien, resté dehors, paraissait lui aussi accablé par la chaleur.

Tony introduisit sa pièce dans la fente et l'on décrocha.

« Oui ? fit la voix mal assurée d'une personne visiblement peu habituée au téléphone.

— C'est pour aujourd'hui, jeta Tony sèchement. Tenez-vous prêts ! »

Il coupa net la conversation sans avoir dit son nom ni attendu de réponse, puis il remonta l'étroit trottoir, traînant le chien derrière lui. C'était un boxer pure race, svelte et puissant. Pourtant, Tony devait sans cesse secouer la chaîne pour l'obliger à hâter le pas. Le chien était fort, mais son maître l'était davantage.

Les maisons, anciennes et construites à l'identique, donnaient directement sur la rue. Tony s'arrêta face à celle devant laquelle était garée une Rolls-Royce grise et entra, suivi du chien. À quoi bon fermer à clef ? Ses habitants ne craignaient pas les voleurs.

Humant une alléchante odeur de bacon, il passa à la cuisine et s'assit sur une chaise, avant de décrocher la laisse du chien et de chasser l'animal d'une forte claque sur l'arrière-train. Alors seulement, il retira son pardessus.

Une bouilloire chauffait sur la cuisinière, de fines tranches de bacon étaient disposées sur du papier sulfurisé. Tony sortit d'un tiroir un couteau de cuisine d'au moins vingt centimètres de long et en vérifia le tranchant du pouce. Il fallait l'aiguiser. La vieille meule dans la resserre, dehors, lui revint à l'esprit.

Juché sur un tabouret en bois, il actionna la pédale de la machine comme il avait vu son père le faire jadis, des années durant. Reproduire ses gestes à l'identique lui procura un grand plaisir. Il le revoyait, grand et beau avec ses cheveux bouclés et son regard vif, faisant jaillir des étincelles de la meule sous les cris enchantés de ses enfants. Au marché, où il tenait un étal de porcelaine et de casseroles, son père vantait sa marchandise d'une voix de stentor. Il aimait agacer le marchand de légumes voisin : « Essaie d'faire mieux, l'patateux ! J'viens juste de vendre un pot pour un d'mi-nickel. Combien va falloir qu't'en fourgues, de patates, pour te ramasser dix shillings ? » Tout comme il repérait de loin la cliente potentielle et usait de son charme sans scrupules, envers cette dame entre deux âges par exemple, les cheveux retenus dans un filet : « J'vais t'dire, chérie, dans ce coin-ci du marché, on a pas souvent droit à d'aussi jolies pépés que toi. Du coup, je m'en vais t'vendre cet article à perte. Dans l'espoir que ça te f'ra rev'nir. R'garde-moi ce beau cul en cuivre, si tu m'pardonnes l'expression. Et c'est mon dernier. Comme j'ai d'jà fait l'bénéfice que j'voulais sur le reste, çui-là, tu peux l'avoir pour deux livres. La moitié de c'que j'l'ai payé. Et ça, rien qu'parce que t'as fait battre plus vite mon cœur de vieillard. Dépêche-toi d'le prendre avant qu'je change d'avis ! »

Perdre l'usage d'un poumon l'avait énormément changé. Ses cheveux étaient devenus soudainement blancs, ses joues s'étaient creusées au point de distinguer les os sous la peau et sa belle voix s'était muée en un filet haut perché et geignard. Logiquement, l'étal aurait dû revenir à Tony. Mais comme celui-ci s'était constitué entre-temps d'autres sources de revenus, c'est Harry qui en hérita. Sourd-muet de naissance, il était marié à une belle fille de Whitechapel, patiente et gentille, qui avait appris la langue des signes. Il lui en fallait, du cran, pour tenir un stand au marché. Quand il devait discuter avec un client, Harry écrivait sur un tableau noir et présentait un carton avec le mot MERCI écrit en majuscules lorsque la vente était conclue. Harry s'était si bien débrouillé que Tony lui avait prêté de l'argent pour ouvrir un magasin et engager un directeur. Là aussi, son frère avait connu le succès. Dans la famille, on ne manquait pas de courage.

Le couteau de cuisine était désormais si bien aiguisé que Tony s'entailla légèrement le pouce en voulant vérifier le tranchant de la lame. Il retourna à la cuisine, le doigt dans la bouche.

Sa mère s'y trouvait. Lillian Cox était petite et souffrait d'un léger surpoids, dont Tony avait hérité. Pour autant, elle avait bien plus d'énergie que la moyenne des femmes de soixante-trois ans. « Je te fais du pain perdu, déclara-t-elle.

— Formidable. » Il posa le couteau et dénicha un sparadrap. « Méfie-toi de ce couteau. Je l'ai un peu trop aiguisé. »

Elle examina sa coupure, et l'obligea à compter jusqu'à cent, la main sous le robinet d'eau froide. Ensuite, elle badigeonna son doigt blessé de crème antiseptique avant de lui faire un pansement qu'elle ferma à l'aide d'une épingle à nourrice. Il se tint tranquille, se laissant faire comme un enfant.

« En tout cas, c'est gentil d'ta part de m'avoir aiguisé ce couteau. Dis-moi, où t'es allé d'si bon matin ?

— J'ai sorti le chien. Et il fallait aussi que j'appelle quelqu'un.

— J'sais pas ce qui s'passe avec le téléphone du salon, mais y a un problème », dit-elle d'un ton agacé.

Il se pencha au-dessus de la cuisinière pour sentir le bacon. « J't'ai déjà dit, m'man. Çui-là, il est sur écoute ! Le Vieux Bill s'intéresse à nous.

— File là-bas et sert le thé », lui intima-t-elle, lui mettant d'office la théière dans la main.

Il l'emporta dans la salle à manger et la posa sur un napperon. Recouverte d'une nappe brodée, la table carrée était dressée : le couvert était mis pour deux, avec le sel, le poivre et les sauces en bouteille.

Tony s'installa près de la cheminée, à la place qu'occupait jadis son père. De là, il sortit du buffet deux tasses et deux soucoupes. Il se représenta à nouveau son père surveillant le déroulement du repas à grand renfort de tapes et de sentences en argot. « Après les gnons, ça s'ra l'bâton ! » aboyait-il quand les enfants posaient les mains sur la table. Mais au fond Tony ne gardait qu'un seul grief contre lui : la façon dont il traitait sa mère. Beau comme il l'était et tout le reste, il avait maintes maîtresses et préférait dépenser son argent en tournées de gin que de le rapporter à la maison. Dans ces périodes-là, Tony et son frère parcouraient d'un bout à l'autre le marché de Smithfield pour récupérer sous les tables des choses qu'ils pourraient vendre à la savonnerie en échange de quelques pièces jaunes. Son père n'avait pas fait la guerre, mais les petits malins comme lui n'étaient pas restés pour autant les deux pieds dans le même sabot.

« Qu'est-ce que t'attends pour verser le thé ? Le déluge ? »

Lillian Cox déposa un plat devant son fils et s'assit en face de lui.

« T'en fais pas, je vais l'faire maintenant. »

Tony saisit ses couverts, tenant son couteau à la façon d'un crayon. Des saucisses, deux œufs au plat, des tomates en boîte en vrac dans un bol et plusieurs tranches de pain revenues dans l'huile composaient le menu du jour. Il enfourna une bouchée avant même d'ajouter la sauce. Ses exercices du matin lui avaient ouvert appétit.

Sa mère lui tendit sa tasse de thé. « J'sais pas, mais du vivant de ton père, paix à son âme, on n'avait pas peur de s'servir du téléphone. Y f'sait toujours bien attention à pas se faire pincer par la maréchaussée. »

Du temps de son père, ils n'avaient pas le téléphone, songea Tony qui ne releva pas. « Ouais. Y f'sait toujours si bien attention à tout qu'il est mort dans la misère.

— Pauvre, mais honnête.
— Vraiment ?
— Honnête, parfaitement ! Et dis pas l'contraire, nom de Dieu !
— J'aime pas quand tu jures, maman.
— T'as qu'à pas m'pousser ! »
Tony mangea rapidement et en silence. Son thé avalé, il déballa un cigare.
Sa mère s'empara de nouveau de sa tasse. « T'en veux encore ? »
Il regarda sa montre.
« Non, merci. J'ai des choses à faire. » Il se leva et alluma son cigare. « V'là un p'tit déjeuner qui m'aura remis en forme ! »
Elle le regarda en plissant les paupières. « Ça te démange quelque part ? »
La question l'agaça. Il souffla la fumée vers le plafond. « Quelqu'un a besoin d'savoir ?
— C'est ta vie, fais comme tu l'entends, mais méfie-toi quand même. À plus tard. »
Il la regarda attentivement. Sa mère était une forte femme, même si elle cédait face à son père. Depuis la mort du vieux, c'était elle qui menait la barque, organisait les mariages, empruntait de l'argent à un fils pour le prêter à l'autre, dispensait largement conseils et critiques, et ses reproches avaient valeur de sanction. Elle avait résisté à toutes ses tentatives pour lui faire quitter Quill Street et s'installer à Bournemouth dans un joli petit pavillon, pressentant, à juste titre, que, loin de ces vieux murs et des souvenirs qui s'y logeaient, elle perdrait toute autorité légitime. Dans sa façon de lever le nez en tendant le menton, il y avait toujours une arrogance de reine.

Mais une sorte de résignation s'y mêlait désormais, telle celle d'un monarque déchu convaincu d'avoir agi avec sagesse en abdiquant et néanmoins désolé de ne plus détenir le pouvoir. À présent, il était le roi. Voilà pourquoi elle avait besoin de sa présence à ses côtés, comprenait-il justement. En vivant près de lui, elle restait près du trône. Tony, quant à lui, l'aimait précisément pour cela : parce qu'elle avait besoin de lui. Qui d'autre à part elle ?

Sa mère se leva et dit : « Eh bien alors, qu'est-ce que t'as à traîner ?

— J'y vais », répondit-il, réalisant qu'il s'était perdu dans ses pensées. Il passa le bras autour de ses épaules et l'étreignit brièvement. Jamais il ne l'embrassait. Il attrapa son manteau, fit une caresse au chien et quitta la maison.

Dans la Rolls, la chaleur était étouffante. Tony baissa la vitre avant même de s'asseoir au volant, puis s'installa sur le siège en cuir.

Rouler en Rolls dans les rues étroites et bordées de vieilles bâtisses sans élégance de l'East End lui procurait un plaisir immense. Le luxe arrogant de l'automobile résumait l'histoire de sa vie. Les gens qui le regardaient passer – femmes au foyer, vendeurs de journaux, ouvriers ou malfrats – murmuraient sur son passage : « Tony Cox, en voilà un qui a réussi. »

Il tapota son cigare par la fenêtre ouverte. Et c'était vrai qu'il avait réussi. Il avait acheté sa première voiture à l'âge de seize ans, payée six livres à l'époque, et il avait déboursé trente shillings de plus pour le certificat vierge du ministère des Transports obtenu au marché noir. Il avait rempli les cases, puis avait revendu la voiture pour quatre-vingts livres.

En un rien de temps, il s'était retrouvé à la tête d'un parc de voitures d'occasion. Petit à petit, il avait réussi à les regrouper au sein d'une société parfaitement légale qu'il avait revendue par la suite cinq mille livres, stock et fonds de commerce confondus. Après quoi, il était entré dans le racket à grande échelle.

Ces cinq mille livres, il les avait déposées sur un compte en banque, ouvert en donnant comme référence le nom de son acheteur et en indiquant la même adresse, fausse bien évidemment.

Il avait loué ensuite un entrepôt en réglant trois mois de loyer d'avance, où il stocka radios, télés et chaînes hi-fi achetées directement aux fabricants dans le but de les revendre à des détaillants londoniens. Il payait ses fournisseurs rubis sur l'ongle. L'argent coulait à flots. Après quelques mois, en dépit d'une petite perte financière, il avait acquis une excellente réputation.

À ce stade, il avait commencé à passer des commandes nettement plus importantes. Les petits fabricants, dont les médiocres factures de cinq cents livres avaient toujours été réglées en temps et en heure, lui fournirent volontiers et aux mêmes conditions des marchandises dont les montants s'élevaient à trois ou quatre mille livres.

Une fois son entrepôt rempli de gadgets électroniques obtenus sans débourser un penny, Tony Cox avait organisé une vente. En deux jours, tourne-disques, télés couleur, pendules digitales, consoles d'enregistrement et radios étaient partis pour des sommes dérisoires, parfois même à la moitié du prix public. Débarrassé de la totalité de son stock, Tony Cox avait fermé son dépôt et était rentré chez lui avec trois mille livres en liquide, entassées dans deux valises.

À ce souvenir, Tony frissonna malgré la chaleur. Il ne voulait plus jamais courir de pareils risques ! Et si un fournisseur avait eu vent de la braderie ? Et si le directeur de son agence bancaire était tombé sur lui dans un pub, quelques jours plus tard ?

Il ne s'était pas rangé pour autant, mais montait ses escroqueries avec le concours d'hommes de paille capables de prendre la poudre d'escampette en cas de danger. Et il ne montrait jamais son visage.

Depuis cette époque, il avait diversifié ses intérêts commerciaux. Dans le centre de Londres, il louait des appartements à de jeunes dames à des prix exorbitants ; il avait la mainmise sur des boîtes de nuit et certains groupes pop. Plusieurs de ses affaires étaient parfaitement légales, d'autres franchement criminelles ; certaines mêlaient les deux, d'autres encore se situaient dans cette nébuleuse où la loi elle-même n'est pas sûre de son fait et où les hommes d'affaires soucieux de leur réputation préfèrent ne pas s'aventurer.

Évidemment, la maréchaussée était au courant de ses agissements. Avec tous les mouchards qui couraient les rues, il était impossible de se faire un nom dans le banditisme sans être fiché par Scotland Yard. Mais obtenir des preuves n'est pas chose aisée, surtout lorsque certains policiers n'hésitent pas à avertir le coupable de ce qui se trame contre lui. Pour se protéger, Tony ne lésinait pas sur la dépense. Au mois d'août, on comptait ainsi pas moins de trois ou quatre flics qui passaient leurs vacances en famille au bord de la mer, tous frais payés.

Néanmoins, Tony ne leur vouait pas une confiance aveugle. Il n'était pas dupe et savait qu'ils finiraient par le livrer un jour, pour se racheter, même si pour l'heure ils estimaient encore qu'un nickel était toujours bon à prendre, d'où qu'il vienne. En conséquence, Tony réglait toujours ses transactions en liquide, et sa mémoire lui tenait lieu de livre de comptes. De même, il faisait exécuter les coups qu'il montait uniquement par des amis, et sur instructions verbales.

Pour toujours plus de sécurité, il se limitait à jouer les bailleurs de fonds. Un petit malin en possession d'un tuyau intéressant s'associait à un voyou qui se chargeait de réunir le matériel et les bras nécessaires. Ensuite, ils allaient trouver Tony ensemble et lui exposaient le projet. S'il l'approuvait, Tony leur prêtait les sommes indispensables au paiement des dessous-de-table, armes, véhicules, explosifs, bref, tout ce dont ils avaient besoin. Le remboursement, à hauteur de cinq ou six fois la somme prêtée, s'effectuait une fois le boulot achevé.

Parce que Tony était à l'initiative du projet et ne tenait pas seulement le rôle du banquier de service, l'opération d'aujourd'hui était plus compliquée. Il devait donc être doublement sur ses gardes.

Il se gara dans une petite rue et descendit de voiture. Dans ce quartier, les maisons, construites au départ pour les contremaîtres et les artisans, bien que plus grandes que les masures de sa propre rue destinées aux dockers et aux ouvriers, n'étaient pourtant pas en meilleur état. Les façades étaient fissurées, les tours de fenêtres délabrés et les jardinets plus petits que le coffre de sa Rolls. La moitié de ces bâtisses seulement était habitée, les autres servaient d'entrepôts, de bureaux ou d'échoppes.

La porte à laquelle Tony sonna portait l'inscription BILLARDS ET SNOOKER, le ET étant en grande partie effacé. Elle s'ouvrit immédiatement. Tony entra.

Il salua d'une poignée de main Walter Burden, un ancien docker devenu bègue et boiteux à la suite d'un accident de la route, et le suivit à l'étage. Tony lui avait confié la direction de cette salle de jeu en sachant que ce geste, qui ne lui coûtait rien, lui vaudrait le respect de la population locale et la reconnaissance éternelle de l'intéressé.

« T-tu veux une tasse de thé, Tony ?

— Non merci, Walter. Je sors de table. » Il promena un regard de propriétaire sur le palier du premier étage. Les tables étaient couvertes, le plancher en lino balayé et les queues de billard rangées selon leur taille.

« Je vois que tu t'occupes bien de l'endroit.

— J'fais juste mon boulot, Tony. T-toi, t'as pris soin de moi.

— Ouais. » Cox s'approcha de la fenêtre et scruta la rue. Une Morris 1100 bleue avec deux personnes à bord était garée quelques mètres plus loin, le long du trottoir d'en face. À sa vue, Tony ressentit une curieuse satisfaction : il avait eu raison de se méfier. « Où est le téléphone, Walter ?

— Là, d-dans le bureau. »

Walter y fit entrer Tony et referma la porte, le laissant seul à l'intérieur.

La pièce était propre et bien rangée, elle aussi. Tony s'assit devant la table et composa un numéro.

Une voix répondit : « Ouais ?
— Donne-moi le top du départ.
— Cinq minutes. »
Tony raccrocha. Son cigare était éteint. Quand la tension s'emparait de lui, il oubliait de fumer. Il le ralluma avec son briquet Dunhill en or avant de ressortir et de se poster de nouveau devant la fenêtre.

« Bon, mon gros. Je m'tire, signala-t-il à Walter. Au cas où un des flics de c'te bagnole bleue aurait l'idée saugrenue d'sonner à la porte, tu réponds pas. Je suis d'retour dans une demi-heure.

— T-t'inquiète. Tu sais b-bien qu'tu p-peux compter sur moi, répondit Walter avec des hochements de tête saccadés.

— Ouais, je sais. » Tony le gratifia d'une petite tape sur l'épaule et se dirigea vers l'escalier de secours à l'arrière de la maison. L'instant d'après, il traversait la cour, dans laquelle de mauvaises herbes poussaient à travers les craquelures du béton et où un chat crasseux s'enfuit à son approche.

Il contourna une poussette rouillée, un matelas détrempé et l'épave d'une vieille voiture. Ses souliers italiens furent bientôt couverts de terre.

Le portillon de sortie donnait dans une ruelle étroite, où Tony s'engagea. Au moment où il arrivait au croisement, une petite Fiat rouge avec trois hommes à l'intérieur s'arrêta le long du trottoir. Tony eut à peine le temps de monter à la place restée libre à l'arrière qu'elle redémarrait déjà.

Son bras droit, Jacko, tenait le volant. À ses côtés, Willie le Sourd, un gars qui en savait aujourd'hui bien plus long sur les explosifs que vingt ans plus tôt, quand il avait eu le tympan gauche crevé. À l'arrière, près de Tony, se trouvait Peter “Jesse” James, un type obsédé par deux choses : les armes à feu et les filles à gros cul. Ils étaient tous des gars sérieux. Des permanents dans sa bande.

« Ton gosse, ça va ? »

Le Sourd tendit sa bonne oreille vers Tony. « De quoi ?

— Je disais : comment va P'tit Billy ?

— Dix-huit ans aujourd'hui. Toujours pareil, Tone. S'ra jamais capable de s'prendre en main. L'assistante sociale dit qu'on d'vrait l'mettre en maison spécialisée. »

Tony exprima sa compassion par de petits claquements de langue. Il se donnait du mal pour être gentil avec le fils de Willie, qui était un peu retardé, mais en vérité les malades mentaux le terrifiaient. « Et toi, t'as pas envie, bien sûr.

— Comme j'ai dit à ma femme : qu'est-ce qu'elle en sait, l'assistante sociale ? Surtout qu'celle-là, elle a tout juste vingt ans. Elle a été au collège, mais elle la ramène pas, vraiment. »

Jacko l'interrompit avec impatience. « Tout est en place, Tony. Les gars sont là-bas, les bagnoles sont prêtes.

— Bien. Les armes ? » Tony lança un coup d'œil à Jesse James.

« Deux fusils et une Uzi.

— C'est quoi ? »

Jesse sourit fièrement. « Une mitraillette .9 mm. Fabrication israélienne !

— Ben merde alors ! murmura Tony.

— On y est ! » déclara Jacko.

Tony sortit de sa poche un chapeau en tissu et se le vissa sur le crâne. « T'as bien des gars à l'intérieur, hein ?

— Oui, répondit Jacko.

— Je m'en fous qu'y sachent que l'boulot est signé Tony Cox. C'que j'veux pas, c'est qu'y puissent dire qu'y m'ont vu.

— Je sais. »

La voiture pénétra dans un chantier de ferrailleur où régnait un ordre impeccable. Les carcasses de voitures s'entassaient sur trois hauteurs en piles bien verticales, leurs composants – pyramides d'essieux, colonnes de pneus, cubes de blocs-cylindres – répartis tout autour selon une organisation bien rodée.

Près du portail se trouvaient une grue et un long camion destiné au transport des véhicules, tandis qu'à côté d'une tronçonneuse oxyacétylénique à usage industriel se nichait une fourgonnette Ford de couleur bleue avec des doubles roues à l'arrière, sans aucune inscription sur les flancs.

Tony sortit enfin de la Fiat, le sourire aux lèvres. L'ordre, il aimait ça. Ses trois compagnons vinrent se grouper autour de lui, attendant ses directives. Jacko en profita pour allumer une cigarette.

« Le proprio est au courant ? » s'enquit Tony.

Jacko acquiesça. « C'est lui qu'a fait venir la grue, le transporteur et la tronçonneuse, mais y sait pas pourquoi. On l'a ligoté pour faire plus vrai », expliqua-t-il en toussant.

Tony lui arracha son mégot de la bouche et le jeta par terre, dans la boue. « C'est mauvais, ces trucs-là. Fume plutôt ça, t'as plus de chances de faire de vieux os ! » lui lança-t-il en tirant un cigare de sa poche.

Tony se dirigea ensuite vers le portail en prenant soin d'éviter flaques et ornières. Les trois hommes lui emboîtèrent le pas. Il dépassa un tas d'accus à l'acide de plomb – plusieurs milliers d'exemplaires, pour le moins – et zigzagua entre des monticules d'arbres à cames et de boîtes de vitesses jusqu'à la grue. C'était un de ces petits modèles montés sur chenilles, capables de soulever une voiture, une fourgonnette ou même un camion pas trop gros. Déboutonnant son pardessus, il grimpa dans la cabine vitrée de l'opérateur, qui offrait une vue d'ensemble du terrain. La casse, de plan triangulaire, était bordée d'un côté par un viaduc de chemin de fer en brique dont les arches étaient aménagées en entrepôts, d'un autre par un haut mur séparant le chantier d'une aire de jeux et d'un terrain vague, réminiscence d'une explosion. Une route large et peu fréquentée longeait le troisième côté, parallèle à la rivière. La chaussée formait une courbe.

Au pied du viaduc se trouvait une cabane construite avec de vieilles portes en bois surmontées d'un toit en papier goudronné. C'était là que devaient être les hommes, buvant du thé et fumant nerveusement autour d'un radiateur électrique.

Exalté, Tony sentit que les choses se dérouleraient parfaitement, il se fiait à son instinct.

Redescendu de la grue, il s'attacha à déclarer d'un ton égal : « Le fourgon suit pas toujours le même trajet, et y a pas mal de routes pour aller de la City à Loughton. Mais la plupart d'entre elles passent par ici, pas vrai ? Alors, à moins qu'y z'aient décidé de prendre par Birmingham ou Watford, y devraient se pointer par ici. Mais faut quand même reconnaître qu'il leur arrive d'emprunter des itinéraires ridicules, et y pourraient très bien l'faire aujourd'hui. Alors, si on doit r'mettre ça à plus tard, refilez aux gars un bifton et renvoyez-les chez eux jusqu'à la prochaine.

— Ils le savent déjà, intervint Jacko.

— Très bien. Autre chose ? »

Tony délivra ses dernières instructions aux trois hommes restés silencieux : « Que tout le monde porte un masque et des gants. Et que personne dise un mot », avant de les dévisager successivement pour s'assurer qu'ils avaient bien compris. « OK. Maintenant, ramenez-moi. »

Durant tout le trajet du retour empruntant un labyrinthe de ruelles, le silence régna dans la petite Fiat rouge.

Une fois arrêté sur le chemin qui longeait l'arrière de la salle de billard, Tony descendit de voiture puis se pencha vers la fenêtre ouverte. « Le plan est bon. Si tout l'monde fait bien ce qu'il a à faire, ça marchera. Y a deux ou trois bricoles dont j'ai pas parlé : la protection, les mecs à l'intérieur. Mais vous emballez pas, faites les choses soigneusement et l'affaire sera dans le sac. » « Et allez pas zigouiller quelqu'un avec votre engin de mort, putain ! » ajouta-t-il après une courte pause.

Tony remonta le passage en sens inverse et s'introduisit dans la salle de jeu par l'issue de secours. Walter, qui jouait au billard à l'une des tables, se redressa en entendant le bruit de la porte.

« T-tout va bien, Tone ? »

Tony alla tout droit à la fenêtre. La Morris bleue était toujours stationnée au même endroit. « Les copains ont pas bougé ?

— Non. Z'ont dû s'as-sphyxier à force de f-fumer. »

Une chance que la police manque d'effectifs pour me tenir sous surveillance nuit et jour, pensa Tony. Ces filatures aux heures ouvrables, de neuf heures à dix-sept heures, étaient une aubaine qui lui permettait de se bâtir des alibis sans trop réduire ses activités illicites. Il avait conscience qu'un jour il serait suivi vingt-quatre heures sur vingt-quatre. Mais à ce moment-là, on l'aurait prévenu.

« Une p-partie, pour t'changer les idées ? proposa Walter en désignant la table derrière lui.

— Non, répondit Tony en quittant la fenêtre. J'ai une journée plutôt chargée. » Il redescendit au rez-de-chaussée, Walter boitillant à sa suite, puis sortit dans la rue.

« Salut, Walter.

— À b-bientôt, Tony. Dieu t-te bénisse, mon gars ! »

CHAPITRE 8

La tranquillité de la salle de presse, parfois interrompue par le télécopieur qui se mettait à bégayer ou le bruissement des pages des journaux sous les doigts d'Arthur Cole, se brisa soudainement. À présent, l'activité démarrait : trois dactylos faisaient cliqueter leur clavier, un coursier sifflotait un air pop et un photographe en manteau de cuir discutait football avec un pigiste. Les journalistes arrivaient peu à peu, la plupart exécutant leur rituel matinal : pour l'un, c'était prendre un thé au distributeur, pour l'autre, allumer une cigarette, pour un troisième, se plonger illico dans la page 3 du *Sun*, celle avec la fille à poil. Chacun avait ses petites habitudes pour commencer la journée du bon pied.

Cole avait remarqué cette petite routine, qui contribuait selon lui à créer une atmosphère d'ordre et de calme, et il leur laissait quelques minutes de répit avant de leur assigner une tâche. Le rédacteur en chef Cliff Poulson, un type avec des yeux verts de grenouille, procédait d'une manière complètement différente. Il fallait que les choses aillent vite. « Inutile d'enlever votre manteau, jeune homme ! » aimait-il à dire avec son fort accent du Yorkshire. Son plaisir notable à prendre des décisions dans l'urgence, sa hâte perpétuelle conjuguée à son petit air bonhomme généraient une sorte de frénésie. Arthur Cole pensait pour sa part que s'accorder quelques minutes de réflexion supplémentaires n'avait jamais conduit au report d'un sujet dans une édition suivante.

Arrivé depuis déjà cinq minutes, Kevin Hart lisait le *Mirror*, une fesse posée sur le bord d'un bureau, dans une position qui donnait à son pantalon un tombé élégant. « Kevin ! lui lança Cole. Tu veux bien appeler le Yard ? » Le jeune homme décrocha un téléphone en guise de réponse.

Arthur promena les yeux sur la salle et jugea qu'il était temps de mettre tout ce petit monde au travail. Un bon paquet de feuilles était empilé sur son bureau. Il s'agissait des tuyaux recueillis par Bertie Chieseman pendant la nuit, qu'il tria par sujets, en empalant certains sur une pique en métal, en en distribuant d'autres à différents journalistes, accompagnés de brèves instructions. « Anna, un flic a eu des problèmes, Holloway Road. Appelle le commissariat du quartier et vois de quoi il retourne. Si c'était des poivrots, tu laisses tomber… Joe, un incendie dans l'East End. Appelle les pompiers… Un cambriolage à Chelsea, Phillip. Vérifie l'adresse dans le bottin mondain au cas où quelqu'un de célèbre habiterait là… Burney, la police a pris en chasse un Irlandais et l'a arrêté à Camden, dans Queenstown Street, juste après qu'il a passé un coup de fil. Appelle le Yard et vois si l'IRA est impliquée. »

Le téléphone interne sonna. Arthur Cole décrocha.

« Quelque chose pour moi, Arthur ? interrogea le responsable des illustrations.

— Pour l'heure, on garde comme gros titre le vote d'hier soir aux Communes.

— Mais c'est passé à la télé !

— Tu m'appelles pour avoir un renseignement ou pour m'en donner un ?

— OK. J'envoie quelqu'un à Downing Street pour avoir une photo du Premier ministre aujourd'hui. Autre chose ?

— Rien qui ne soit déjà sous presse.

— Merci, Arthur. »

Cole raccrocha. Il n'était jamais fameux de reprendre des sujets traités la veille. Et ce n'était pourtant pas faute de se décarcasser pour actualiser les informations ! Deux journalistes étaient pendus au téléphone pour obtenir des réactions suite à ce vote. Plusieurs députés avaient fait part de leur commentaire, mais aucun ministre ne s'était encore épanché.

« Mme Poulson vient d'appeler, lança un journaliste entre deux âges, la pipe à la bouche. Cliff a chopé la tourista. Faudra pas compter sur lui aujourd'hui. »

Cole soupira. « Comment a-t-il attrapé ça à Orpington ?

— Un curry au dîner.

— Je vois », conclut Cole, se rembrunissant. Son assistant était en vacances et son rédac-chef malade le jour où il n'y avait pas une info à se mettre sous la dent ! Il allait devoir se dépatouiller tout seul pour remplir les colonnes du journal !

Kevin Hart s'approcha du bureau de la rédaction. « Rien de rien. D'après le Yard, la nuit a été des plus tranquille. »

Cole leva les yeux vers le journaliste qui se tenait devant lui. Grand, âgé de vingt-trois ans, il était blond et portait les cheveux longs. « Ridicule ! répliqua Arthur, irrité. Les nuits tranquilles, ça n'existe pas à Scotland Yard. Mais qu'est-ce que vous avez tous, dans cette salle de presse ?

— Ça ferait un bon sujet, ça, rétorqua Hart en souriant. "Première nuit sans crime à Londres depuis plus de mille ans". »

Sa désinvolture ne fit qu'agacer Cole davantage, qui répliqua froidement : « Ne te contente jamais de ce genre de réponse quand elle vient du Yard. »

Hart rougit, gêné de se voir traité comme un bleu. « Je les rappelle, alors ?

— Non, dit Cole, comprenant que le message était passé. Tu vas plutôt me rédiger un truc. As-tu entendu parler de ce nouveau gisement de pétrole en mer du Nord ?

— Shield ?

— Exact. Le ministre de l'Énergie doit annoncer dans la journée le nom de la compagnie qui a obtenu l'autorisation de l'exploiter. Fais-moi une trame bateau à garder sous le coude jusqu'à cet après-midi. On comblera les trous juste avant la parution. En arrière-fond, tâche de montrer l'importance pour les compagnies en lice d'obtenir ce permis en abordant la façon dont le ministre prend sa décision.

— Très bien. » Hart fit demi-tour sans broncher et se dirigea vers la bibliothèque. Cole garda un moment les yeux fixés sur le jeune homme qui s'éloignait. Ce travail imbécile était une sorte de punition, mais ce type l'énervait, avec ses cheveux longs, ses costumes élégants et son assurance un peu trop marquée, même si, il fallait l'admettre, le culot était une qualité pour un journaliste.

Quoi qu'il en soit, Cole nota que Hart avalait la pilule sans rechigner, ce qui était un bon point pour lui.

Cole se leva ensuite et alla à la table des rewriters. Le responsable du service avait devant lui le texte de l'agence de presse sur le vote de la loi sur l'industrie et les nouveaux sujets pondus par les pigistes. Cole lut par-dessus son épaule ce qu'il avait écrit sur son bloc-notes.

APPEL DES DÉPUTÉS INSURGÉS :
« REJOIGNEZ-NOUS ! »

Le rewriter se gratta la barbe et leva les yeux. « Qu'est-ce que tu en penses ?

— Je déteste. Cela a une connotation extrême droite, alors qu'il s'agit des libéraux.

— Ouais, j'aime pas non plus. » Il froissa sa feuille de papier en boule et l'expédia dans la corbeille en métal. « Quoi de neuf, sinon ?

— Rien de spécial. Je viens juste de répartir les infos du perce-oreille. »

Son collègue hocha la tête et fixa d'un air pensif la grosse pendule accrochée à l'avant de la salle. « Espérons qu'on aura quelque chose de bien pour la seconde édition. »

Cole se pencha au-dessus de lui et inscrivit sur sa page :

APPEL DES DÉPUTÉS CONTESTATAIRES
À REJOINDRE LES LIBÉRAUX

« C'est toujours aussi nul, juste un peu plus clair.

— Tu veux ma place ? » plaisanta le rewriter.

Cole retourna à son bureau, où Annela Sims le rejoignit : « L'incident de Holloway Road n'a débouché sur rien. Des fêtards, rien de plus. Aucune arrestation à signaler.

— Compris. »

Joe Barnard reposa son téléphone et lança depuis sa place : « Arthur ! Pas vraiment palpitant, l'incendie. Aucun blessé.

— Combien d'habitants ? demanda Cole par automatisme.

— Deux adultes et trois enfants.

— Ça nous fait une famille de cinq personnes qui échappe de justesse à la mort. Tu brodes sur ce thème ! »

Ce fut ensuite au tour de Phillip Jones : « Apparemment, c'est le célèbre violoniste Nicholas Crost qui a été cambriolé.

— Tant mieux ! Appelle le commissariat de Chelsea et vois ce qui a été emporté.

— C'est déjà fait. Un Stradivarius manque à l'appel. »

Phillip semblait satisfait, Cole lui sourit.

« Merci, mon gars ! Tu me ponds ça, et tu files là-bas interviewer le maestro désespéré. »

Le téléphone retentit. Cole décrocha.

Il ne l'aurait avoué pour rien au monde, mais il s'amusait comme un fou.

NEUF HEURES

Chapitre 9

Tim Fitzpeterson gisait sur son lit, le visage enfoui dans son oreiller trempé par les larmes. Pleurer ne l'avait pas soulagé et le moindre mouvement lui causait une douleur atroce. Il avait beau tenter de se calmer, ses pensées partaient dans tous les sens. Puis, au bout d'un moment, il commença à somnoler. Mais ce répit, loin de la douleur et du désespoir qui l'envahissaient, ne fut malheureusement que de courte durée. Rapidement, sa souffrance et son tourment reprirent possession de son corps et de son crâne. Il songea qu'il n'avait envie de rien, nulle part où se réfugier, personne à qui parler. De toute façon, il n'en aurait pas eu la force. La seule chose dont il était capable, c'était de se remémorer amèrement la nuit passée avec cette femme rousse. « T'auras quand même eu la meilleure nuit de baise de ta vie », avait ricané Cox, et il avait vu juste. Tim avait bien du mal à chasser de son esprit la vision de ce corps mince et souple. Il comprit que cette fille ne lui avait fait entrevoir le paradis que pour mieux lui en claquer la porte au nez. Elle avait feint l'extase, évidemment, alors que lui-même n'avait rien simulé. Quand il songea que tout à l'heure il caressait l'idée de s'embarquer avec elle pour une vie nouvelle, embellie par un amour charnel dont il avait oublié jusqu'à l'existence, il se dit que tirer des plans sur la comète ne rimait décidément à rien.

En entendant les élèves crier et se quereller dans la cour de récréation, il se prit à les envier et se revit, enfant dans le Dorset, en blazer noir et culottes courtes, faisant à pied ses cinq kilomètres en pleine campagne pour aller à l'école. Une école qui n'avait qu'une seule classe. Le maître clamait qu'il n'avait jamais eu de meilleur élève, ce qui ne voulait pas dire grand-chose. Ce qu'on pouvait dire, c'était qu'il lui avait enseigné l'arithmétique et s'était débrouillé pour le faire entrer dans le secondaire.

Il n'en avait pas fallu davantage à Tim pour s'épanouir. Au collège, se rappela-t-il, il était devenu chef de bande, celui qui organisait les jeux dans la cour et fomentait les rébellions en classe. Il avait été meneur tant qu'il n'avait pas porté de lunettes.

Il se souvint alors qu'il avait connu un désespoir semblable à celui qui l'habitait aujourd'hui. Le jour où il était arrivé à l'école, les yeux cachés derrière des lunettes ! Ses copains, tout d'abord ébahis et consternés, n'avaient pas tardé à se moquer de lui avant de l'accabler de leur mépris. « Quat'zyeux ! Quat'zyeux ! » s'étaient-ils mis à chanter en le suivant pas à pas dans la cour. Après le déjeuner, quand il avait voulu organiser le match de foot, John Willcott s'était interposé : « Tire-toi d'là, t'es hors jeu ! » Tim lui avait alors balancé un coup de boule, ayant pris soin d'ôter préalablement ses lunettes. Mais Willcott était grand et, aux poings, Tim était loin de faire le poids. S'il l'avait dominé jusque-là, c'était uniquement par la force de sa personnalité. Au final, il s'était retrouvé dans les vestiaires en train de pisser le sang par le nez, tandis que Willcott sélectionnait les joueurs.

Pendant le cours d'histoire, il avait tenté de reprendre le pouvoir en lui lançant des boulettes de papier remplies d'encre, au nez et à la barbe de Miss Percival. Mais la vieille Percy, comme on l'appelait, avait décidé de rétablir l'ordre en l'envoyant chez le surveillant général y recevoir une correction. Après l'école, sur le chemin du retour, il s'était encore battu et avait reçu une belle raclée. Son blazer avait été déchiré dans la bataille, et sa mère avait pioché dans sa tirelire pour lui en racheter un autre, alors qu'il économisait depuis six mois pour s'offrir une radio Crystal. Oui, le jour où ses qualités de chef avaient été battues en brèche était bien le plus sombre de toute sa vie d'enfant. Ce martyre avait duré jusqu'à ce qu'il entre à l'université et adhère au parti. Pourtant, il aurait donné n'importe quoi pour échanger ses tourments actuels contre une bagarre ou une punition du surveillant général.

Un coup de sifflet retentit dehors, et le bruit des enfants dans la cour cessa brusquement. Si seulement je pouvais faire disparaître mes ennuis aussi rapidement, se dit-il. L'idée était tentante.

Ce qui l'animait hier encore, comme avoir un bon boulot, jouir d'une réputation solide et réussir au sein du gouvernement, lui semblait désormais dérisoire.

Le surveillant avait sonné la fin de la récréation, ce qui signifiait qu'il était plus de neuf heures. A cette heure, Tim aurait dû être en train de présider une commission sur la productivité comparée des différents types de centrales énergétiques. Il fut surpris d'avoir pu s'intéresser à des sujets aussi abscons. Même le projet le plus cher à son cœur, la prévision des besoins énergétiques de l'industrie britannique au tournant du millénaire, ne soulevait plus aucun enthousiasme en lui. Quant à la seule idée de se retrouver face à ses filles, il était pris de terreur. La moindre de ses pensées se réduisait en cendres. Il se moquait du résultat des prochaines élections. De toute façon, le destin de la Grande-Bretagne était scellé par des puissances extérieures qui échappaient au pouvoir en place. Tout cela n'était qu'un jeu, il l'avait toujours su. La seule différence, maintenant, c'est que les honneurs ne l'intéressaient plus.

Non, il n'avait personne au monde à qui se confier. Personne. Que pourrait-il dire à sa femme : « Chérie, j'ai été tellement bête, je t'ai trompée. J'ai été séduit par une ravissante pute au corps de déesse, et on me fait chanter… » ? Julia se figerait, les yeux braqués sur lui, une expression de dégoût voilerait ses traits en même temps qu'elle se renfermerait, refusant tout contact. « Ne me touche pas ! » jetterait-elle en retirant sa main quand il voudrait la prendre. Il était facile d'imaginer la scène. En conséquence, il savait qu'il ne faudrait rien lui dire. Tout au moins, pas avant que ses propres blessures ne soient cicatrisées. Mais il ne vivrait pas assez longtemps pour connaître ce jour, il en était convaincu.

À qui d'autre pourrait-il donc parler ? Des collègues au gouvernement ? « Merde, mais c'est affreux, mon vieux ! » s'exclameraient-ils, tout en réfléchissant déjà à la position de repli qu'ils devraient adopter. Car il n'y avait aucune illusion à se faire : dès lors que l'affaire serait rendue publique, il ne serait plus question pour eux d'être associés de près ou de loin à un projet approuvé par Tim ou d'être vus fréquemment en sa compagnie. Certains se permettraient même un petit laïus afin de redorer leur blason puritain. Tim n'éprouvait pas de haine à leur endroit. S'il pouvait prédire aussi clairement leur comportement, c'était parce qu'il savait bien que, dans une situation analogue, il agirait exactement de la même manière.

Pourrait-il se confier à son agent ? À une ou deux reprises, il s'était comporté en ami. Mais il était jeune. Que savait-il de l'importance de la fidélité dans une union qui durait depuis vingt-six ans ? Il lui conseillerait, non sans cynisme, de cacher l'histoire à tout prix, de ne pas se focaliser sur son âme torturée.

Sa sœur, alors ? Cette seule idée le fit frémir. Femme sans prétention, mariée à un charpentier, elle avait toujours un peu jalousé son frère et se réjouirait sans complaisance de cette situation.

Quant à ses parents, c'était tout simplement inenvisageable : son père était décédé et sa mère n'avait plus toute sa tête.

N'avait-il donc aucun ami ? Comment avait-il mené sa barque pour se retrouver aujourd'hui sans une seule personne au monde capable de l'aimer quoi qu'il ait fait, en bien ou en mal ? Les amitiés sincères exigeaient probablement un engagement à double sens. Or lui avait toujours veillé à s'entourer de gens qu'il pourrait laisser tomber du jour au lendemain si jamais leur proximité s'avérait dangereuse.

Non, il n'avait aucun soutien à attendre de qui que ce soit. Il ne pouvait compter que sur lui-même.

Comment est-on censé réagir quand on subit une défaite écrasante à une élection ? se demanda-t-il avec lassitude. Probablement en regroupant ses forces, en bâtissant un scénario pour les années que l'on devra passer dans l'opposition, en sapant les fondations qui existent, en se nourrissant de sa propre colère et en poursuivant la lutte. Il tenta de puiser au plus profond de lui-même le courage, la haine ou l'amertume qui lui permettraient de nier la victoire de Tony Cox. Il n'y trouva que lâcheté et rancune.

Il avait déjà perdu des batailles, connu l'humiliation, mais il était un homme, et les hommes ont la force de continuer le combat, songea-t-il. Hélas, cela avait été vrai en d'autres temps, quand l'image qu'il avait de lui-même était celle d'un homme éduqué, résolu, de parole, loyal et courageux. Quand il était un homme fier de remporter des batailles, mais tout aussi capable d'accepter la défaite. Las, Tony Cox lui avait aujourd'hui révélé une facette de lui-même dont il avait toujours ignoré l'existence : celle d'un type assez naïf pour se laisser séduire par une idiote, assez faible pour trahir ses engagements à la première menace de chantage, assez peureux pour ramper au sol en criant grâce.

Il ferma très fort les yeux. L'image demeurait incrustée en lui. Et elle le resterait jusqu'à son dernier jour. Qui n'était peut-être pas si lointain.

Tim se ressaisit : il s'assit sur le bord du lit avant de se lever avec difficulté. Le drap était taché de sang, son sang à lui, amer rappel de ce qui s'était passé. Le soleil avait progressé dans le ciel et baignait la chambre de lumière. Tim aurait voulu fermer la fenêtre, mais cela lui aurait demandé trop d'effort. Vacillant, il quitta la pièce et traversa le salon pour se rendre dans la cuisine. La bouilloire et la théière se trouvaient là où *elle* les avait laissées, des feuilles de thé éparpillées sur le plan de travail en Formica. Elle ne s'était pas donné la peine de remettre le lait au réfrigérateur.

La trousse à pharmacie était rangée dans un placard fermé à clef, hors d'atteinte des enfants. Tim tira une chaise sur le carrelage Marley et s'y hissa pour attraper la clef posée sur le meuble. Dans le placard, il attrapa une vieille boîte à biscuits ornée d'un dessin représentant la cathédrale de Durham, qu'il n'ouvrit qu'une fois redescendu de son perchoir.

À l'intérieur, il découvrit des pansements, de la gaze, des ciseaux, une crème antiseptique, un calmant pour nourrissons, un tube d'Ambre Solaire égaré là et un gros flacon rempli à ras bord de somnifères. Il s'en empara avant de refermer la boîte et d'attraper un verre dans un autre placard.

Il ne jugea pas utile de ranger le lait, nettoyer le plan de travail, remettre la boîte à pharmacie à sa place, fermer la porte du placard à vaisselle. À quoi bon ?

Il emporta le verre et les pilules dans le salon et les posa sur son bureau où seul trônait le téléphone (Tim avait l'habitude de toujours ranger ses documents sitôt son travail achevé), puis il se dirigea vers le meuble du téléviseur. C'était là qu'il rangeait les alcools, qu'il avait l'intention d'offrir à la fille la veille au soir. Il y avait du whisky, du gin, du sherry, un bon brandy et une bouteille d'eau-de-vie de prune non entamée que quelqu'un lui avait rapportée de Dordogne. Il prit le gin, bien qu'il n'aimât pas ça.

Il remplit le verre resté sur le bureau avant de s'asseoir dans son fauteuil à dossier droit.

Attendre – des années, peut-être – la vengeance qui lui redonnerait le respect de lui-même ? Il n'en avait pas la patience. Tout comme il n'avait pas pour l'heure le moyen de nuire à Cox sans se causer à lui-même un préjudice encore plus grave. Révéler les activités de ce malfrat reviendrait à révéler ses propres agissements.

En revanche, un homme mort n'éprouve plus la douleur.

Il allait donc détruire Cox et mourir ensuite.

Dans les circonstances actuelles, c'était l'unique chose à faire.

CHAPITRE 10

En gare de Waterloo, un chauffeur au volant d'une Jaguar attendait Derek Hamilton. Sa Rolls-Royce de président avait pâti de la politique de rigueur, mais les syndicats n'avaient malheureusement pas noté ce geste d'ouverture qui leur était pourtant destiné. Le chauffeur porta la main à sa casquette et tint la portière ouverte à Hamilton, qui monta en voiture sans un mot.

Au moment où le moteur démarrait, il décida de faire un crochet avant d'aller au bureau. « Conduisez-moi chez Nathaniel Fett. Vous savez où il habite, n'est-ce pas ?

— Oui, Monsieur. »

L'automobile franchit le pont de Waterloo, puis tourna dans l'Aldwych en direction de la City.

Derek Hamilton et Nathaniel Fett s'étaient connus à la Westminster School, où ils avaient étudié l'un et l'autre sur décision paternelle : Nathaniel Fett senior considérait que là-bas son fils n'aurait pas à souffrir d'être juif ; lord Hamilton ne voulait pas quant à lui que son rejeton « tourne en crétin de la haute », pour reprendre l'expression de Sa Seigneurie.

Issus de milieux semblables, les deux garçons avaient bien des points communs, à commencer par un père riche et dynamique, et une mère d'une beauté à couper le souffle. Ils avaient grandi dans un environnement intellectuel, où l'on recevait à dîner des hommes politiques, et où les toiles de maître côtoyaient les vastes bibliothèques. Une solide amitié s'était nouée entre eux, notamment à Oxford où ils avaient tous deux poursuivi leurs études : Fett à Baillol, Hamilton à Magdalen. Au fil du temps, la comparaison entre les deux familles n'avait plus été à l'avantage de la maison Hamilton, Derek avait peu à peu pris conscience de la vacuité spirituelle de son père, ancré dans des opinions conservatrices qu'il exprimait à grand renfort de clichés dignes de la Chambre des lords. Le vieux Fett, en revanche, était un homme capable de discuter en toute tolérance de sujets tels que la peinture abstraite, le communisme ou le jazz be-bop, quand bien même c'était pour les réduire en pièces avec une précision chirurgicale.

Assis dans le fond de la voiture, Derek souriait pour lui-même, songeant qu'il avait été trop sévère vis-à-vis de son père. Peut-être en allait-il toujours ainsi entre pères et fils. Mais en vérité, peu d'hommes possédaient à ce point l'art de l'escarmouche. L'intelligence de lord Hamilton lui avait permis de développer un réel pouvoir politique, contrairement au père de Nathaniel qui, en raison de sa trop grande sagesse, n'avait jamais eu de véritable influence sur les affaires de l'État.

Nathaniel avait hérité de cette sagesse, et il avait bâti sa propre renommée dès les bancs de l'école, lorsqu'il dispensait ses avis à ses petits camarades. En tant que fils aîné, il avait succédé à six générations de Nathaniel Fett à la tête d'un bureau d'agents de change dont il avait fait une banque d'affaires spécialisée dans les conseils en investissements, fusion ou rachat d'entreprises.

La voiture s'arrêta devant les bureaux de Nathaniel Fett. « Attendez-moi ici », ordonna Hamilton.

La bâtisse n'avait rien d'imposant, cela aurait été superflu. Sur la façade, à côté du portail, une petite plaque toute simple désignait l'établissement. L'immeuble, situé non loin de la Banque d'Angleterre, était coincé entre une boutique à sandwichs et un débit de tabac. Un passant non avisé aurait supposé qu'il abritait une compagnie d'assurances ou de transport maritime plus ou moins prospère, sans imaginer un instant l'étendue de la société, de part et d'autre de ces boutiques.

L'intérieur était agréable et sans ostentation, équipé de l'air conditionné, d'un éclairage discret et d'une moquette de belle qualité posée avec art. Ce même individu se serait dit que les œuvres accrochées aux murs étaient sûrement de grande valeur. Et cette fois, il aurait vu juste : c'étaient bien des tableaux de maître qui ornaient les murs, protégés par des verres anti-effraction.

Hamilton fut conduit directement dans le bureau de Fett, au rez-de-chaussée.

Installé dans un fauteuil club, Nathaniel était plongé dans le *Financial Times*. Il se leva pour serrer la main de son ami.

« Le bureau, dis-moi, c'est uniquement pour le décor ? Je ne me souviens pas de t'y avoir vu assis !

— Prends un siège, Derek. Un thé, un café, du sherry ?

— Un verre de lait, s'il te plaît.

— Si vous voulez bien faire le nécessaire, Valerie... » Il adressa un petit signe de tête à l'intention de la secrétaire qui s'éclipsa sur-le-champ. « Ce bureau ? Je ne m'en sers jamais. Tu voudrais que je reste assis derrière, comme les employés dans les romans de Dickens ? En fait, je dicte tout mon courrier, et aucun des livres que je lis n'est trop lourd pour que je ne puisse pas le tenir entre mes mains.

— Il est donc bien purement décoratif.

— Il se trouvait déjà dans la pièce quand je m'y suis installé. Il est trop grand pour qu'on l'en sorte et trop coûteux pour qu'on en fasse du bois de chauffage. Je ne serais pas étonné d'apprendre que le bâtiment a été construit autour de lui. »

Hamilton sourit. Il but une gorgée du verre de lait que Valerie lui avait apporté et examina son ami. Il s'intégrait parfaitement dans ce cadre : à l'instar des lieux, l'homme était de petite taille, arborait des couleurs sombres et n'avait rien de guindé, sans pour autant paraître négligé. Nathaniel portait des lunettes à monture épaisse et des cheveux brillantinés. Et une cravate club[1], signe de sa réussite sociale : curieusement, Hamilton se fit la réflexion que cet apparat était bien là la seule concession faite à ses origines juives.

Reposant son verre, il demanda : « Lisais-tu des choses sur moi ?

1. La cravate club présente des diagonales de couleurs diverses, originellement celles du club, de l'école ou du régiment auquel on appartient ou a appartenu. Elle est d'une élégance typiquement britannique.

— En diagonale. La réaction était prévisible. Il y a dix ans, les résultats d'une compagnie de la taille d'Hamilton auraient provoqué des vagues, de l'industrie du son jusqu'au prix du zinc. Aujourd'hui, c'est juste une grande entreprise confrontée à des problèmes. Et il y a un mot pour cela : récession.

— À quoi bon tout ça ? soupira Hamilton.

— Je te demande pardon ? »

Hamilton haussa les épaules. « Pourquoi travaille-t-on autant ? Pourquoi va-t-on jusqu'à en perdre le sommeil et à mettre en péril des fortunes ?

— Et à développer des ulcères », ajouta Fett. Il souriait toujours, mais on décelait un léger changement en lui. Son regard, derrière ses épais verres de lunettes, était devenu plus inquisiteur et il s'était passé la main sur l'arrière du crâne pour aplatir ses cheveux dressés en épis. Hamilton traduisit aussitôt son geste comme le signe qu'il était sur la défensive.

Et de fait, Nathaniel s'était retranché dans son rôle de conseiller vigilant, capable de délivrer ses sentences en toute objectivité, même à un ami. Ce fut néanmoins sur un ton anodin qu'il répondit : « Pour gagner de l'argent, voyons. Sinon pour quoi ? »

Hamilton montra un léger agacement, reprochant à Fett de ne jamais s'engager franchement dans les discussions.

« C'est de l'économie niveau terminale ! dit-il avec dérision. J'aurais gagné bien plus d'argent en vendant mon héritage et en plaçant cette somme sur un livret de la poste. Si la plupart des dirigeants des grandes entreprises procédaient ainsi, ils pourraient vivre très confortablement jusqu'à la fin de leur vie. Alors, qu'est-ce qui nous pousse à vouloir conserver notre fortune et même l'accroître ? L'avidité, le pouvoir, le goût de l'aventure ? Serions-nous tous des joueurs impénitents ?

— J'ai l'impression d'entendre Ellen. Je me trompe ?

— Non, fit Hamilton en riant. Mais cela me peine que tu ne me croies pas capable de m'interroger moi-même sur ces sujets.

— Je ne pense pas cela. Simplement, Ellen a des mots bien à elle pour exprimer ce dont tu parles. Quoi que tu en dises, tu ne serais pas là à me déballer ce beau discours si ce qu'elle dit ne faisait pas un peu écho en toi. » Il marqua une pause avant d'ajouter :

« Derek, fais attention à ne pas perdre Ellen. »

Ils échangèrent un regard pendant un moment avant de détourner la tête l'un et l'autre, en silence. Tous deux savaient qu'à cet instant ils ne devaient pas aller plus loin dans leur échange s'ils voulaient maintenir leur amitié intacte.

« Nous pourrions bien faire l'objet d'une OPA malveillante dans les jours à venir, reprit Fett après un moment.

— Vraiment ? s'étonna Hamilton.

— Après les mauvais résultats du semestre, quelqu'un pourrait vouloir profiter de ta déprime ou de ta panique pour te récupérer à bon prix.

— Et tu me conseillerais quoi, dans ce cas ? s'enquit Hamilton pensivement.

— Tout dépend du montant de l'offre. Mais je te dirais probablement d'attendre. Nous saurons aujourd'hui qui a obtenu la licence d'exploitation.

— Tu parles du gisement de Shield ?

— Oui. Si c'est toi, tes actions grimperont en flèche.

— Pour un repreneur, la boîte n'est pas très prometteuse. Les bénéfices sont maigres.

— Oui, mais pour un dépeceur, c'est l'occasion rêvée.

— Intéressant…, réfléchit Hamilton à voix haute. Un joueur lancerait une offre aujourd'hui, avant que le nom de l'heureux élu ait été divulgué ; un opportuniste se manifesterait demain, pour vérifier que nous avons remporté le marché ; un véritable investisseur attendrait la semaine prochaine.

— Et le sage leur dirait non à tous. »

Hamilton sourit. « Il n'y a pas que l'argent, Nathaniel.

— Dieu merci !

— Ai-je dit une hérésie ?

— Pas du tout », répondit Fett, le regard brillant. Manifestement, la situation l'amusait. « Je sais ça depuis des années. Ce qui me surprend, c'est que ce soit *toi* qui le dises.

— J'en suis le premier étonné. » Hamilton fit une pause. « Juste par curiosité : crois-tu qu'on puisse remporter cette licence de forage ?

— Aucune idée, répondit l'agent de change, le visage redevenu impénétrable en l'espace d'un instant. Tout dépend de la position du ministre : en accordant la licence, soit il choisit d'offrir un bonus à une société qui fait déjà des profits, soit il propose une bouée de sauvetage à une société qui bat de l'aile.

— Hmm. Ni à l'un ni à l'autre, je dirais. N'oublie pas que nous dirigeons seulement le consortium. Ce qui compte, c'est l'ensemble du groupe. La partie qui dirige, c'est-à-dire Hamilton, fournit ses contacts à la City et son expertise en matière de management. Pour le développement, nous lèverons des fonds, au lieu de les sortir de nos poches. D'autres dans l'équipe apporteront leurs compétences et leur expérience en matière d'ingénierie, de technique de forage, de gestion des installations, en marketing, que sais-je encore.

— Dans ce cas-là, tu as toutes tes chances. »

Hamilton sourit encore. « Socrate !

— Pourquoi ?

— Parce qu'il savait forcer les gens à répondre eux-mêmes à leurs questions. »

Hamilton hissa sa lourde carcasse hors de son siège. « Faut que j'y aille. »

Fett le raccompagna jusqu'à la porte. « Derek, j'espère que tu ne m'en veux pas pour ce que j'ai dit à propos d'Ellen…

— Non, ton jugement m'est précieux. »

Nathaniel hocha la tête. « Quoi que tu décides, n'agis pas dans la panique, dit-il en ouvrant la porte.

— D'accodac ! » répondit Hamilton qui, au moment de franchir le seuil, pensa qu'il n'avait pas employé cette expression depuis une bonne vingtaine d'années.

CHAPITRE 11

L'entrée de service de la banque fut bientôt encadrée par deux motos des forces de police. L'un des flics plaqua son badge contre la petite fenêtre à côté de la porte. L'homme qui se trouvait à l'intérieur le scruta attentivement avant de saisir un téléphone rouge.

Dans le même temps, un fourgon noir banalisé se glissa entre les motos garées et s'arrêta, le capot pointé en direction de la porte. À travers les fenêtres grillagées de la cabine, on apercevait deux autres policiers en uniforme, coiffés de casques à visière transparente. Un troisième homme se trouvait à l'intérieur du véhicule, mais il était impossible de le distinguer, la carrosserie n'ayant pas d'ouvertures latérales.

Enfin, deux autres motards de la police vinrent clore le convoi.

Le fourgon ne tarda pas à franchir la porte en acier de la banque, qui s'ouvrit en silence, et déboucha dans un sas, fermé à l'autre bout par une autre porte identique à la première.

Bloqué dans cette sorte de tunnel puissamment éclairé par des tubes fluorescents, le conducteur attendit que la première porte se referme, puis baissa sa vitre pour lancer à travers le grillage un « bonjour » enjoué en direction du microphone monté sur pied.

L'une des parois du sas était composée d'une grande vitre pare-balles. Derrière se tenait un homme aux yeux clairs, en bras de chemise. « Le code, s'il vous plaît », demanda-t-il. Dans l'espace confiné du sas, ses paroles résonnèrent comme un écho.

Le chauffeur, nommé Ron Biggins, prononça : « Obadiah. » Le contrôleur chargé d'établir le trajet de ce jour, qui était diacre dans sa congrégation baptiste, avait choisi ce nom.

En guise de réponse, le type en chemise enfonça un gros bouton rouge situé sur le mur blanc derrière lui, qui actionna l'ouverture de la seconde porte en acier. « Pauvre crétin ! » marmonna Ron Biggins en redémarrant. Après son passage, la porte en acier se referma.

Biggins se trouvait maintenant dans les entrailles du bâtiment : une salle vide dépourvue de fenêtres et presque entièrement occupée par un plateau tournant aménagé dans le sol. Il gara son véhicule en respectant scrupuleusement le marquage et coupa le moteur. Le plateau se mit alors en marche et le fourgon pivota lentement de 180 degrés.

À présent, les portes arrière faisaient face à l'ascenseur encastré dans le mur du fond. Dans le rétroviseur latéral, Ron vit un homme à lunettes, en pantalon rayé et veston noir, en sortir, brandissant une clef droit devant lui – de la même façon qu'il aurait tenu une torche ou un pistolet. Il déverrouilla les portes arrière du fourgon, le troisième garde leva les loquets intérieurs, et l'aida à maintenir les battants ouverts avant de sauter au sol.

Deux autres hommes portant un coffre en métal de la taille d'une valise émergèrent de l'ascenseur. Ils le chargèrent dans le fourgon avant de retourner chercher les suivants.

Ron balaya les lieux du regard. La salle était vide, au sens le plus strict du terme. Elle comportait en tout et pour tout les deux portes d'accès, trois néons parallèles de cent watts au plafond et un conduit d'aération, petit et quasiment rectangulaire, dont peu de gens devaient connaître l'existence, l'ascenseur ne desservant certainement que cette chambre forte. Quant à la porte en acier donnant sur l'extérieur, elle ne semblait reliée d'aucune façon à l'entrée principale de la banque, située dans la rue adjacente.

Stephen Younger, le garde qui avait voyagé caché à l'intérieur du fourgon, vint se placer à gauche du véhicule. Max Fitch, qui occupait la place du passager, baissa sa fenêtre. « Grosse cargaison, aujourd'hui, lui dit Stephen.

— Ça ne change rien, dit Ron d'un ton acerbe, continuant à observer dans le rétroviseur le déroulement du chargement qui touchait à sa fin.

— Le responsable, il a une passion pour les westerns, reprit l'autre.

— Ah ouais ? » répondit Max, intéressé. C'était la première fois qu'il venait ici et il avait du mal à voir en cet employé modèle en pantalon rayé un fan de John Wayne. « Comment tu le sais ?

— Tu vas voir, il arrive. »

L'employé s'approcha de la fenêtre de Ron et dit : « Emballez-moi ça ! »

Max bafouilla quelques mots pour cacher son rire. Stephen retourna à l'arrière du fourgon et sauta à l'intérieur tandis que l'employé de la banque disparaissait dans l'ascenseur, accompagné de ses deux acolytes.

Deux ou trois minutes s'écoulèrent sans que rien se produise. Puis la porte d'acier se souleva, permettant à Ron de s'engager dans le tunnel. Dans le sas, ils patientèrent encore quelques minutes avant que la porte donnant sur l'extérieur ouvre le passage. « À bientôt, le rigolo ! » lança Max dans le microphone au moment où ils démarraient.

Le fourgon s'engagea enfin dans la rue.

L'escorte quant à elle attendait le signal du départ. Les motos prirent leur position, deux à l'avant et deux à l'arrière, et le convoi se mit en route.

Le fourgon circulait dans l'Est londonien et bifurqua dans All Street à un grand carrefour, sous le regard attentif d'un passant. L'individu en question, un grand homme vêtu d'un pardessus gris à col en velours, s'engouffra aussitôt dans une cabine téléphonique.

« Tu sais qui je viens d'apercevoir ? s'exclama soudainement Max Fitch.

— Aucune idée.

— Tony Cox.

— Et c'est qui, ce mec, en vrai ? demanda Ron.

— Un ancien boxeur. Vachement bon. Je l'ai vu mettre K-O Kid Vittorio au Bethnal Green Baths, il y a de ça dix ans. Un sacré balèze ! »

Max avait toujours rêvé d'être détective, mais ayant raté l'examen d'entrée à la police, il s'était rabattu sur ce boulot dans la sécurité. Grand amateur de romans policiers, il nourrissait l'illusion que la meilleure arme de la police criminelle, c'était la déduction logique.

Chez lui, quand il lui arrivait de découvrir un mégot taché de rouge à lèvres dans le cendrier, il aimait à penser que sa voisine Mme Ashford était passée dans la journée.

Il remua nerveusement sur son siège. « Ces caisses, c'est là-dedans qu'ils gardent les vieux billets, n'est-ce pas ?

— Oui, répondit Ron.

— Dans ce cas-là, on va sûrement à l'usine de destruction, dans l'Essex, dit-il fièrement. N'est-ce pas, Ron ? »

Ron, les sourcils froncés, se concentrait sur les motards chargés d'ouvrir la voie. Mais lui seul connaissait leur destination. Pourtant, ce n'était pas au trajet qu'il pensait, ni même à son boulot, et encore moins à Tony Cox, l'ancien boxeur. Non, ce qui préoccupait Ron, c'était plutôt de comprendre comment sa fille avait pu s'amouracher d'un hippie.

Chapitre 12

Le nom de Felix Laski n'était mentionné nulle part dans l'immeuble de Poultry Street où il avait ses bureaux. Ce bâtiment ancien, coincé entre deux bâtisses aux styles hétéroclites, résumait parfaitement la façon dont sa fortune était immobilisée. Laski en aurait tiré des millions s'il avait pu le démolir et construire un gratte-ciel à la place. Mais, en homme d'affaires patient, il était convaincu que, dans un avenir plus ou moins proche, la demande du marché de l'immobilier finirait par faire exploser les restrictions en matière de construction.

La quasi-totalité des locaux était louée, en majorité à de petites banques étrangères désireuses d'avoir une adresse près de Threadneedle Street[1]. Leurs noms s'affichaient en toutes lettres dans l'entrée. À en croire les ouï-dire, Laski avait des intérêts dans chacune d'elles. Ce n'était pas vrai, mais il encourageait volontiers cette rumeur, sans aller toutefois jusqu'à mentir effrontément. D'ailleurs, l'un de ces établissements lui appartenait bel et bien.

---

1 Quartier de la Bourse. *(N.d.T.)*

Dans ses bureaux, le mobilier, de qualité médiocre, était purement fonctionnel, les machines à écrire vieilles et solides, les armoires à dossiers éraflées, les tables de travail héritées d'autres locaux, la moquette réduite au minimum et usée jusqu'à la corde. Comme tous les hommes dans la force de l'âge, Laski recourait volontiers aux aphorismes pour expliquer ses succès. « L'argent, je ne le dépense pas, je l'investis », aimait-il à dire, et, dans son cas, c'était tout à fait vrai. La valeur de son manoir dans le Kent, la seule maison qu'il possédât, n'avait cessé de croître depuis l'époque où il l'avait acheté, peu après la guerre. Il faisait des notes de frais au compte de sa société pour ses déjeuners ou ses repas d'affaires. Même ses tableaux avaient été achetés uniquement parce que son conseiller en art lui avait dit que cela constituait un bon placement. Moyennant quoi, il les conservait dans un coffre au lieu de les accrocher chez lui ou de décorer son lieu de travail. À ses yeux, l'argent n'avait pas plus de valeur que des billets de Monopoly : il fallait en posséder, non pas pour acquérir des choses, mais parce que c'était la condition *sine qua non* pour pouvoir jouer dans la cour des grands.

Sa vie n'était pas dénuée de confort pour autant, et un maître d'école ou l'épouse d'un ouvrier agricole aurait considéré qu'il baignait dans un luxe indécent.

Son propre bureau était petit, composé d'une table avec trois téléphones, d'un fauteuil pivotant, de deux chaises pour les visiteurs et d'un long canapé en tissu, adossé au mur. À côté du coffre-fort mural, une bibliothèque affichait une quantité impressionnante d'ouvrages sur la législation des entreprises et la fiscalité. Aucune photo, aucun cadre au mur ; dans ce lieu impersonnel, on ne trouvait ni porte-crayons amusant offert par un petit-fils bien intentionné ni cendrier rapporté d'une balade à Clovelly ou dérobé au Hilton.

La secrétaire de Laski était obèse et souvent affublée de jupes trop courtes, mais elle était efficace. Comme Laski aimait à le répéter à qui voulait l'entendre, « le jour où on distribuait le sex-appeal, Carol faisait la queue pour une ration supplémentaire de cellules grises ». Ce genre de plaisanterie typiquement anglaise plaisait beaucoup aux directeurs et aux responsables qui se les racontaient à la cantine.

Arrivée à neuf heures vingt-cinq, Carol fut surprise de trouver le casier annoté « départ » dans le bureau de son patron déjà plein de feuillets qui ne s'y trouvaient pas la veille au soir. Laski jouait aléatoirement des tours de cet acabit à ses employés. Cela ne manquait pas de les impressionner et permettait d'éviter que s'installent des jalousies au sein du personnel.

Avant de se plonger dans cette paperasse, Carol lui avait préparé un café, un petit geste qu'il avait apprécié.

Ainsi, quand Ellen Hamilton fit doucement son entrée, Laski était assis sur le canapé, caché derrière le *Times*, sa tasse posée en équilibre sur l'accoudoir d'un fauteuil.

Elle s'était avancée jusqu'à lui sur la pointe des pieds, de sorte qu'il ne se rendit compte de sa présence que lorsqu'elle eut abaissé le journal, le faisant sursauter.

« Monsieur Laski ! dit-elle en le dévisageant pardessus les pages.

— Madame Hamilton ! »

Elle remonta sa jupe jusqu'à la taille. « Un baiser en guise de bonjour ! »

Elle ne portait pas de culotte, uniquement un porte-jarretelles. Laski se pencha vers elle et enfouit son visage dans la toison fraîche et parfumée qui s'offrait à lui. Le rythme de son cœur s'accéléra, sentant une délicieuse perversité s'emparer de lui, comme la première fois qu'il avait embrassé le sexe d'une femme.

« Ce que j'aime en toi, dit-il, c'est ta façon de donner à l'amour ce petit côté salace. »

Il replia son journal et le laissa tomber par terre. Elle rabaissa sa jupe, en précisant :

« C'est juste que j'en ai trop envie parfois. »

Il sourit, comprenant parfaitement sa pensée, et laissa son regard vagabonder sur son corps. À près de cinquante ans, elle était toujours très mince et pourvue de petits seins rebondis. Son bronzage, fruit des séances d'ultraviolets qu'elle s'octroyait durant l'hiver, rajeunissait sa peau de femme mûre. Ses cheveux noirs et raides étaient bien coupés et tout fil blanc qui apparaissait de temps à autre disparaissait immédiatement entre les mains d'un grand coiffeur de Knightsbridge. Elle portait aujourd'hui un tailleur beige très élégant, très cher et très anglais. Laski glissa la main sous la jupe admirablement ajustée et la fit remonter le long de l'intérieur de ses cuisses. Ses doigts se faufilèrent entre ses fesses avec une insolente intimité. Qui pourrait croire, se prit-il à songer, que la malicieuse épouse de l'honorable Derek Hamilton se promène le cul à l'air, à seule fin de me permettre à moi, Felix Laski, de le toucher lorsque l'envie m'en prend ?

Elle se tortilla de plaisir, puis s'écarta d'un pas léger pour venir s'asseoir à côté de lui, sur ce canapé où depuis plusieurs mois elle assouvissait ses fantaisies sexuelles.

Au début, cette Mme Hamilton ne devait jouer qu'un rôle mineur dans le grand scénario de Laski. Mais elle s'était révélée un bonus agréable.

Il avait fait sa connaissance au cours d'une garden-party donnée par des amis des Hamilton, à laquelle il s'était fait inviter en prétextant vouloir investir dans la société de petite mécanique que dirigeait le maître de maison. C'était une chaude journée de juillet. Les femmes portaient des robes d'été, les hommes des vestons en lin. Grand et d'allure follement distinguée, tout de blanc vêtu, Laski faisait forte impression avec son air d'étranger quelque peu décalé. Il le savait et il en jouait.

Des divertissements étaient prévus pour les invités : croquet pour les plus âgés, tennis pour les plus jeunes, baignade dans la piscine pour les enfants. Champagne et fraises à la crème étaient servis à profusion. La réception était grandiose. Comme Laski ne laissait jamais rien au hasard, même lorsqu'il entretenait des faux-semblants, il s'était scrupuleusement renseigné sur ses hôtes et ne comprenait donc pas pourquoi ceux-ci donnaient sans raison une garden-party absurde pour des gens qui leur étaient parfaitement inutiles alors qu'ils avaient des problèmes d'argent.

La société anglaise l'étonnerait décidément toujours. Bien sûr, il en connaissait les règles et comprenait la logique qui les sous-tendait. Ce qu'il ne comprendrait jamais, en revanche, c'était pourquoi les gens tenaient tant à jouer à ce jeu.

La psychologie des femmes d'âge mûr lui semblait

bien plus limpide. Ce jour-là, lorsqu'il s'était incliné légèrement devant Ellen en lui serrant la main, il avait décelé un éclat brillant dans son regard. Cet intérêt, ajouté au fait qu'une femme aussi belle était affublée d'un mari grossier, lui avait fait pressentir qu'elle répondrait favorablement à ses avances. Cette femme devait passer de longs moments à se demander si elle était encore capable de susciter le désir chez un homme, pensa-t-il, et à s'inquiéter à l'idée de ne plus connaître le plaisir charnel.

Laski s'était alors mis à jouer les Européens charmeurs avec toute la science du vieux cabotin. Il lui avait apporté une chaise, avait ordonné aux serveurs de remplir sa coupe et, à maintes occasions, s'était arrangé pour lui frôler discrètement la main, le bras, l'épaule ou la hanche. Au diable, les subtilités ! avait-il décidé. Il voulait lui faire savoir le plus clairement possible qu'il ne se déroberait pas au cas où elle serait en quête d'aventure extraconjugale.

Lorsqu'elle avait eu fini sa coupe de fraises – lui n'en avait pas pris, considérant que refuser un dessert désaltérant par cette chaleur était un signe de classe –, il l'avait entraînée à petits pas loin de la maison. Passant de groupe en groupe, ils s'étaient attardés quand les conversations étaient intéressantes et avaient fui les ragots mondains. Elle l'avait présenté à diverses personnes et Laski lui avait fait rencontrer deux agents de change qu'il connaissait vaguement. En regardant les enfants jouer dans l'eau, il lui avait soufflé à l'oreille : « Avez-vous apporté votre bikini ? » Elle avait ri. Ils s'étaient assis un moment à l'ombre d'un vieux chêne pour suivre une partie de tennis, mais le spectacle s'était avéré d'un ennui achevé, les joueurs étant bien trop entraînés. Cheminant le long d'un sentier de gravier, ils s'étaient ensuite retrouvés au cœur d'un petit bois. Là, hors de la vue de tous, il avait pris son visage entre ses mains et l'avait embrassé. Les lèvres entrouvertes, elle avait plongé les mains sous son veston et caressé son torse avec une fougue inattendue, avant de s'écarter vivement pour jeter des coups d'œil alentour.

« Dînons ensemble, avait-il dit d'un ton persuasif. Bientôt ?

— Bientôt. »

Revenus vers la maison, ils s'étaient séparés. Elle était partie sans lui dire au revoir. Le lendemain, il avait réservé une suite dans un hôtel de Park Lane. Là, dans cette chambre, après un dîner au champagne, il avait compris combien il s'était trompé sur son compte. Il s'attendait à une femme assoiffée d'amour et facile à satisfaire, elle lui avait démontré qu'elle avait des penchants sexuels pour le moins aussi étranges que les siens. Après avoir exploré, au cours des semaines suivantes, tout le champ des plaisirs possibles entre deux personnes, Laski, à court d'idées, avait convié une autre femme à participer à leurs ébats. Sa présence leur avait permis de découvrir toutes sortes de combinaisons nouvelles. Dans cet apprentissage de la sensualité, Ellen mettait toute son application, telle une enfant ravie d'avoir accès gratuitement aux attractions de son parc de jeux préféré.

Ces souvenirs l'avaient ému. Il la regarda, assise à côté de lui sur le divan de son bureau, et se sentit soudain empli d'un sentiment étrange. D'aucuns appelleraient ça l'amour, songea-t-il. Puis il lui demanda : « Qu'est-ce qui te plaît en moi ?

— Quel égocentrique tu fais !

— Allez, je t'ai dit ce qui me plaisait en toi, tu peux bien caresser mon ego dans le sens du poil, non ? »

Elle baissa les yeux sur son entrejambe. « Je vais te donner trois indices. »

Il rit. « Tu veux un café ?

— Non merci. J'ai des courses à faire. Je suis juste passée pour une petite remise en forme.

— Tu n'as pas honte, espèce de virago !

— Quelle drôle d'expression !

— Comment va Derek ?

— Cette fois, c'est une drôle de *question*. Il est déprimé. En quoi est-ce que ça t'intéresse ? »

Laski haussa les épaules. « Il m'intrigue. Posséder un joyau comme Ellen Hamilton et le laisser filer entre ses doigts, je trouve ça incroyable. »

Elle détourna les yeux. « Parlons d'autre chose.

— Es-tu heureuse ? »

Elle sourit encore. « Oui. Si seulement cela pouvait durer.

— Et pourquoi cela ne durerait-il pas ? demanda-t-il sur un ton badin.

— Je ne sais pas. Je fais ta connaissance, je baise comme… comme…

— Comme une lapine.

— Pardon ?

— Baiser comme un lapin, c'est l'expression consacrée chez les Anglais. »

Elle resta un instant interloquée, puis éclata de rire. « Idiot ! J'adore quand tu joues les Prussiens pédants pour m'amuser.

— Donc, nous faisons connaissance, nous baisons comme des lapins et tu penses que cela pourrait ne pas durer ?

— Admets que dans tout cela il règne une part d'incertitude.

— Tu préférerais qu'il en aille autrement ? demanda-t-il avec précaution.

— Je ne sais pas. »

Que pouvait-elle répondre d'autre ? se dit-il tandis qu'elle ajoutait : « Et toi ? »

Il choisit ses mots avec soin : « C'est bien la première fois que je m'interroge sur la certitude ou je-ne-sais-quoi de notre relation.

— Arrête, on croirait entendre un président de société ânonnant son rapport annuel !

— D'accord, à condition que tu cesses de jouer les héroïnes de roman à l'eau de rose. À propos de rapport annuel, je suppose que c'est la raison de sa déprime ?

— Oui. Il met ça sur le compte de son ulcère, mais je sais que c'est faux.

— Tu crois qu'il songe à vendre sa société ?

— J'aimerais bien… Tu l'achèterais ? demanda-t-elle brusquement.

— Éventuellement. »

Elle le fixa un long moment. À l'évidence, elle analysait sa réponse sous tous les angles, envisageant les conséquences au cas où la chose se produirait et tentant de percer au jour ses véritables motivations. C'était une femme intelligente.

« Il faut que je parte si je veux être rentrée à la maison pour le déjeuner », dit-elle en se levant pour clore leur conversation.

Il l'embrassa sur la bouche en promenant ses mains sur son corps avec une familiarité sensuelle, puis suça le doigt qu'elle avait introduit entre ses lèvres.

« Au revoir, dit-elle.

— Je t'appelle », répondit-il. L'instant d'après, elle avait disparu.

Laski se planta devant sa bibliothèque, regardant sans le voir l'Annuaire des directeurs de société. Elle avait dit : « Si seulement cela pouvait durer. » C'était une femme subtile, qui le poussait à réfléchir. Qu'avait-elle voulu dire par là ? Que désirait-elle ? L'épouser ? Bien qu'elle ait confié ne pas savoir ce qu'elle voulait, il avait le sentiment qu'elle lui avait dévoilé le fond de sa pensée. Et moi ? se demanda-t-il. Est-ce que je souhaite l'épouser ?

Il coupa court à ses réflexions, une longue journée l'attendait. Il s'assit à son bureau et interpella sa secrétaire via l'interphone. « Carol, appelez le ministère de l'Énergie et essayez de savoir quand – c'est-à-dire à quelle heure précise – ils prévoient d'annoncer le nom de la compagnie qui a obtenu la licence d'exploitation du gisement de Shield.

— Certainement, répondit-elle.

— Ensuite, appelez Fett & Co. Je veux parler au patron en personne, Nathaniel Fett.

— Entendu. »

Est-ce que je veux épouser Ellen Hamilton ? se surprit-il à penser encore.

Subitement, il connut la réponse et en fut franchement stupéfait.

DIX HEURES

CHAPITRE 13

Le directeur de la publication de l'*Evening Post* aimait à penser qu'il appartenait à la classe dirigeante. Fils d'un employé des chemins de fer, il avait rapidement gravi les marches de l'échelle sociale ces vingt dernières années – depuis qu'il avait quitté les bancs de l'école. Lorsqu'il était en proie au doute, il se répétait ainsi qu'il était l'un de ceux qui régissaient l'*Evening Post Ltd*, qu'il forgeait l'opinion publique et que grâce à son salaire il se situait, comme neuf pour cent de la population, dans la catégorie des hauts revenus. Ce qu'il oubliait de s'avouer en revanche, c'était qu'il n'aurait jamais façonné l'opinion si ses convictions n'avaient pas coïncidé avec celles du propriétaire du journal ; que ce statut, il le devait uniquement au bon vouloir de son patron ; et que ce qui définissait la classe dirigeante, ce n'étaient pas les revenus mais la fortune. Tout comme il ne lui venait pas à l'esprit qu'aux yeux des cyniques et des aigris comme Arthur Cole, son costume prêt-à-porter de chez Cardin, son accent snob mal assuré et son vaste appartement à Chislehurst le désignaient davantage comme un pauvre type que s'il avait porté une casquette en toile et des pinces pantalon de cycliste.

Cole entra dans le bureau du directeur à dix heures du matin pétantes, la cravate bien serrée, les pensées parfaitement claires et sa liste dactylographiée à la main. Il comprit dans l'instant qu'il avait commis une erreur. En fait, il aurait dû faire irruption dans la pièce avec deux minutes de retard, en manches de chemise afin de donner l'impression qu'il s'arrachait à regret de la salle de presse, le cœur du journal, après avoir briefé des sous-fifres sur ce qui se passait dans les départements vraiment importants. Hélas, c'était le genre de choses qui lui venaient toujours trop tard à l'esprit. La politique au bureau, ce n'était pas son fort. Tant pis, cet impair lui donnerait l'occasion de voir comment ses collègues faisaient leur entrée à la réunion du matin.

La décoration se voulait branchée. Le bureau blanc et les fauteuils venaient de chez Habitat, des stores à lamelles verticales ornaient les fenêtres, une moquette bleue couvrait le sol tandis que les étagères en mélaminé et aluminium étaient dotées de portes en verre fumé. Un peu à l'écart, un guéridon recueillait deux piles de journaux bien distinctes : l'une regroupait tous les quotidiens du matin, l'autre les éditions du *Post* de la veille.

Assis derrière ce bureau blanc, le directeur fumait un cigarillo tout en lisant le *Mirror*. À sa vue, Cole fut saisi d'une envie irrépressible de fumer. Il s'empressa alors d'enfourner une pastille de menthe.

Les autres collaborateurs entrèrent en groupe : le responsable des illustrations, boudiné dans sa chemise – ses cheveux mi-longs auraient néanmoins fait envie à bon nombre de femmes ; le rédacteur sportif, en veston de tweed et chemise mauve ; le responsable de la partie magazine, avec sa pipe et son demi-sourire perpétuel ; enfin le responsable de la diffusion, en costume gris impeccable. Celui-ci était un type encore tout jeune qui avait débuté en vendant des encyclopédies et s'était hissé à ce poste prestigieux en à peine cinq ans.

Le dernier à faire une entrée fracassante fut le chef du rewriting, l'homme qui donnait son ton au journal. Petit, les cheveux coupés en brosse, il portait des bretelles et un crayon sur l'oreille.

Quand tout le monde se fut assis, le directeur de la publication jeta son *Mirror* sur le guéridon et rapprocha son fauteuil de la table de conférences.

« La première édition n'est toujours pas sortie ?

— Non. » Le chef du rewriting regarda sa montre. « Huit minutes de perdues à cause d'une coupure de réseau. »

Le directeur tourna la tête vers le responsable de la diffusion qui avait lui aussi regardé sa montre.

« C'est un problème, pour vous ?

— Ça ira, si on ne déborde pas davantage et qu'on rattrape le retard pour la prochaine édition.

— Ces coupures de réseau, il y en a une tous les jours, maintenant !

— Si on utilisait autre chose que du papier de chiottes, aussi !... répliqua le chef du rewriting.

— Il faudra vous en contenter tant que le journal n'aura pas remonté la pente. » Le directeur de la publication saisit la liste des sujets déposée par Cole sur son bureau. « Et ce n'est pas avec ça qu'on risque de faire exploser les ventes, Arthur.

— C'est le calme plat, ce matin. Vers midi, on

aura peut-être la chance d'avoir une crise au sein du gouvernement.

— Des crises, il y en a treize à la douzaine avec ce fichu gouvernement, répondit le directeur, interrompant sa lecture. Ça me plaît bien, cette histoire de Stradivarius. »

Cole présenta brièvement chaque sujet que mentionnait sa liste.

« Pas l'ombre d'un scoop dans tout ça, conclut le directeur. Je n'aime pas qu'on consacre toute une édition à la politique. On est supposé couvrir "toutes les facettes de la vie londonienne", comme le promet notre dernière campagne de pub. Je suppose qu'on ne peut pas raconter que ce violon vaut un million de livres ?

— Ce serait amusant, mais un peu tiré par les cheveux, je le crains, réagit Cole. Enfin, on peut toujours essayer…

— Traduis en dollars, intervint le rewriter en chef. Un million de dollars pour un violon, ça fait déjà plus sérieux.

— Bonne idée, décréta le directeur. Dégotez dans une banque d'images un violon similaire et demandez à trois violonistes renommés ce qu'ils feraient s'ils étaient confrontés à la disparition de leur instrument préféré. » Il fit une pause. « Pour la licence d'exploitation, vous m'en développez des tartines. Le pétrole en mer du Nord, ça intéresse les gens. C'est censé sauver l'économie.

— Le résultat doit être annoncé à midi et demi, indiqua Cole. Dans l'intervalle, on va pondre quelque chose qui tienne le public en haleine.

— Attention, je vous rappelle que l'un des prétendants est membre du directoire du journal. Précisez bien qu'un puits de pétrole, ça ne veut pas dire la fortune immédiate, mais plusieurs années de lourds investissements.

— Bien sûr », acquiesça Cole.

Le responsable de la diffusion était sur le point de demander au chef du rewriting si on faisait les gros titres avec le violon et l'incendie dans l'East End lorsqu'il fut interrompu par quelqu'un ouvrant brutalement la porte. Kevin Hart, rouge d'excitation, se tenait sur le seuil. Cole grogna intérieurement.

« Excusez-moi de vous déranger, mais je crois qu'on tient un gros coup !

— De quoi s'agit-il ? demanda doucement le directeur.

— Je viens de recevoir un appel de Timothy Fitzpeterson, le chef de cab…

— Je sais qui c'est, coupa le directeur. Qu'a-t-il dit ?

— Il prétend faire l'objet d'un chantage de la part de deux individus dénommés Laski et Cox. Il avait l'air plutôt dévasté… »

Le directeur le coupa encore : « Connais-tu sa voix ? »

Le jeune homme parut déstabilisé. À l'évidence, il s'était attendu à déclencher la panique, pas à subir un contre-interrogatoire. « Je ne l'avais encore jamais entendue.

— Ce matin, j'ai déjà reçu un coup de fil anonyme à son sujet, intervint Cole. Une sale histoire. Je l'ai appelé pour vérifier. Il a nié en bloc.

— Voilà du grabuge ! » s'exclama le directeur de la publication.

Le chef du rewriting opina. Hart avait l'air abattu.

« OK, Kevin, déclara Cole. On en discute dès que je sors. »

Hart referma la porte.

« Il s'excite facilement, commenta le directeur.

— Il est loin d'être bête, dit Cole, mais il a encore des choses à apprendre.

— Eh bien, formez-le, décréta le directeur. Bon, que nous a concocté le service des illustrations ? »

CHAPITRE 14

Ron Biggins pensait à sa fille. C'était une erreur. Il aurait dû penser au fourgon qu'il conduisait et à sa cargaison : des centaines de milliers de livres sterling en billets de banque tellement salis, déchirés, pliés ou gribouillés qu'ils couraient tout droit à leur destruction dans l'usine de la Banque d'Angleterre de Loughton, dans l'Essex. Ce moment d'égarement était compréhensible. Aux yeux d'un père, une fille – unique qui plus est – a bien plus de valeur que tout l'argent du monde. Elle représente sa vie entière ou presque.

Un père élève sa fille dans l'espoir qu'elle fasse sa vie avec un homme sérieux et responsable qui s'occupera d'elle aussi bien que lui-même l'a fait jusque-là. Certainement pas avec un connard dépenaillé et chevelu qui se soûle la gueule et fume des joints en traînant sa paresse au lieu de chercher un boulot, enragea-t-il.

« Quoi ? » lança Max Fitch.

Sa question ramena Ron au temps présent. « J'ai parlé tout haut ?

— Tu marmonnais dans ta barbe. Des idées qui te tracassent ?

— Ça se pourrait bien, fiston », répondit-il en accélérant légèrement pour conserver la distance réglementaire entre les motos et son véhicule. Des idées qui seraient peut-être de faire la peau à quelqu'un, se dit-il en son for intérieur sans le penser vraiment. L'autre jour, il avait bien failli sauter à la gorge de ce salaud, quand il lui avait déclaré sur un ton qui ne lui avait pas plu : « Judy et moi, on pense à se mettre ensemble. Un petit bout de temps. Histoire de voir comment ça marche entre nous. Vous comprenez ? » Il avait dit cela d'un ton détaché, comme s'il proposait d'emmener Judy au théâtre. Un type de vingt-deux ans, cinq de plus que sa fille. Elle était encore mineure, Dieu merci, et donc obligée de lui obéir. Tous les trois se trouvaient dans le salon à ce moment-là, et le petit ami – qui s'appelait Lou – semblait nerveux. Il portait une chemise affreuse, un jean crasseux retenu par une ceinture qui avait tout d'un instrument de torture du Moyen Âge et des sandales qui découvraient ses orteils noirs de poussière. Quand Ron lui avait demandé ce qu'il faisait dans la vie, il avait répondu qu'il était un poète sans emploi. Ron en avait déduit qu'il faisait la manche.

C'est quand ce type avait évoqué l'idée de vivre avec Judy que Ron l'avait fichu dehors. Depuis, des disputes éclataient sans cesse à la maison. Au début, il avait tenté l'approche moralisatrice pour dissuader Judy de s'installer avec ce type, arguant qu'elle devait rester vierge pour son futur mari. Elle lui avait ri au nez, lui révélant qu'elle avait déjà couché avec lui une bonne douzaine de fois, ces soirs où elle prétendait rester dormir chez une copine qui habitait à Finchley. Ron avait explosé. « Maintenant, tu vas me dire que t'es en cloque ! » Et elle avait rétorqué : « Sois pas bête ! Je prends la pilule depuis que j'ai seize ans. Maman m'a emmenée au Planning familial. » Pour la première fois de sa vie en vingt ans de mariage, Ron avait bien failli mettre une raclée à sa femme.

Ensuite, il avait demandé à un copain de la police de se renseigner sur ce Louis Thurley âgé de vingt-deux ans, sans emploi, vivant sur Barracks Road, à Harringey.

Le jeune homme avait deux condamnations à son actif : l'une pour possession de cannabis au festival pop de Reading, l'autre pour vol de nourriture dans un Tesco's de Muswell Hill. Ces révélations auraient dû clore l'affaire ; en tout cas, elles avaient suffi à convaincre la femme de Ron. Judy avait déclaré qu'elle était au courant, et que ce ne devrait pas être un délit d'avoir de l'herbe sur soi. Quant à l'histoire du supermarché, Lou et ses amis avaient effectivement volé des pâtés au porc pour les manger, assis par terre, au beau milieu du magasin. Simplement parce qu'ils considéraient que la nourriture devrait être gratuite et parce qu'ils étaient affamés et sans argent. Manifestement, Judy trouvait ces façons de faire tout à fait légitimes.

Incapable de faire entendre raison à sa fille, Ron avait donc fini par lui interdire de sortir le soir. Elle avait pris la chose calmement, ferait comme il voudrait, mais lui avait fait savoir que dans quatre mois, pour ses dix-huit ans, elle emménagerait avec Lou dans l'appartement qu'il partageait avec trois copains et une autre fille.

Ron était vaincu. Depuis huit jours, ce problème l'obsédait et il ne savait que faire pour sauver sa fille d'une vie de misère. Parce que c'était assurément ce qui attendait Judy. Il avait vu ça des tas de fois. Le matin, la fille va travailler tandis que le gars reste à la maison à se tourner les pouces devant la télé. Quand il est à court de bière ou de cigarettes, il n'hésite pas à voler. Elle pond des marmots. Lui finit par se faire ramasser par les flics. Et pendant qu'il tire sa peine, la fille fait de son mieux pour tenter d'élever sa marmaille, grâce à l'aide, non pas de son mari, mais de l'Assistance publique.

Ron aurait donné sa vie pour Judy. Il lui en avait *déjà* donné dix-huit années. Et voilà que désormais elle piétinait tout ce qui avait de la valeur à ses yeux, elle lui crachait au visage. Il en aurait pleuré, s'il avait su comment.

Impossible de chasser ces pensées. À dix heures seize, tout ça lui trottait toujours dans la tête. C'est pour cette raison qu'il ne se rendit compte de l'embuscade qu'au dernier moment. Trop tard pour changer quoi que ce soit au cours des événements.

Au sortir d'un virage, après être passé sous un pont ferroviaire, il avait débouché sur une route légèrement incurvée, bordée à gauche par la rivière et à droite par une casse automobile. Par ce temps clair, Ron avait aisément repéré au loin le camion en train d'effectuer une marche arrière complexe pour franchir le portail de la casse. C'était un long transporteur à plate-forme, chargé de voitures hors d'usage ou accidentées.

Il pensa initialement que le camion aurait fini sa manœuvre au moment où le convoi arriverait à sa hauteur, mais le chauffeur s'y était visiblement mal pris. Il était ressorti en avant et bloquait totalement la route.

Les deux motos de tête freinèrent à fond, obligeant Ron à piler. L'un des motards appuya son engin sur la béquille et bondit sur le marchepied du camion qui barrait la route pour engueuler le chauffeur. Le moteur du camion rugit et un nuage de fumée noire jaillit du pot d'échappement.

« Préviens qu'il y a un arrêt imprévu, ordonna Ron. Il faut suivre la procédure. »

Max attrapa le microphone de la radio. « Mobile à Obadiah. »

Ron gardait les yeux rivés sur le camion à plateforme et son étrange assemblage de véhicules. Sur le pont du bas, on distinguait une vieille camionnette verte au logo « BOUCHERIE FAMILIALE COOPERS » inscrit sur le flanc, une Ford Anglia sans roues et mal en point, deux Coccinelle Volkswagen empilées l'une sur l'autre. Une grande Ford Australian blanche, un camping-car et une Triumph flambant neuve se trouvaient sur la partie supérieure. L'ensemble ne semblait pas très stable à première vue, surtout les deux Coccinelle, que la rouille avait soudées l'une à l'autre comme deux insectes en train de copuler. Ron baissa les yeux vers l'habitacle. Le motard indiquait par signes au chauffeur de dégager la voie.

Max répétait : « Mobile à Obadiah, répondez, s'il vous plaît ! »

Mauvaise réception, pensa Ron. On doit être trop en contrebas à cet endroit près de la rivière. Relevant les yeux vers les voitures, il se rendit compte qu'elles n'étaient pas attachées. Un vrai danger public, ce camion ! D'où est-ce qu'il sortait, avec son tas de ferraille non sécurisé ?

Et soudain, il comprit. « Donne l'alarme ! » hurla-t-il.

Max le regarda, interloqué. « Quoi ? »

Un violent bruit retentit dans la cabine. Quelque chose avait atterri sur le toit de leur fourgon. Le chauffeur du camion se jeta sur le motard tandis que plusieurs hommes, le visage dissimulé sous des bas, jaillirent de derrière le mur de la casse. Dans son rétroviseur, Ron regardait les deux motards de l'arrière se faire confisquer leur machine sans ménagement quand le fourgon vacilla. Ron eut l'impression irréelle de s'élever dans les airs. À sa droite, il remarqua un bras de grue tourné dans sa direction derrière le mur d'enceinte. Il attrapa le micro des mains d'un Max hébété, juste au moment où les hommes masqués s'élançaient vers eux. Quelque chose de noir, pas plus gros qu'une balle de cricket, atterrit dans le pare-brise.

Les secondes suivantes, Ron fut pris dans un tourbillon, un flot d'images défilant devant ses yeux comme dans un film. Un casque arraché volant dans les airs, une massue en bois fracassant un crâne, Max se cramponnant au levier de vitesses pendant que le fourgon basculait, son propre pouce enfoncé sur le bouton du micro tandis qu'il hurlait « À l'aide, Obad... », le pare-brise explosant en mille morceaux, la sensation de recevoir un coup d'une violence inouïe quand l'onde de choc l'atteignit... Enfin, il y eut l'inconscience – paix et obscurité.

Le sergent Wilkinson entendit effectivement le signal « Obadiah » envoyé par le fourgon transportant les fonds, mais il l'ignora. La matinée avait été rude : il avait géré trois embouteillages monstres, une course-poursuite pour stopper un chauffard, deux accidents graves, un incendie dans un entrepôt et une manifestation d'anarchistes devant Downing Street. Quand l'appel arriva, il était en train de baratiner la jeune Antillaise chargée de distribuer les petits déjeuners : café instantané et sandwichs au jambon. « Qu'est-ce qu'il en dit, ton mari, que tu mettes pas de soutien-gorge pour aller au boulot ?

— Il ne le voit pas », répliqua la fille à la poitrine opulente avant d'éclater de rire.

Depuis l'autre bout de la console, le constable Jones s'en mêla : « Ben, quoi, Dave ? Tu saisis pas l'allusion ? »

Wilkinson passa à l'action : « T'es libre, ce soir ? »

Elle rit, sachant qu'il plaisantait. « Je travaille. »

La radio émit un autre appel : « Mobile à Obadiah. Répondez, s'il vous plaît ! »

« Tu as un autre travail ? Qu'est-ce que tu fais ?

— Je danse dans un pub.

— Topless ?

— T'as qu'à venir, tu verras bien. » Et elle repartit avec son chariot.

« À l'aide... » émit encore la radio, d'où un bruit grésillant semblable à une explosion retentit.

Le sourire du jeune Wilkinson s'évanouit sur son visage. Il enfonça prestement un bouton et dit au microphone : « Obadiah à Mobile : répondez ! »

Silence en retour. Wilkinson appela son supérieur de toute urgence : « Chef ! »

L'inspecteur « Harry » Harrison s'avança vers le poste de Wilkinson. C'était un grand type à qui les cheveux hirsutes dès qu'il se passait la main sur le crâne donnaient un air affolé.

« Un problème, sergent ?

— Je crois que je viens de recevoir un appel au secours d'Obadiah, chef.

— Comment ça, "je crois" ? aboya Harrison.

— Message brouillé », expliqua Wilkinson, qui n'avait pas obtenu ses galons grâce à son aptitude à reconnaître ses fautes.

Harrison s'empara du micro. « Obadiah pour Mobile. Vous m'entendez ? À vous. » Il attendit un moment et répéta le message. Rien. « Un message brouillé et ensuite plus de réponse ? Considérez ça comme un détournement, Wilkinson. Manquait plus que ça ! » Il avait tout du type sur lequel le destin s'acharnait.

« Je n'ai pas obtenu le lieu », dit Wilkinson.

D'un même mouvement, ils se tournèrent vers l'immense carte de Londres accrochée au mur.

« Ils ont pris la route de la rivière, dit Wilkinson. La dernière fois qu'ils se sont manifestés, c'était à Aldgate. La circulation est fluide, ils devraient être du côté de Dagenham.

— Génial ! » lâcha Harrison d'un ton sarcastique. Il réfléchit un instant. « Lancez une alerte générale, puis détachez trois véhicules des patrouilles du Grand Ouest et envoyez-les à la recherche du convoi. Prévenez Essex et voyez si ces jean-foutre savent combien de fric il y avait dans ce foutu fourgon. Allez, action ! »

Wilkinson commença à passer les coups de fil demandés. Harrison resta un moment derrière lui, plongé dans ses pensées. « Un témoin ne devrait pas tarder à appeler, marmonna-t-il. Quelqu'un a forcément assisté à la scène… » Puis il ajouta, peu après : « Cela dit, si le mec qui a monté l'opération a assez de jugeote pour bousiller la radio des gars avant qu'ils puissent s'en servir, il est aussi assez malin pour avoir choisi un coin tranquille. » Après un moment qui sembla une éternité, il laissa tomber : « À mon avis, on n'a pas la moindre chance ! »

Tout marchait comme sur des roulettes, se félicita Jacko. Le fourgon transportant les fonds avait été hissé par-dessus le mur de la casse et gentiment déposé à côté de la tronçonneuse. Les quatre motos des policiers avaient été installées sur la plate-forme du camion et celui-ci était rentré en marche arrière dans la casse. À présent, le portail était refermé et les motards allongés en rang par terre, pieds et mains ligotés.

Deux jeunes masqués et munis de lunettes de protection achevaient de découper une ouverture de la taille d'un homme dans l'un des flancs du fourgon et une camionnette bleue manœuvrait pour venir se placer en marche arrière tout près de ce trou. Un grand rectangle d'acier tomba. Du fourgon, un garde en uniforme sauta à terre, les mains sur la tête. Jesse le menotta et le fit s'allonger à côté des autres.

La tronçonneuse fut rapidement écartée et deux hommes grimpèrent à bord du fourgon pour en sortir les coffres et les transférer dans la camionnette bleue.

Jacko jeta un coup d'œil aux prisonniers. Ils étaient tous un peu amochés, mais rien de grave. Aucun d'eux n'avait perdu connaissance. Quant à lui, il transpirait sous son masque, mais il était encore trop tôt pour le retirer.

Un cri retentit du haut de la grue d'où l'un des gars assurait la garde. Jacko leva les yeux vers la cabine. Au même instant, une sirène hurla.

Il regarda autour de lui, surpris et furieux. Le plan, c'était d'assommer les gardes avant qu'ils ne donnent l'alarme par radio. Il jura. Ses hommes, les yeux rivés sur lui, attendaient ses ordres.

Les motos blanches de la police étaient cachées par le camion à plate-forme qui avait reculé jusque derrière une pile de pneus. Les deux fourgons et la grue paraissaient inoffensifs. « Tout le monde aux abris ! » hurla-t-il, en se rappelant les prisonniers. Pas le temps de les dégager ! Il repéra une bâche. Il la tira en hâte sur les cinq corps et plongea lui-même derrière une benne.

La sirène se rapprochait. La voiture roulait à fond de train. On entendit les pneus crisser et le moteur rugir quand elle passa sous le pont du chemin de fer. Le chauffeur avait poussé au moins jusqu'à cent dix kilomètres-heure avant de changer de vitesse. Le bruit augmentait de plus en plus, puis la sirène devint subitement moins stridente et le vacarme s'atténua. Jacko laissa échapper un soupir de soulagement. Mais une seconde sirène retentit immédiatement. « Restez planqués ! » cria-t-il.

Une seconde voiture passa, suivie d'une troisième : mêmes crissements de pneus en passant sous le pont, même rugissement de la boîte de vitesses au sortir du virage. Cependant, cette fois, la dernière voiture ralentit.

Un silence de mort s'abattit sur la casse. Jacko n'en pouvait plus sous son bas nylon. Une minute de plus et il suffoquait. Un bruit curieux attira son attention. Seraient-ce les bottes d'un des flics raclant le portail ? L'un d'eux aurait-il eu l'idée de passer un œil par-dessus le mur de clôture ? Il se remémora soudain les deux gardes à l'avant du fourgon. Putain ! Il pria pour qu'ils ne reviennent pas à eux juste à ce moment-là ! Qu'est-ce qu'il foutait, ce flic ? Il n'avait pas franchi le mur, et Jacko n'avait pas non plus entendu le bruit des bottes retombant sur le sol. Si jamais les poulets décidaient de fouiller les lieux, la partie serait finie. Pas de panique, pensa Jacko. À nous dix, on saura bien venir à bout d'une patrouille. Sauf que ça prendra du temps et qu'un flic resté dans la bagnole aura largement le temps d'appeler des renforts par radio.

Jacko sentait presque physiquement le fric lui filer entre les doigts. Il était tenté de jeter un œil, planqué derrière sa benne, mais il se retint. C'était trop risqué. Si les flics dégageaient, il le saurait au bruit du moteur.

Mais alors, qu'est-ce qu'ils foutaient ?

Il regarda de nouveau le fourgon de transport. Merde ! Dans la cabine, un des connards bougeait. Jacko leva son fusil. On allait engager les hostilités.

Un bruit sortit du fourgon, un cri rauque. Jacko bondit sur ses pieds et contourna la benne, prêt à tirer.

Personne.

À ce moment précis, la voiture de flics redémarra dans un crissement de pneus. Les hululements de sirène reprirent de plus belle pour s'estomper quelques mètres plus loin.

Willie le Sourd émergea de derrière la carcasse rouillée d'un taxi Mercedes. « Qu'est-ce qu'on se marre, pas vrai ?

— Et comment ! répondit amèrement Jacko. C'est quand même bien mieux que les conneries qui passent à la télé ! »

Ensemble, ils s'approchèrent du fourgon et scrutèrent l'intérieur. Le mec au volant gémissait, mais il n'avait pas l'air trop mal en point. « Allez, papy, la fête est finie. On sort ! » lui lança Jacko par la fenêtre brisée.

Cette voix apaisa Ron Biggins qui, jusque-là, était resté hébété, en proie à la panique. Il était abasourdi et avait mal à la tête. Il porta la main à son visage. Ses doigts touchèrent un liquide gluant.

Curieusement, la vue de cet homme au visage dissimulé sous un bas le revigora. Tout était clair : un braquage efficace, mené de main de maître même. Ron en était stupéfait. Ces types connaissaient le trajet du fourgon et l'horaire de passage. Une colère sourde monta en lui à l'idée qu'un pourcentage du montant de la cargaison finisse sur le compte secret d'un flic corrompu. Comme la plupart de ses collègues policiers ou agents de sécurité, Ron détestait encore plus les flics vendus que les bandits.

Celui qui l'avait appelé « papy » déverrouilla la porte de l'intérieur en passant le bras à travers la vitre explosée. Ron descendit. Au mouvement qu'il fit, sa douleur s'accrut.

Le type était jeune et on voyait ses cheveux longs sous son bas. Il portait un jean et était armé d'un fusil. « Mets gentiment les mains en l'air, papy, lui intima-t-il en le tirant d'un geste méprisant. Dans cinq minutes, tu pourras aller à l'hosto. »

Ron eut l'impression que sa douleur augmentait en même temps que sa colère. Il aurait volontiers balancé un coup de pied dans quelque chose. Il se retint et se força à se rappeler le règlement. *En cas d'attaque, ne pas résister, mais coopérer. Remettre la cargaison. On est assuré. Ne pas jouer aux héros. La vie de l'agent de sécurité compte plus que tout l'argent transporté.*

Il respira à fond. Dans son esprit embrouillé, ce jeune homme armé se mêla à l'image du policier corrompu, puis à celle de ce salopard de Lou Thurley en train de souffler et de gémir au-dessus de son innocente Judy, sur le lit pouilleux d'un studio crasseux. Subitement, il réalisa que ce type au fusil lui avait bousillé la vie – sa vie à lui, Ron Biggins. Les vauriens comme ce flic corrompu qui dissimulait son visage sous un bas et se prélassait au lit avec sa fille armé d'un flingue étaient le genre de mecs qui foutaient toujours en l'air la vie des braves types comme lui. Il songea que pour reconquérir l'estime de son enfant unique, il devait peut-être se conduire en héros. Voilà pourquoi il fit un pas en avant et expédia son poing dans le nez qui se trouvait devant lui. Le jeune homme vacilla sous le choc. Éberlué, il appuya sur les deux détentes de son arme. Le coup atteignit un autre type masqué, qui se tenait près de Ron, et s'écroula dans un geyser de sang. Horrifié, Ron fixait ce flot rouge lorsque le jeune lui assena un violent coup sur la tête du canon de son arme. Il perdit à nouveau connaissance.

Jacko s'agenouilla à côté de Willie le Sourd et enleva les restes de bas collés sur son visage. Le vieil homme avait la tête en bouillie. Jacko pâlit. Il n'avait encore jamais vu de blessures par arme à feu. D'habitude, les gars comme lui frappaient leurs victimes avec des objets contondants. Il n'avait aucune idée de ce qu'il fallait faire en pareille circonstance. Le secourisme n'entrait pas dans le programme des cours dispensés à l'école Tony Cox. Heureusement, Jacko avait l'esprit vif. « Au boulot, bande de paresseux ! » hurla-t-il. Tout le monde jaillit hors de sa cachette.

Jacko se pencha sur Willie. « Tu m'entends, mon pote ? »

Incapable de parler, Willie répondit par une grimace.

« Faut l'emmener à l'hosto, déclara Jessie, venu s'accroupir de l'autre côté du blessé.

— Faut une grosse cylindrée, répliqua Jacko. Elle est à qui, celle-là ? demanda-t-il en pointant une Volvo bleue garée à proximité.

— Au patron de la casse.

— Parfait. Aide-moi à y installer Willie. »

Jacko souleva le blessé en le prenant par dessous les bras, Jesse saisit ses jambes. Non sans mal, ils le transportèrent jusqu'à la voiture et le déposèrent sur la banquette arrière. Les clefs étaient sur le contact.

« Ça y est, Jacko, on a fini ! » lança l'un des gars chargés de vider le fourgon blindé.

En temps ordinaire, Jacko l'aurait frappé pour avoir prononcé son nom, mais il avait l'esprit ailleurs. « Tu sais où tu dois aller, Jesse ?

— Ouais, mais t'étais censé venir avec moi.

— J'emmène Willie à l'hôpital. Je te retrouve à la ferme. Raconte à Tony ce qui s'est passé. Surtout, conduis *lentement*. Ne brûle pas les feux rouges et, aux croisements, respecte bien les marquages au sol. Pas de vagues. Tu fais tout comme si tu passais ton permis, OK ?

— Oui », répondit Jesse avant de courir vers la camionnette. S'assurant que les portes arrière étaient bien fermées, il arracha le papier qui recouvrait les plaques minéralogiques, posé afin que les convoyeurs ne puissent pas relever le numéro d'immatriculation – Tony Cox pensait décidément à tout –, et s'installa au volant.

Jacko démarra la Volvo. Quelqu'un lui ouvrit le portail tandis que les autres gars de la bande ôtaient leurs masques et leurs gants et se dirigeaient vers leurs voitures.

Au volant de la fourgonnette, Jesse bifurqua vers la droite. Derrière lui, Jacko tourna à gauche et accéléra. Dix heures vingt-sept à sa montre. Onze minutes en tout. Tony avait vu juste. Il avait dit que ça ne leur prendrait pas plus de temps qu'il n'en faut à une voiture de patrouille pour aller du poste de Vine Street à Isle of Dogs[1]. Tout s'était bien passé. Sauf pour ce pauvre Willie. Pourvu qu'il vive et puisse profiter de sa part du butin, pensa sincèrement Jacko.

Il n'était plus très loin de l'hôpital et avait déjà imaginé comment procéder, une fois arrivé là-bas. Le plus important, c'était que Willie ne soit pas vu.

1. *Isle of Dogs* est un quartier de la banlieue est de Londres, situé au bord de la Tamise, dans une enclave dessinée par un méandre du cours du fleuve.

« Willie ? lança-t-il par-dessus son épaule. Tu peux te mettre par terre ? » N'obtenant pas de réponse, il se retourna. Willie avait les yeux dans un tel état qu'on ne pouvait dire s'ils étaient ouverts ou fermés. L'homme devait avoir perdu connaissance. Jacko tendit le bras en arrière et le fit basculer du siège. Le malheureux s'écroula lourdement sur le plancher.

Jacko pénétra dans l'enceinte de l'hôpital et se gara sur le parking. Il se rendit aux urgences à pied en suivant le chemin indiqué par des panneaux. Il y avait une cabine téléphonique dans le vestibule. Il ouvrit l'annuaire et y dégota le numéro de l'hôpital, qu'il composa en glissant une pièce dans la fente. Lorsqu'il demanda le service des urgences, le téléphone qui était placé sur le bureau non loin de lui se mit à sonner. Une infirmière décrocha.

« Un instant, s'il vous plaît ! » Elle reposa le combiné sur son comptoir. C'était une femme replète d'une quarantaine d'années qui, en dépit de son uniforme impeccable, avait l'air épuisé. Elle inscrivit quelque chose dans son registre, puis reprit l'appareil.

« Les urgences, que puis-je pour vous ?

— Il y a un type blessé par arme à feu à l'arrière d'une Volvo bleue garée sur le parking », énonça Jacko d'une voix tranquille, sans lâcher l'infirmière des yeux.

Elle pâlit. « Vous voulez dire chez nous ? »

La fureur s'empara de Jacko. « Dans ton hosto, bien sûr, espèce de grosse vache endormie ! Alors, tu t'magnes le cul pour aller l'chercher ! » dit-il en serrant les dents. Il aurait volontiers raccroché brutalement, mais il se retint. Il coupa la communication tout doucement, mais garda le combiné collé à son oreille. S'il pouvait voir l'infirmière, elle pouvait le voir aussi. Elle raccrocha et sortit sur le parking.

Jacko se perdit dans les méandres de l'hôpital et en ressortit par l'entrée principale. Du perron, il surveilla le parking. On poussait déjà un chariot en direction de la Volvo bleue.

Il avait fait pour Willie tout ce qui était en son pouvoir.

Ce qu'il lui fallait maintenant, c'était une autre voiture.

Chapitre 15

Felix Laski apprécia le confort et l'élégance discrète du bureau de Nathaniel Fett. C'était une pièce où il faisait bon conclure des affaires. Le maître des lieux ne cherchait pas à prendre l'avantage par toutes sortes de moyens détournés comme il s'y ingéniait lui-même en offrant à ses visiteurs des sièges massifs, trop bas et bancals, en leur servant le café dans des tasses en porcelaine d'une telle valeur qu'ils tremblaient à la seule idée de les briser, ou encore en s'asseyant à contre-jour, de manière à rester le visage dans l'ombre. L'atmosphère qui régnait ici était tout autre, telle celle d'un club réservé aux présidents de compagnie et, à n'en pas douter, cela était voulu. En serrant la longue main de Fett, Laski remarqua tout d'abord que la grande table qui faisait office de bureau était rarement utilisée, ensuite que l'agent de change portait une cravate club. Ce qui semblait curieux pour un juif. À la réflexion, il se dit qu'il n'y avait rien d'étrange à cela. Fett arborait cette cravate pour la même raison que lui-même portait un costume rayé impeccable, confectionné par un tailleur de Savile Row, comme un insigne proclamant : « Moi aussi, je suis anglais. » Autrement dit, le fait de succéder à six générations de financiers n'avait pas rendu Nathaniel Fett plus sûr de lui. Ce détail s'avérerait peut-être utile un jour, pensa Laski.

« Prenez un siège, Laski. Voulez-vous un café ?

— Non, merci. J'en bois du matin au soir et c'est mauvais pour le cœur.

— Autre chose, peut-être ? »

Laski secoua la tête. Refuser les marques d'hospitalité était un des moyens dont il usait pour déstabiliser son interlocuteur. « J'ai bien connu votre père avant qu'il ne se retire des affaires, dit-il. Sa mort laisse un grand vide. Cela peut ressembler à une banalité, mais je le pense sincèrement.

— Merci. » Fett se cala dans le fauteuil club en face de Laski et croisa les jambes. Derrière ses épaisses lunettes, son regard était impénétrable. « Cela fait maintenant dix ans qu'il nous a quittés.

— Tant que cela ? Il était beaucoup plus âgé que moi, bien sûr, mais il savait que j'étais originaire de Varsovie, comme ses aïeux. »

Fett hocha la tête. « Le premier Nathaniel Fett a traversé l'Europe avec un âne et un sac d'or.

— J'ai fait la même chose, mais sur une moto volée à un nazi et avec une valise remplie de Reichsmarks qui n'avaient plus cours.

— Votre ascension a été bien plus fulgurante. »

La remarque se voulait humiliante et Laski en eut conscience. L'agent de change sous-entendait : *Nous sommes peut-être des juifs polonais parvenus, mais nous le sommes certainement moins que vous.* Laski comprit qu'à ce petit jeu, il avait affaire à un adversaire aussi fort que lui. Avec ces lunettes qui lui mangeaient le visage, Fett n'avait pas besoin de rester dans l'ombre. Il sourit. « Vous ressemblez à votre père. On ne savait jamais ce qu'il pensait.

— Vous ne m'avez pas encore donné matière à réfléchir.

— Ah ! » Finis les bavardages, en déduisit Laski. « Je vous prie d'excuser ce coup de téléphone quelque peu mystérieux. C'est vraiment très aimable à vous de me recevoir si vite.

— Pourquoi fermerais-je ma porte à quelqu'un qui veut faire une offre à sept chiffres à l'un de mes clients ? » Fett se leva pour s'emparer d'un coffret qui trônait sur une table. « Puis-je vous proposer un cigare ?

— Volontiers. » Laski s'accorda le temps de choisir. Puis, alors que sa main s'abaissait enfin vers la boîte, il déclara : « Je veux racheter Hamilton Holdings à Derek Hamilton. »

L'instant était parfaitement choisi. Sous l'effet de la surprise, Fett aurait pu laisser tomber son coffret. Mais le financier ne se laissa pas déstabiliser. Bien au contraire même, puisqu'il avait précisément créé cette petite mise en scène pour permettre à Laski de lâcher sa bombe. Il referma le coffret sans mot dire et offrit du feu à son visiteur. Puis il se rassit et croisa les jambes.

« Donc, Hamilton Holdings en échange d'un nombre à sept chiffres.

— Un million de livres pour être exact. Un homme qui cède le fruit de toute son existence a bien droit à un chiffre rond.

— Oh, je saisis toute la psychologie de votre approche, répliqua Fett d'un ton léger. À vrai dire, votre proposition n'est pas pour nous surprendre.

— Pardon ?

— Nous nous attendions à faire l'objet d'une offre de rachat. Pas nécessairement émanant de vous, mais le moment est bien choisi.

— Mon prix est nettement supérieur à la valeur des actions aujourd'hui.

— Oui, la marge est plus ou moins correcte », admit Fett.

Laski écarta les mains en un geste de supplique. « Ne mégotons pas ! C'est une somme conséquente.

— Mais bien inférieure à ce que vaudront les actions du groupe de Derek si l'exploitation du gisement lui est attribuée.

— Justement, cela nous conduit à mon unique condition : l'offre ne tient que si nous faisons affaire ce matin même. »

Fett regarda sa montre. « Il est presque onze heures. Croyez-vous vraiment, en supposant que Derek soit d'accord, que l'on puisse tout conclure en une heure de temps ?

— J'ai apporté avec moi tous les documents nécessaires déjà signés, répondit tranquillement Laski en tapotant sa mallette.

— Cela ne nous laisse guère le temps de les lire.

— J'ai également une lettre d'intention résumant les grands points de l'accord. Cela me suffira.

— J'aurais dû me douter que vous auriez préparé tous les papiers… » Fett s'accorda un moment de réflexion avant de reprendre : « Si Derek n'obtient pas la licence, les actions baisseront encore un peu, cela va de soi.

— Je suis joueur ! » dit Laski en souriant.

Fett poursuivit : « Dans ce cas, vous vendrez les avoirs de la société et fermerez les branches qui ne sont pas rentables.

— Pas du tout, mentit Laski. Je pense qu'elle pourrait conserver sa rentabilité actuelle si l'on apportait quelques changements au sein de l'équipe dirigeante.

— Vous avez probablement raison. C'est une offre raisonnable. De celles que je suis obligé de transmettre à un client.

— Ne jouez pas les pinailleurs. Songez à votre commission sur un million de livres.

— Oui, répliqua Fett froidement. Je vais appeler Derek. » Il décrocha le téléphone posé sur la table basse. « Passez-moi Derek Hamilton, je vous prie. »

Laski dissimulait sa nervosité en tirant sur son cigare.

« Derek, c'est Nathaniel. Felix Laski est dans mon bureau. Il fait une offre de rachat... » Une pause suivit. « Oui, absolument, n'est-ce pas ? Un million tout rond. Tu voudrais... Bien. Nous t'attendons. Comment ? Ah... Je vois. » Il eut un rire un peu embarrassé. « Dix minutes. »

« Eh bien, Laski, il arrive. En attendant, lisons ces documents », dit-il après avoir raccroché.

Laski ne put résister à la tentation de poser franchement la question : « Est-il intéressé ?

— C'est possible.

— Il a parlé d'autre chose, n'est-ce pas ? »

Fett laissa de nouveau échapper son petit rire embarrassé : « Autant que vous le sachiez : il accepte de vous céder sa compagnie à midi, à condition d'avoir l'argent en main à douze heures précises. »

ONZE HEURES

Chapitre 16

Arrivé à l'adresse fournie par la rédaction, Kevin Hart gara sa voiture sur un emplacement interdit. C'était une Rover à moteur V8 de deux ans d'âge. À vingt-deux ans, célibataire, son salaire correspondait à celui des journalistes expérimentés ; ses moyens étaient bien supérieurs à ceux des garçons de son âge et il avait tendance à en faire étalage, une erreur de jeunesse que les gens comme Arthur Cole ne lui pardonnaient pas.

Arthur était sorti de la réunion avec le directeur de la publication d'une humeur massacrante. Comme à son habitude, il avait réparti le travail auprès de ses collaborateurs, puis avait appelé Kevin et l'avait prié de s'asseoir à côté de lui dans la salle de rédaction dans le but évident de lui remonter les bretelles.

À la surprise du jeune homme, Arthur n'avait pas dit un mot sur son irruption chez le directeur. Il lui avait demandé de lui décrire la voix au téléphone.

« La voix d'un homme d'âge moyen, avec un accent des Home Counties, avait répondu Kevin. Il choisissait ses mots, peut-être un peu trop précautionneusement. Comme s'il était ivre, ou bouleversé.

— Ce n'est pas la voix que j'ai entendue ce matin,

avait dit Arthur d'un air pensif. La mienne était jeune, avec l'accent cockney. Qu'a-t-il dit, exactement ? »

Kevin avait lu ses notes : « Tim Fitzpeterson à l'appareil. Je fais l'objet d'un chantage de la part de deux salauds, Laski et Cox. Je veux que vous les démolissiez quand j'aurai disparu. »

Arthur avait secoué la tête d'un air incrédule. « C'est tout ?

— Je lui ai demandé sur quoi portait le chantage. Il a répondu : "Merde, vous êtes bien tous les mêmes !", et il a raccroché. » S'attendant à une remontrance, Kevin s'était tu un moment avant d'ajouter : « Je n'aurais pas dû lui poser la question ? »

Arthur avait levé les épaules. « Probablement pas. Mais je ne vois pas ce que tu aurais pu dire d'autre. » Sur ce, il avait attrapé le téléphone, composé un numéro et tendu l'appareil à Kevin. « Demande-lui s'il a appelé le *Post* au cours de la dernière demi-heure. »

Kevin était resté un moment à écouter la sonnerie avant de raccrocher. « Occupé !

— On n'est pas plus avancés. »

Voyant Arthur tapoter ses poches à la recherche d'un paquet de cigarettes, Kevin lui avait rappelé : « Vous avez décidé d'arrêter.

— Oui, c'est vrai, et Arthur s'était mis à se ronger un ongle. Tu vois, la pire chose qu'un maître chanteur puisse faire à un homme politique, c'est de le menacer de tout divulguer aux journaux. Nous appeler pour nous raconter cette histoire, ce serait comme se débarrasser de cet atout. Je n'en comprends pas l'intérêt. Tout comme je ne pige pas pourquoi un type nous annoncerait qu'il est victime d'un chantage, étant donné que sa pire crainte est de voir son nom étalé dans les journaux… Voilà pourquoi, avait-il conclu d'un ton irréfutable, je crois que tout cela est bidon. »

Prenant cette déclaration pour un rejet de son travail, Kevin s'était levé. « Je retourne à mon histoire de pétrole.

— Non, avait dit Arthur, cela mérite d'être vérifié. Tu vas te pointer là-bas et sonner à la porte.

— Entendu.

— Mais la prochaine fois que l'envie te prend d'interrompre la conf' du directeur de la publication, tu tournes ta langue sept fois dans ta bouche avant de parler. »

Kevin n'avait pu retenir un sourire. « Promis. »

Plus le jeune journaliste réfléchissait à cette histoire, moins il y croyait. Pendant le trajet, il avait essayé de se remémorer ce qu'il savait sur ce Tim Fitzpeterson. Modéré, diplômé en économie, on le disait intelligent, mais il gardait profil bas. Ce n'était pas le genre de type assez flamboyant ou imaginatif pour donner matière à un maître chanteur.

Kevin se remémora une photo de Tim Fitzpeterson en famille, prise en vacances au bord de la mer en Espagne, où il portait un affreux short kaki, entouré d'une femme quelconque et de trois gamines intimidées.

A priori, l'immeuble devant lequel il se tenait maintenant – une grosse bâtisse gris sale, datant des années 1930, et située dans une rue tranquille de Westminster – n'avait rien d'un nid d'amour. C'était sans nul doute son emplacement idéal, à quelques encablures seulement du Parlement, qui lui avait évité de devenir un taudis. En pénétrant dans l'immeuble, Kevin remarqua que les propriétaires en avaient rehaussé le standing avec un ascenseur et un concierge, et se dit qu'ils qualifiaient probablement désormais les habitations de luxueux appartements de fonction.

Habiter ici avec une femme et trois enfants ne serait certainement pas possible pour quelqu'un comme Tim Fitzpeterson, songea Kevin. Il devait donc utiliser ce pied-à-terre pour y fumer des joints ou se livrer éventuellement à des ébats homosexuels.

Pas la peine de spéculer, se dit-il. Dans une minute, tu sauras tout.

Il n'était pas question d'échapper à la vigilance du concierge : sa loge se trouvait juste en face de l'ascenseur, au fond du vestibule tout en longueur. À voir ses joues creuses et son teint cadavérique, ce type donnait l'impression d'être enchaîné à son bureau avec interdiction de sortir à la lumière du jour. En apercevant Kevin, il ôta ses lunettes et reposa son livre intitulé *Comment gagner son second million.*

« J'aimerais bien gagner mon premier, déclara Kevin en désignant l'ouvrage.

— Et de neuf ! lâcha le concierge d'un air las.

— Neuf quoi ?

— Vous êtes le neuvième à me dire ça.

— Oh, pardon !

— Et maintenant, vous allez me demander pourquoi je lis ce bouquin. Je vous répondrai qu'un habitant de l'immeuble me l'a prêté et vous pourrez me rétorquer que vous aimeriez bien être de ses amis. Bon, la question étant réglée, que puis-je faire pour vous ? »

Kevin savait que le seul moyen de venir à bout des petits malins de ce genre était de satisfaire leurs caprices. Il demanda : « M. Fitzpeterson, c'est quel numéro, s'il vous plaît ?

— Je vais le prévenir, répondit le concierge en tendant la main vers le téléphone.

— Un instant ! »

Kevin sortit son portefeuille et en extirpa deux billets. « Je voudrais lui faire la surprise. » Il déposa l'argent sur la table, en accompagnant son geste d'un clin d'œil appuyé.

« Certainement, monsieur, puisque vous êtes son frère. Le 5 C.

— Merci. »

Kevin s'en alla appeler l'ascenseur. Son clin d'œil de connivence avait été plus efficace que le pot-de-vin, se dit-il. Une fois à l'intérieur de la cabine, il enfonça le bouton du cinquième étage, avant de se raviser, retenant les portes juste au moment où elles se refermaient. Le concierge avait déjà la main sur le combiné. « La surprise, n'est-ce pas ? » lui lança Kevin. Le concierge reprit son livre en silence.

L'ascenseur s'éleva en grinçant. Comme chaque fois lorsqu'il démarrait une enquête, Kevin ressentait physiquement cette excitation de l'inconnu. C'était une sensation agréable, bien qu'il s'y mêlât toujours une légère angoisse à l'idée de ne pas être à la hauteur.

Un carré de moquette en nylon et des aquarelles de mauvais goût agrémentaient le palier du dernier étage, qui comptait quatre appartements. Tous étaient dotés d'une sonnette, d'une boîte aux lettres et d'un œilleton. Debout devant le 5 C, Kevin prit une profonde respiration.

Personne ne répondit à son coup de sonnette. Il patienta un instant, l'oreille collée contre la porte. Un silence total régnait à l'intérieur. Son excitation l'abandonna d'un coup, laissant place au découragement.

Que faire ? Il traversa le palier et alla se planter devant la petite fenêtre qui donnait sur la rue. Il avait vue sur une cour d'école, dans laquelle des filles disputaient une partie de *netball*. De l'endroit où il se trouvait, Kevin n'aurait su dire si elles étaient ou non en âge de susciter son intérêt.

Il retourna se poster devant la porte de Fitzpeterson, et appuya de nouveau sur la sonnette. Le bruit de l'ascenseur s'arrêtant à l'étage le fit sursauter. Si c'était un voisin, il pourrait l'interroger.

Mais ce fut un grand et jeune agent de police qui émergea de la cabine. Déconcerté, il se sentit presque coupable. Or le policier le salua aimablement.

« Vous devez être le frère du monsieur.

— D'où tenez-vous cela ? demanda Kevin.

— Du concierge.

— Mais vous-même, pourquoi êtes-vous là ?

— Je viens voir si tout va bien. M. Fitzpeterson ne s'est pas rendu à une réunion ce matin, et son téléphone est décroché. Ces ministres, ils s'obstinent à refuser des gardes du corps… Pas de réponse ? ajouta-t-il en désignant la porte des yeux.

— Non.

— À votre avis, y aurait-il une raison pour qu'il soit malade ? Ou contrarié ? Pourrait-il avoir été appelé d'urgence quelque part ?

— Pour tout vous dire, il avait l'air bouleversé quand il m'a téléphoné ce matin. C'est pour cela que je suis venu. »

Kevin était tout à fait conscient de jouer là à un jeu dangereux. Mais pour l'heure, il n'avait fait que dire la vérité, et de toute façon il était trop tard pour faire machine arrière.

« On devrait peut-être demander la clef au concierge », dit le policier.

Kevin ne souhaitait surtout pas cela. « Je me demande s'il ne vaudrait pas mieux forcer la porte, dit-il à haute voix. Qui sait s'il n'est pas en train de mourir à l'intérieur… »

L'agent de police manquait d'expérience et fut manifestement très tenté par l'idée de fracasser une porte. « Vous croyez que ça pourrait être aussi grave ?

— Allez savoir. Et les Fitzpeterson ne sont pas à une porte près. »

Le policier n'avait pas besoin d'encouragements supplémentaires. Il plaqua l'épaule contre le battant et déclara : « Une bonne poussée devrait suffire… »

Kevin vint se placer près de lui et, d'un même mouvement, les deux hommes enfoncèrent vigoureusement la porte.

Malgré un vacarme retentissant, cela ne donna aucun résultat.

« Au cinéma, ça a l'air si simple », laissa échapper Kevin.

Il regretta aussitôt sa remarque d'une désinvolture inappropriée. Mais l'agent de police n'y avait pas fait attention. « Recommençons », dit-il simplement.

Ils y mirent cette fois toutes leurs forces, et la porte

se fendit en deux. La gâche de la serrure tomba sur le plancher et le battant, libéré, s'ouvrit à toute volée.

Kevin laissa son acolyte entrer le premier.

« Ça ne sent pas le gaz, déclara le policier.

— Tout doit être à l'électricité », répondit Kevin en lui emboîtant le pas.

Trois portes débouchaient dans la minuscule entrée. La première donnait sur une petite salle de bains. Kevin y entraperçut une rangée de brosses à dents et un miroir en pied. La deuxième, ouverte, laissait voir une cuisine sens dessus dessous, comme si les lieux avaient été fouillés récemment. Ils franchirent la troisième porte. Fitzpeterson était assis à son bureau dans un fauteuil, la tête posée sur ses bras comme s'il s'était endormi pendant qu'il travaillait. Sauf qu'il n'y avait rien sur la table, à l'exception du téléphone, d'un verre et d'un flacon vide. Ce petit flacon en verre teinté marron, avec son capuchon blanc et son étiquette écrite à la main, était le genre de fiole qui renfermait des somnifères.

Nonobstant son jeune âge, l'agent de police réagit avec une rapidité exemplaire.

« Monsieur Fitzpeterson ! Monsieur : » s'exclama-t-il d'une voix forte. Sans attendre la réponse, il s'avança vivement vers l'homme immobile et introduisit la main sous sa robe de chambre à hauteur du cœur. Kevin était resté sur place, pétrifié.

« Il vit encore, déclara le policier en faisant signe à Kevin d'approcher. Parlez-lui ! » ordonna-t-il tout en sortant une radio de la poche située sur sa poitrine. Visiblement, il avait pris la situation en main.

En posant la main sur l'épaule du politicien, Kevin eut la curieuse impression de toucher un mort. « Ouvre les yeux ! dit-il. Réveille-toi ! »

Son appel terminé, l'agent de police vint le rejoindre. « Une ambulance est en route. En attendant, essayons de le faire marcher. »

Ils empoignèrent Fitzpeterson chacun sous un bras et le soulevèrent de son fauteuil. L'homme était toujours inconscient. « Vous êtes sûr que c'est ce qu'il faut faire dans ces cas-là ? s'inquiéta Kevin.

— Je l'espère de toutes mes forces.

— J'aurais dû être plus attentif aux cours de secourisme.

— Moi aussi. »

Une seule idée taraudait Kevin : appeler le journal. Un gros titre à la une dansait déjà devant ses yeux : *Comment j'ai sauvé la vie d'un ministre !* Non qu'il manquât de cœur. Il avait seulement compris depuis un bon moment que l'événement qui lui apporterait la gloire serait probablement une tragédie pour quelqu'un d'autre. Et maintenant, face à cette situation, il ne voulait pas voir la chance lui filer entre les doigts. Il avait hâte que l'ambulance arrive.

La marche forcée ne déclenchait aucune réaction chez Fitzpeterson. « Parlez-lui. Dites-lui qui vous êtes », insista le policier.

Kevin déglutit, les choses commençaient à lui échapper. « Tim ! Tim ! dit-il néanmoins. C'est moi !

— Dites-lui votre nom. »

Heureusement, il fut sauvé par l'arrivée de l'ambulance. « Sortons-le sur le palier, cria-t-il pour se faire entendre au-delà des hululements de la sirène. Prêt ? »

Ils traînèrent le corps avachi jusque dans l'entrée

et lui firent franchir la porte. En attendant devant l'ascenseur, le policier en profita pour reprendre le pouls de Fitzpeterson. « Mince ! Je ne sens plus rien ! »

Deux ambulanciers sortirent de l'ascenseur qui arrivait à l'étage.

« Overdose ? demanda le chef après un rapide coup d'œil.

— Oui, répondit le policier.

— Pas de civière, Bill. On le garde debout.

— Vous voulez l'accompagner ? demanda le policier à Kevin.

— Il vaut mieux que je reste ici. Je dois passer des coups de fil.

— Dans ce cas, on y va », déclara l'ambulancier, qui était déjà entré dans la cabine et s'efforçait de soutenir Fitzpeterson debout entre son collègue et lui.

Le policier s'empara à nouveau de sa radio tandis que Kevin retournait dans l'appartement. Un téléphone était posé sur le bureau, mais y en avait-il un autre dans la chambre ? Le flic ne devait pas l'entendre.

Dans la chambre, il vit un appareil gris de marque Trimphone sur la table de nuit. Il composa le numéro du *Post*.

« La sténo, s'il vous plaît… Ici Kevin Hart. Le vice-ministre du gouvernement Tim Fitzpeterson a été transporté de toute urgence à l'hôpital aujourd'hui, point à la ligne. J'ai découvert le corps inanimé du ministre de l'Énergie immédiatement après qu'il m'eut téléphoné pour me dire, virgule, d'une voix hystérique, virgule, qu'il était l'objet d'un chantage, point. Le ministre… »

Kevin interrompit brusquement son récit.

« Allô ? Vous êtes toujours là ? » demanda la sténo.

Kevin demeura muet. Il venait d'apercevoir des taches de sang sur les draps froissés et il eut la nausée.

CHAPITRE 17

Qu'est-ce que je gagne à abattre un boulot aussi colossal ? Cette question taraudait Derek Hamilton dans les moments de stress et particulièrement aujourd'hui, à mesure que l'effet des médicaments s'estompait et que son ulcère se réveillait, le faisant de plus en plus souffrir. La journée avait mal commencé. En réunion, le directeur financier avait proposé un plan de réduction des dépenses qui revenait à diminuer les opérations de moitié. Certes, cela donnerait un bon coup de pouce à la marge brute d'autofinancement, mais la rentabilité s'en trouverait réduite à zéro. Pour Hamilton, ce n'était pas envisageable. Hélas, il ne voyait pas quel autre moyen mettre en œuvre et il s'en irritait. « Je vous demande des solutions, et vous me dites de fermer la boîte ! » s'était-il emporté. Élever la voix sur un haut dirigeant de la société était inadmissible, il s'en rendait bien compte, et il s'attendait donc à ce que le directeur financier lui présente sa démission et ne s'en laisse pas dissuader. Plus tard, sa secrétaire, une élégante femme mariée imperturbable et trilingue de surcroît, l'avait tracassé avec des problèmes mineurs, et là encore il s'était énervé. Compte tenu de son caractère et de sa place au sein de la société, la secrétaire trouvait probablement normal de se voir traiter ainsi, mais ce n'était pas une raison.

Et comme chaque fois qu'il était furieux contre lui-même, contre ses employés ou contre son ulcère, Hamilton se demandait ce qu'il fichait ici. Éternelle question, à laquelle il tentait de répondre durant le court trajet qui le séparait du bureau de Nathaniel Fett. L'aspect financier ne pouvait être écarté, contrairement à ce qu'il prétendait parfois. Certes, il aurait pu vivre confortablement avec Ellen sur son capital, voire sur les seuls revenus de ce capital, mais en aurait-il été comblé ? À ses yeux, la réussite consistait à posséder un yacht d'un million de livres, une villa à Cannes, un terrain de chasse privée et à pouvoir acheter le Picasso qui vous plaisait, au lieu de se contenter de l'admirer dans des livres d'art. Tels étaient ses rêves. Ou, tout au moins, tels avaient été ses rêves, à une certaine époque de sa vie. Hélas, il n'en réaliserait aucun. De son vivant, Hamilton Holdings ne ferait pas les bénéfices grandioses qu'il avait souhaités.

Lorsqu'il était jeune, il avait probablement désiré le prestige et le pouvoir. Il avait échoué sur les deux plans. Quel prestige y avait-il à être le président d'une société qui battait de l'aile, si importante qu'elle soit ? Aucun. Quant à son pouvoir au sein du groupe, le pôle financier n'avait de cesse de le saper par toutes sortes de restrictions.

« S'épanouir dans son travail. » Qu'est-ce que cela signifiait, au juste ? Il n'aurait su le dire. C'était une curieuse expression, d'ailleurs. Elle évoquait en lui l'image d'un artisan fabriquant une table en bois, ou celle d'un berger élevant des moutons. Rien à voir avec le monde des affaires, où l'on était chaque jour confronté à de nouvelles frustrations. Et cela, même quand on y connaissait un certain succès. Or, pour Hamilton, rien n'existait en dehors des affaires. Quand bien même il l'aurait voulu, il aurait été incapable de fabriquer une table, d'élever des moutons, de rédiger un manuel ou de tracer les plans d'un immeuble.

Il pensa à ses fils. Ellen avait raison, ni l'un ni l'autre n'espérait un gros héritage. S'il leur avait demandé conseil, ils lui auraient certainement répondu : « C'est ton argent, dépense-le comme tu l'entends ! »

Mais se défaire d'une entreprise qui avait fait la fortune de sa famille était contraire à son instinct. Et pourtant… pour le bonheur que j'en tire, soupira-t-il. Et si, justement, je devais aller contre mon instinct ?

Pour la première fois de sa vie, il se demanda comment il occuperait ses journées s'il n'avait plus à se rendre au bureau tous les matins. La vie du village ne l'intéressait pas. Aller au pub en tenant un chien en laisse, comme son voisin le colonel Quinton ? Cette perspective l'ennuyait à mourir. Lire les journaux ne le passionnerait pas davantage. Il ne s'intéressait qu'aux pages économiques, mais dès lors qu'il ne serait plus à la tête d'une grosse entreprise, leur contenu le laisserait de marbre. Il appréciait son jardin. Néanmoins, il ne se voyait pas passant ses journées à arracher des mauvaises herbes ou à retourner son potager pour faire pénétrer l'engrais.

Que faisions-nous, avec Ellen, lorsque nous étions jeunes ? En y réfléchissant, ils avaient, semble-t-il, passé un temps infini à ne rien faire du tout, sinon de longues virées en cabriolet. Parfois, juste pour aller pique-niquer avec des amis. Pour le simple plaisir de monter en voiture, de rouler pendant des kilomètres, d'avaler des sandwichs et de refaire le chemin en sens inverse. Ils allaient voir des spectacles, dînaient au restaurant. Et toujours avec l'impression de n'avoir jamais un moment à eux.

Il était probablement grand temps, pour Ellen comme pour lui, de se redécouvrir l'un l'autre. Avec un million de livres en poche, il aurait de quoi satisfaire certains de ses désirs. Acheter une villa – peut-être pas à Cannes, mais quelque part dans le Sud. Acquérir un yacht, aussi – grand mais pas trop, pour pouvoir traverser la Méditerranée sans avoir à engager un équipage. Quant à la chasse privée et au Picasso, c'était hors de question, mais il lui resterait certainement de quoi s'offrir une ou deux toiles de valeur.

Ce Laski n'avait pas idée des difficultés qui l'attendaient. Mais les problèmes, c'était sa spécialité, disait-on. En vérité, Hamilton savait peu de chose de lui. Ses antécédents étaient inconnus, il n'avait ni diplôme ni famille. En revanche, il était malin et avait de l'argent. En période de vaches maigres, cela valait plus que la meilleure éducation. Après tout, peut-être étaient-ils faits pour s'entendre ?

Quelle excentricité que d'avoir dit à Nathaniel Fett qu'il cédait sa société à Laski à la seule condition d'avoir l'argent à midi pile ! Exiger d'être payé rubis sur l'ongle était digne d'un marchand de vins de Glasgow. Pourtant, Derek savait pourquoi il avait agi de la sorte : pour ne pas avoir à prendre de décision. Ou Laski allongeait la somme demandée et l'affaire était conclue ; ou il ne le faisait pas et lui-même ne signait rien. En fait, Hamilton laissait le sort décider à sa place.

Soudainement, il espéra de tout son cœur que Laski parviendrait à réunir les fonds en temps voulu. L'idée de retourner au bureau lui était insupportable.

Hamilton descendit enfin de voiture devant l'immeuble de Fett.

Chapitre 18

Pour Bertie Chieseman, ce qu'il y avait d'épatant, dans son nouveau métier, c'était de pouvoir écouter la radio des flics tout en vaquant à d'autres occupations. Mais le problème, dans son cas, résidait en ce qu'il n'avait finalement jamais envie de faire grand-chose.

Ce matin, en écoutant distraitement les messages sans intérêt faisant état de la circulation sur Old Kent Road, il avait balayé le tapis – c'est-à-dire soulevé des tourbillons de poussière qui étaient retombés aussitôt –, puis s'était rasé au-dessus du lavabo situé dans un coin de la pièce en utilisant l'eau qui avait chauffé sur le poêle Ascot. Enfin, il avait petit-déjeuné d'une tranche de bacon grillée sur son réchaud. Une seule avait suffi, il avait un appétit d'oiseau.

Depuis son premier rapport, à huit heures du matin, il n'avait rappelé l'*Evening Post* qu'une seule fois pour prévenir qu'une ambulance avait été envoyée à Westminster. Le nom du patient n'avait pas été mentionné, mais, vu l'adresse, il s'agissait peut-être de quelqu'un d'important. La rédaction se chargerait d'appeler le centre des ambulances. S'ils connaissaient déjà le nom du malade, ils le communiqueraient sans problème.

Mais les ambulanciers attendaient souvent d'être arrivés à l'hôpital pour informer le QG. Bertie le savait, parce qu'il était très bien renseigné sur les rouages du métier de journaliste. Il cherchait toujours à savoir auprès de ceux qu'il rencontrait comment ils parvenaient à tirer un article des bribes de renseignements qu'il leur fournissait.

Mis à part l'ambulance et l'embouteillage, n'avaient été rapportés jusqu'ici qu'un vol à l'étalage, un cas de petit vandalisme, un ou deux accrochages, un rassemblement devant Downing Street et un événement énigmatique, qu'il n'avait pas réussi à interpréter.

De ce mystérieux événement, Bertie savait seulement qu'il avait eu lieu dans l'est de Londres. Il avait bien entendu l'alerte adressée à toutes les voitures de patrouille, mais les messages suivants leur ordonnaient seulement de rechercher une camionnette bleue immatriculée tant et tant. Le problème pouvait concerner aussi bien le véhicule – volé avec une cargaison de cigarettes ou impliqué dans un hold-up – que le chauffeur. Le mot « Obadiah » avait été employé. Mais à quoi pouvait-il bien faire référence ? Mystère, là aussi. Sitôt l'alerte donnée, trois voitures de police, détachées de leurs patrouilles, avaient eu pour mission de retrouver le fourgon.

Ce ramdam pouvait se rapporter à un incident insignifiant. À la femme d'un inspecteur de la brigade volante qui se serait fait la malle, par exemple. On avait déjà vu ça. Mais il pouvait tout aussi bien s'agir d'un truc énorme. Bertie attendait donc d'en apprendre davantage.

Sa propriétaire, Mme Keeney, vint lui rendre visite, en tablier et bigoudis, tandis qu'il rinçait sa poêle à l'eau chaude. Il s'essuya les mains sur son chandail avant de lui présenter son carnet de quittances. Elle considéra d'un air ahuri son équipement radio, qu'elle voyait pourtant chaque semaine, quand elle venait récupérer le loyer.

Bertie lui remit l'argent, en échange de quoi elle parafa le carnet. « Je me demande bien pourquoi vous n'écoutez pas plutôt de la jolie musique », lui dit-elle en lui tendant une lettre.

Il sourit. Elle ignorait à quoi lui servait son matériel. Écouter la radio de la police était naturellement illégal. « Je ne suis pas très porté sur la musique », avoua-t-il.

Elle secoua la tête d'un air résigné et partit. Bertie ouvrit la lettre qui provenait de l'*Evening Post*. Celle-ci contenait son chèque mensuel, d'un montant de cinq cents livres cette fois-ci. Une aubaine. D'autant plus qu'il ne payait pas d'impôts sur cet argent. Il avait même du mal à tout dépenser. Ce travail le contraignait à vivre simplement. Le soir, il fréquentait les pubs et, le dimanche, il se rendait dans toutes sortes d'endroits à bord de sa Ford Capri flambant neuve – son seul luxe. Il avait ainsi visité la cathédrale de Canterbury, le château de Windsor, les villes de Beaulieu, Saint-Albans, Bath ou Oxford, des parcs animaliers, des demeures imposantes, de vieux monuments, des villes historiques, des champs de courses et des parcs d'attractions – toujours avec le même plaisir non dissimulé. Il n'avait jamais été aussi riche de sa vie. Il avait de quoi s'offrir tout ce qu'il voulait et mettre encore un peu d'argent de côté.

Il remisa le chèque dans un tiroir et finit de nettoyer sa poêle. Il la rangeait à sa place quand la radio se mit à crépiter. Son sixième sens lui souffla de tendre l'oreille.

« Exact, un Bedford bleu à six roues. Alpha Charlie Londres Deux Zéro Trois Maman. S'il a quoi… des signes distinctifs ? Jette un œil à l'intérieur, tu verras un truc pas banal : six grosses caisses remplies de billets de banque usagés. »

Bertie fronça les sourcils. À l'évidence, l'opérateur radio au commissariat central était un petit plaisantin. Mais l'homme disait aussi que le fourgon recherché transportait une grosse somme d'argent. Or les véhicules de ce genre ne disparaissaient pas par hasard. Il avait donc été braqué.

Bertie s'assit à sa table et décrocha le téléphone.

Chapitre 19

Lorsque Derek Hamilton entra dans le bureau, Felix Laski et Nathaniel Fett se levèrent. Tels deux boxeurs avant un combat, Laski, l'acquéreur potentiel, et Hamilton, le vendeur, se serrèrent brièvement la main. Laski nota, quelque peu ébahi, que le nouveau venu portait le même costume que lui, coupé dans un tissu bleu marine et comprenant un veston croisé à six boutons. Mais sur Hamilton l'ensemble perdait toute élégance. De toute évidence, le plus beau des costumes n'aurait pu dissimuler ni mettre en valeur la mollesse de sa silhouette fatiguée.

Laski n'avait pas besoin de se regarder dans un miroir pour savoir qu'il avait une allure autrement plus chic que son adversaire. Mais il veilla à ne pas paraître condescendant. Dans toute négociation, faire mauvaise impression pouvait se révéler fatal. « Ravi de vous revoir, Hamilton.

— Comment allez-vous, monsieur Laski ? » répondit celui-ci en inclinant la tête, avant de prendre place dans un siège qui grinça sous son poids.

L'emploi du « monsieur » n'échappa pas à Laski. Il songea qu'Hamilton ne devait appeler par leur nom de famille que les gens qu'il considérait comme ses égaux. Les jambes croisées, il attendit que Fett démarre l'entretien.

Avec son front haut, son nez droit et ses yeux bleus au regard vif, Hamilton avait dû être bel homme dans sa jeunesse, se dit-il tout en l'étudiant du coin de l'œil. Pour l'heure, il avait les mains posées sur les genoux et affichait un air détendu. Il a déjà pris sa décision, pensa Laski.

« Pour mémoire, commença Nathaniel Fett, Derek possède cinq cent dix mille parts de la société anonyme Hamilton Holdings, Limited. Le reste est détenu par différentes entités. Ces actions sont toutes nominatives. Laski, vous proposez d'acquérir ces cinq cent dix mille parts pour la somme d'un million de livres, à la condition expresse que le contrat de vente porte la date d'aujourd'hui et soit signé à midi précisément.

— Contrat ou lettre d'intention, précisa Laski.

— Parfaitement. » Fett poursuivit l'énoncé des formalités sur un ton monotone.

Laski laissa son esprit vagabonder. Oui, Hamilton méritait bien de perdre son épouse. Une femme aussi vive et sensuelle qu'Ellen avait le droit de connaître une vie amoureuse épanouie, et non de subir un mari qui se laissait aller à ce point.

Je lui vole sa femme, je fais main basse sur l'œuvre de sa vie, et il réussit à me faire tiquer en me donnant du « monsieur », pensa-t-il.

« L'affaire peut effectivement être conclue, comme réclamé par M. Laski, concluait l'agent de change. Les documents fournis sont satisfaisants. Cependant, une question demeure, peut-être la plus importante : Derek souhaite-t-il vendre, et à quelles conditions ? »

Fett se renfonça dans son fauteuil, satisfait de son laïus.

Hamilton se tourna vers Laski. « Quels sont vos projets concernant l'avenir du groupe ? » s'enquit-il.

Laski refréna un soupir. Ce contre-interrogatoire était hors de propos. Mais rien n'empêchait d'y répondre par des tonnes de mensonges, ce dont il ne se priva pas. « Tout d'abord, j'aimerais procéder à une recapitalisation conséquente de l'ensemble du groupe, avant d'améliorer les services de gestion. J'envisage ensuite une restructuration de plusieurs filiales aux échelons les plus élevés. Je crois qu'il faudrait dégraisser un peu les secteurs les moins performants. » Rien n'était plus éloigné de la vérité. Mais si Hamilton tenait à entendre son baratin d'un bout à l'autre, pourquoi lui refuser ce plaisir ?

« Vous choisissez un moment critique pour faire votre offre, fit remarquer Hamilton.

— Pas vraiment, répliqua Laski. D'autant que l'exploitation du gisement de pétrole viendra comme un bonus, si la licence a été attribuée à Hamilton Holdings. En fait, j'achète une société solide, qui traverse actuellement une mauvaise passe. Je tâcherai de lui faire retrouver sa rentabilité sans toucher à l'infrastructure. Il se trouve que j'ai un certain talent pour cela. » Il s'autorisa un petit sourire. « Contrairement à ce que l'on dit de moi, négocier des titres ne m'intéresse pas, je préfère diriger de véritables industries. »

Il surprit le regard hostile de Fett et comprit qu'il n'était pas dupe. « Pour quelle raison réclamez-vous cette heure limite de midi ?

— Parce que c'est probablement le moment ultime pour acquérir ce groupe à un prix raisonnable. Si

Hamilton obtient la licence d'exploitation, ses actions regrimperont en flèche.

— Entendu, dit Hamilton qui, par son intervention, déposséda Fett d'une partie du débat. Mais j'ai, de mon côté, également fixé une heure limite. Comment y réagissez-vous ?

— J'en suis fort aise », assura Laski.

En vérité, il était en proie à la plus vive inquiétude. Cette demande d'avoir entre les mains la totalité de la somme à la signature de l'accord l'avait pris au dépourvu. Il avait pensé ne régler aujourd'hui qu'une avance et verser le solde le jour où ils échangeraient les contrats définitifs. Mais pour farfelues qu'elles soient, les exigences d'Hamilton n'en étaient pas moins légitimes. Et de toute façon, dès l'accord signé, il aurait toute latitude pour utiliser ces actions comme il l'entendait : les vendre ou les escompter[1]. Son idée, en réalité, était de s'en servir pour lever les fonds nécessaires à l'acquisition du groupe, en profitant de leur hausse consécutive à l'obtention de la licence. Mais le problème est qu'il se retrouvait lui-même pris au piège qu'il avait voulu tendre à Hamilton. Le vieil homme avait accepté son offre trop rapidement, Laski ne disposant pas en cet instant du million de livres exigé. Pour réunir l'acompte de cent mille livres, il avait déjà été contraint de racler ses fonds de tiroir. Qu'allait-il faire ? Il l'ignorait encore. Il savait seulement ce qu'il n'allait pas faire : laisser une occasion pareille lui filer entre les doigts.

« Vraiment ravi ! répéta-t-il.

---

1. L'escompte est un intérêt payé au banquier ou à une autre personne qui fait avance du montant d'un effet avant l'échéance.

— Derek, intervint Fett. Il serait peut-être bon que nous ayons un petit aparté…

— Je ne le pense pas. À moins que tu ne veuilles me prévenir… – Hamilton fit une pause – que cette affaire dissimule un piège ?

— Pas le moins du monde.

— Dans ce cas…, poursuivit Hamilton en se tournant vers Laski, j'accepte votre offre. »

Laski se leva et lui serra la main. Hamilton en fut légèrement gêné, mais Laski misait tout sur ce geste, sachant que les hommes de la trempe d'Hamilton dénichaient toujours une clause entraînant l'annulation d'un contrat, mais reniaient rarement une poignée de main.

« Les fonds se trouvent à la succursale londonienne de la Cotton Bank of Jamaica », précisa Laski en extirpant un chéquier de sa poche.

Fett fit grise mine. Il aurait préféré le chèque d'une banque affiliée à une chambre de compensation plutôt qu'à ce petit établissement, tout à fait respectable au demeurant. Mais à ce stade de la négociation, il ne pouvait rien dire sans donner l'impression de vouloir faire capoter la transaction. Ce que Laski savait parfaitement.

« Ce n'est pas tous les jours qu'un homme empoche un million de livres », dit celui-ci en remettant son chèque à Hamilton.

Celui-ci sourit, soudainement enjoué. « Ce n'est pas tous les jours qu'un homme dépense cette somme.

— Quand j'avais dix ans, continua Laski, mon père m'a emmené acheter un coq au marché, car le nôtre était mort. Il valait probablement l'équivalent de trois livres actuelles, mais la famille avait dû économiser toute une année pour amasser cette somme, se saignant bien plus que je n'ai jamais eu à le faire moi-même pour conclure une transaction. Un million de livres n'est rien comparé à un coq qui peut sauver toute une famille de la famine, conclut Laski, satisfait d'avoir mis ses interlocuteurs mal à l'aise.

— Absolument », marmonna Hamilton.

Retrouvant sa courtoisie, Laski déclara : « Puis-je passer un coup de fil à ma banque ?

— Mais certainement. »

Fett l'accompagna dans le couloir et désigna une porte. « Vous pouvez utiliser cette pièce, elle est inoccupée. Valerie va vous donner la ligne.

— Merci. Je signerai la lettre à mon retour. »

Laski entra dans la petite pièce et décrocha le téléphone. Quand la tonalité résonna, il passa la tête dans le couloir pour s'assurer que la secrétaire n'écoutait pas à la porte. Elle était plantée devant une armoire à dossiers. Il composa donc un numéro.

« Cotton Bank of Jamaica.

— Laski, à l'appareil. Passez-moi Jones. »

Il y eut une pause, puis Jones répondit :

« Bonjour, monsieur Laski.

— Jones, je viens de signer un chèque d'un million de dollars. »

La réponse se fit attendre. « Mon Dieu, mais vous ne disposez pas de cette somme !

— Vous compenserez néanmoins.

— Que dira Threadneedle Street ? s'écria Jones d'une voix de fausset. Nous n'avons pas assez de liquidités en banque !

— Nous réglerons ce problème le moment venu.

— Monsieur Laski, notre banque ne peut autoriser un transfert d'un million de livres de son compte de la Banque d'Angleterre vers un autre compte de la Banque d'Angleterre, pour la simple et bonne raison que notre banque ne dispose pas d'un million de livres en liquide à la Banque d'Angleterre. Je ne sais pas comment être plus clair.

— Jones, à qui appartient la Cotton Bank of Jamaica ? »

Jones prit une profonde inspiration.

« À vous, monsieur.

— Exactement ! »

Et Laski raccrocha.

MIDI

Chapitre 20

Peter « Jesse » James était en nage. Le soleil de midi était d'une chaleur accablante pour la saison. Il tapait fortement, à travers le pare-brise, sur ses puissants avant-bras dénudés et les jambes de son pantalon lui semblaient en feu. En somme, il crevait de chaud.

Et pour comble de tout, il était terrifié.

Jacko avait bien insisté sur le fait qu'il devait conduire lentement. Ce conseil s'était révélé inutile car, un kilomètre et demi après la sortie de la casse, il s'était retrouvé dans les embouteillages et avait été contraint de traverser la moitié du sud de Londres en roulant pare-chocs contre pare-chocs. Même s'il l'avait voulu, il n'aurait pu rouler plus vite.

Il avait beau avoir ouvert ses deux portières latérales, il ne se sentait pas mieux. Dès qu'il était à l'arrêt, l'air chaud et étouffant envahissait la camionnette et, lorsqu'il avançait, il inhalait la fumée suffocante des gaz d'échappement.

Jesse avait la passion des voitures depuis ses douze ans, âge auquel il avait volé sa première cylindrée, une Zephyr Zodiac aux ailerons customisés. À ses yeux, conduire devait être une aventure en soi.

Il adorait griller les feux rouges, faire des doubles débrayages dans les tournants, effrayer les conducteurs du dimanche. Et si un autre automobiliste avait le culot de klaxonner, Jesse l'abreuvait d'injures, le poing dressé, se voyant déjà lui trouer la peau avec un pistolet. Il en avait un dans la boîte à gants, mais ne l'avait jamais utilisé.

Cela dit, conduire en transportant une fortune en argent volé était tout sauf une partie de plaisir : il fallait accélérer délicatement, éviter les coups de frein, mettre les warnings quand on ralentissait, s'interdire les queues-de-poisson et laisser traverser les piétons aux carrefours. Il lui vint néanmoins à l'esprit que le fait de respecter trop scrupuleusement le code de la route risquait d'éveiller les soupçons. En voyant un jeune homme rouler à l'allure d'une vieille dame qui promène son caniche, un flic un peu malin pouvait flairer le mauvais coup.

Ce périphérique sud n'en finissait pas. Jesse atteignit un nouveau carrefour juste au moment où le feu passait à l'orange. Réprimant son instinct d'appuyer à fond sur l'accélérateur, il soupira et s'arrêta sans à-coups.

S'il ne voulait pas commettre d'erreurs, il devait se calmer. Oublier l'argent, penser à autre chose. Il avait parcouru des milliers de kilomètres dans cette tentaculaire circulation londonienne sans jamais être arrêté. Pourquoi cela changerait-il aujourd'hui ? Personne, y compris la police, ne pouvait deviner ce que contenaient les caisses qu'il transportait.

Lorsque le feu passa au vert, Jesse redémarra. À l'approche d'un centre commercial, la chaussée rétrécissait et les camions de livraison garés le long de la voie ainsi que la succession de passages cloutés ralentissaient la circulation. Les trottoirs étroits étaient envahis de colporteurs avec leurs bijoux de pacotille ou leurs housses pour planches à repasser, et les piétons se bousculaient.

Compte tenu de la chaleur, les femmes portaient des tenues estivales. Tandis qu'il roulait au pas, Jesse observait les T-shirts près du corps, les robes légères volant délicatement au vent et les jambes dénudées. Il aimait les filles plantureuses et il scrutait la foule à la recherche d'une beauté à déshabiller des yeux.

Il en repéra une à une bonne cinquantaine de mètres de distance. Elle portait un haut en nylon bleu et un pantalon blanc moulant. Jesse paria qu'elle se trouvait trop grosse. Lui n'était pas de cet avis. Elle avait un soutien-gorge rétro qui lui faisait des seins pointus comme des torpilles, et son pantalon taille haute s'évasait sur ses hanches généreuses. Jesse se focalisa sur elle, espérant voir ses seins trembler. Il ne fut pas déçu.

Il aurait aimé se mettre derrière elle, lui baisser lentement son pantalon et...

La voiture devant lui, une Marina toute neuve avec un toit en vinyle qu'il s'achèterait peut-être lui aussi avec sa part du butin, avança de vingt mètres. Jesse suivit, puis la file de voitures stoppa encore. Jesse mit le frein à main et chercha la fille des yeux. Il la repéra dans la foule juste au moment où les véhicules redémarraient. Elle était de dos, debout devant la vitrine du magasin de chaussures. Son pantalon était si serré que, sous le tissu, sa culotte formait deux diagonales pointant vers l'intérieur de ses cuisses. Jesse aimait ça, voir la culotte sous le pantalon. Cela l'excitait presque autant que des fesses nues. Il pensait à baisser sa culotte et...

Un bruit de tôle froissée mit fin à ses divagations. La fourgonnette pila, refermant les portières latérales avec fracas et projetant Jesse contre le volant. Merde ! Nul besoin de regarder pour comprendre ce qui venait de se passer. Il eut un mauvais goût dans la bouche et faillit vomir. La Marina avait freiné un peu brusquement et il lui était rentré dedans, absorbé qu'il était dans la contemplation de ces fesses voluptueuses.

Il descendit de voiture, tandis que le conducteur furibond de s'être fait emboutir inspectait déjà les dégâts. « Espèce de cinglé ! Vous êtes aveugle ou stupide ? » dit-il à Jesse avec un accent du Lancashire.

Jesse l'ignora et se pencha vers les carrosseries entrechoquées. Il fit un effort pour rester calme : « Désolé, mon vieux, tout est ma faute, dit-il.

— Désolé ! Les types comme vous devraient se faire retirer leur permis ! »

Jesse le dévisagea : ce petit gros dans son costume étriqué était l'image même du bon droit offensé. Il avait l'agressivité à fleur de peau des gens petits, et leur façon de parler en rejetant la tête en arrière. Jesse haït dans la seconde son air d'adjudant. Il lui aurait volontiers écrabouillé le visage ou, mieux, tiré une balle dans la tête.

Au lieu de cela, il se força à rester aimable. « On fait tous des erreurs. J'vais vous laisser mon nom et tout le reste. Dans le fond, c'est pas grand-chose, on va pas en faire une affaire d'État. »

C'était exactement ce qu'il ne fallait pas dire ! Le type bouillonna. « Si vous croyez que vous allez vous en tirer comme ça ! »

La circulation avait repris et les conducteurs qui étaient derrière klaxonnèrent, impatients. L'un d'eux descendit de voiture.

Pendant ce temps, le propriétaire de la Marina inscrivait le numéro de la camionnette dans un carnet. Le genre de type à toujours avoir sur lui un carnet et un stylo, pensa Jesse.

Il referma son carnet et pérora : « Ces abrutis qui conduisent sans penser à rien ! Je vais appeler la police.

— Si vous commenciez par dégager un peu la voie ? intervint le conducteur de derrière. Que les autres puissent circuler !

— J'demande pas mieux, déclara Jesse en voyant en lui un allié potentiel. Sauf que ce monsieur tient absolument à appeler Kojak à la rescousse. »

Le petit gros le pointa du doigt. « Je connais les petits malins de votre genre. On conduit comme des voyous au nez et à la barbe des assurances ? Mais je ne vous laisserai pas faire ! »

Jesse s'avança les poings serrés, mais il réussit à se maîtriser et à garder son sang-froid. « Comme si la police n'avait pas mieux à faire ! »

L'autre perçut une pointe de peur dans le ton de Jesse. « À elle d'en décider, dit-il en plissant les yeux et en cherchant du regard une cabine téléphonique. Vous, ne bougez pas d'ici ! ordonna-t-il en tournant les talons.

— On ne va pas déranger la police ! » paniqua Jesse en le saisissant par l'épaule pour tenter de le retenir.

L'homme se retourna et lui donna une claque sur la main. « Lâchez-moi, espèce de voyou ! »

Jesse attrapa alors son adversaire par les revers du col et le hissa sur la pointe des pieds. « Je t'en donnerai, du voyou ! »

Un petit attroupement d'une douzaine de personnes, pour la plupart des ménagères chargées de sacs de courses, suivait la scène avec intérêt. Il remarqua que la fille au pantalon moulant était aux premières loges.

Soudainement, il prit conscience qu'il faisait exactement ce qu'il ne fallait pas : se faire remarquer. Il devait au contraire se tirer de là au plus vite. Il lâcha le veston du type et remonta dans sa fourgonnette. La fureur du conducteur de la Marina fit place à la stupéfaction.

Jesse démarra le moteur qui avait calé au moment de la collision et enclencha la marche arrière, arrachant bruyamment les pare-chocs l'un à l'autre. Celui de la Marina resta à pendre lamentablement à côté du feu arrière éclaté. Ça va te coûter cinquante livres dans un garage, se dit Jesse rapidement. Dix, si tu répares toi-même.

Le petit gros vint se placer devant la fourgonnette en agitant un index menaçant, tel un Neptune vengeur. « Ne bouge pas d'ici ! » La foule grossissait à mesure que montait la tension.

Il y avait moins de voitures venant en face à présent, et les véhicules bloqués derrière commençaient à démarrer pour le doubler. Jesse passa la première et fit rugir son moteur.

Le conducteur de la Marina ne bougea pas d'un pouce. Jesse ne se laissa toutefois pas impressionner et enclencha brutalement la vitesse, ce qui fit bondir la fourgonnette en avant, obligeant l'homme à plonger vers le trottoir. Mais tout se déroula trop précipitamment pour qu'il ait le temps de se mettre à l'abri. Jesse entendit un bruit sourd à la hauteur de l'aile tandis qu'il manœuvrait pour se dégager. La voiture derrière pila violemment. Jesse changea de vitesse et prit la fuite sans un regard dans le rétroviseur.

Incapable de réfléchir, il filait à présent le long de la route sans s'inquiéter des passages cloutés. Sur cette voie qui lui paraissait de plus en plus étroite, il se sentait pris au piège, comme dans un étau. Il avait tout fait foirer ! Une opération qui avait parfaitement fonctionné jusqu'ici. Jusqu'à ce que lui, Jesse James, ne trouve rien de mieux à faire que de bousiller la voiture d'un gus avec la fourgonnette qui transportait le pactole. Toute une cargaison de billets qui allait partir en fumée à cause d'une éraflure qui pourrait être gommée pour cinquante livres. Connards !

Il s'obligea à garder son calme. Tant qu'il n'était pas sous les verrous, rien n'était perdu, pensa-t-il. Il avait encore du temps, à condition de réfléchir deux minutes !

Il ralentit et quitta l'artère principale afin de ne surtout plus attirer l'attention. Alors qu'il roulait dans des petites rues, il tenta de mettre ses idées au clair : un badaud avertirait forcément la police pour signaler qu'il avait renversé un homme. Et comme ce crétin avait noté le numéro de la fourgonnette dans son carnet – tout comme d'autres spectateurs de la foule, probablement –, on remonterait aisément jusqu'à lui. Et puis il y avait le délit de fuite. Ce fait serait transmis par radio à toutes les voitures de police. Dans les prochaines quinze minutes. Dans la foulée, on diffuserait sa description. Que portait-il sur lui ? Un pantalon bleu et une chemise orange. Connards !

Que lui conseillerait Tony Cox en cet instant ? Jesse se représenta la silhouette corpulente du patron et l'entendit même lui répondre : *Demande-toi quel est le problème, d'accord ?*

La police a mon numéro et ma description, émit Jesse tout haut.

Que faut-il faire pour régler ça ? Réfléchis.

J'sais pas, Tone. Changer les plaques et jeter mes fringues ?

Bon, alors fais-le !

Tu parles d'un conseil. Où trouver et fixer de nouvelles plaques d'immatriculation ?

Il tourna dans une grande rue et roula jusqu'à ce qu'il aperçoive enfin un garage. Il entra dans la cour, dans laquelle un camion-citerne remplissait ses cuves. Un atelier de réparation était situé derrière les pompes à essence. Jackpot ! pensa-t-il.

Le pompiste s'avança vers Jesse en nettoyant ses lunettes avec un chiffon graisseux.

« Mets-m'en pour cinq livres, dit Jesse. Où sont les chiottes ?

— Sur le côté du bâtiment », indiqua l'homme d'un mouvement de la tête.

Jesse suivit ses instructions, empruntant un sentier cimenté qui longeait le bâtiment. Sur une porte déglinguée, « Hommes » était indiqué. Il continua plus loin. Sur un petit terrain, derrière le garage, des véhicules aux ailes froissées, aux portières cabossées et aux pièces détachées étaient mis au rebut en attendant d'être réparés. Il n'y avait rien d'intéressant dans le lot.

En revanche, la porte de l'atelier se situait juste à côté. Grande ouverte, elle était assez large pour laisser passer un autobus. Devait-il se faufiler furtivement à l'intérieur ? Non. Il entra donc la tête haute.

Après la vive lumière du jour, il lui fallut un moment avant que ses yeux ne s'habituent à l'obscurité et parviennent à distinguer quelque chose. Une odeur d'huile à moteur et d'ozone imprégnait l'endroit. À hauteur de sa tête, une Mini était juchée sur une rampe élévatrice, les entrailles pendant entre ses roues d'une façon presque obscène. Plus loin, un camion à remorque était relié par un câble à un testeur Krypton. Une Jaguar sans roues était montée sur cales. Pas un chat ne rôdait dans les parages. Il jeta un coup d'œil à sa montre : c'était la pause déjeuner.

Il regarda autour de lui. Au fond de la salle, sur le bidon d'huile dans le coin, il y avait exactement ce qu'il voulait : deux plaques d'immatriculation commerciale rouge et blanc. Il s'en empara et scruta encore les lieux. Une combinaison toute neuve, accrochée à un clou dans le mur de brique, attira son attention. Par terre, un bout de corde sale traînait. Il vola les deux.

« Tu cherches quelque chose, mon frère ? »

Jesse se retourna, son cœur fit un bond. À l'autre bout de l'atelier, un homme noir en combinaison crasseuse, la main sur la Jaguar blanche rutilante, le dévisageait, la bouche pleine, sa tignasse afro remuant au rythme de ses mastications.

« Les chiottes, je voudrais me changer », répondit Jesse en dissimulant de son mieux les plaques sous la combinaison. Il attendit, retenant son souffle.

Le mécano indiqua du pouce : « C'est dehors, avant de mordre dans un œuf dur.

— Merci, répondit Jesse qui sortit précipitamment.

— Pas de quoi ! » lança l'autre à sa suite, avec une pointe d'accent irlandais.

Un négro irlandais, on aura tout vu !

Lorsque Jesse quitta l'atelier, il vit le pompiste qui patientait près de la fourgonnette.

Jesse grimpa à l'intérieur et jeta la combinaison et son contenu sur le siège. Comme le pompiste observait son paquet d'un air intrigué, il expliqua : « Ma combinaison. Elle était restée suspendue dehors, près de la porte arrière. Elle doit être toute sale, maintenant. Je vous dois combien ?

« En général, pour cinq livres d'essence, on demande un billet de cinq. J'avais pas remarqué pour la combinaison.

— Moi non plus ! Quand je pense que j'ai roulé cinquante kilomètres avant de m'en rendre compte. C'est vrai, j'avais dit cinq livres.

— Ouais. Les chiottes, c'est gratuit. »

Jesse lui tendit un billet et se dépêcha de quitter les lieux.

Il était un peu à l'écart de sa route, ce qui était une bonne chose. Ce coin était plus tranquille que les quartiers qu'il avait traversés jusque-là. Il roulait le long d'une rue bordée des deux côtés par de vieilles maisons individuelles en retrait de la chaussée aux trottoirs ornés de châtaigniers. Plus loin, il remarqua un arrêt de bus de la Green Line.

Pour changer les plaques, il devait dégoter une petite rue peu fréquentée. Il consulta à nouveau sa montre. Un quart d'heure déjà s'était écoulé depuis l'accident. Il n'avait plus le temps de faire dans la dentelle !

Il tourna au premier croisement dans Brook Avenue, qui n'était composée que de maisons jumelées. Merde, il avait besoin d'un endroit moins exposé ! Procéder à l'échange des plaques sous les yeux d'une trentaine de femmes au foyer toujours ravies de fourrer leur nez dans les histoires des autres était tout simplement inenvisageable.

Il tourna une deuxième, puis une troisième fois, et se retrouva dans la voie desservant l'arrière des quelques magasins donnant sur la rue. Des box à voitures, des bennes à ordures et les portes des boutiques réservées aux livraisons jalonnaient la rue. Que demandait le peuple ?

Escaladant son siège, il passa à l'arrière de la fourgonnette, où il régnait une chaleur étouffante. Assis sur un des coffres de billets, il enfila la combinaison par les pieds. Putain, il y était presque ! Seigneur, donne-moi encore deux minutes, s'te plaît ! pria-t-il.

Il finit de revêtir sa tenue, le corps plié en deux. Si j'avais tout fait foirer, Tony m'aurait tranché la gorge, pensa-t-il, un frisson lui parcourant le dos. Ce Tony Cox était un drôle de salaud. Qui prenait un plaisir pervers à punir les gens. Jesse remonta la fermeture Éclair de la combinaison.

Il en connaissait un rayon, question témoignages oculaires. La police serait à la recherche d'un gars immense, à l'air mauvais et au regard fou, vêtu d'un jean et d'une chemise orange, alors qu'il avait tout du mécanicien lambda désormais.

Il saisit les plaques. Mais la corde avait disparu. Elle avait dû glisser quelque part. Il fouilla le plancher de la fourgonnette. Merde ! Dans les fourgonnettes, il y avait pourtant toujours un bout de ficelle qui traînait quelque part. Il ouvrit la caisse à outils et, avec soulagement, en trouva une bonne longueur enroulée autour du cric.

Il descendit et passa à l'avant du camion où il s'appliqua à nouer solidement la plaque commerciale au-dessus de l'originale, comme les garagistes procédaient avec un véhicule utilitaire quand ils voulaient faire un test sur route. Il s'angoissait à l'idée de bâcler le travail, mais, lorsqu'il recula pour juger du résultat, il fut très satisfait.

Il réitéra l'opération à l'arrière et se sentit apaisé quand il eut fini.

« Alors comme ça, on change ses plaques ? »

Il bondit et crut que son cœur s'arrêtait de battre à la vue du policier. C'était le comble ! Son esprit et ses pensées l'abandonnèrent, et avec eux toutes les réponses qu'on pouvait imaginer. Incapable d'inventer un mensonge plausible ou de ruser, il resta bouche bée.

Le flic, un jeune gars avec des rouflaquettes blondasses et des taches de rousseur sur le nez, s'approcha de lui.

« Des problèmes ? » interrogea-t-il en souriant.

Jesse était estomaqué. Un rayon d'espoir filtra dans son cerveau tétanisé. Il se ressaisit. « Mes plaques étaient mal fixées. Je viens de les resserrer. »

Le flic hocha la tête. « J'avais la même dans le temps. Plus facile à conduire qu'une voiture, dit-il sur un ton badin. Du beau boulot. »

Jesse pensa que ce flic faisait peut-être semblant et qu'en réalité, sachant très bien qu'il avait devant lui le chauffard recherché, il s'offrait seulement le plaisir sadique de jouer au chat et à la souris pour mieux le coincer à la dernière minute. Jesse eut une sueur froide, se sentant soudainement acculé.

« Facile à conduire quand ça veut bien rouler, dit-il.

— Eh bien, maintenant que tout est en place, poursuivez votre chemin, vous bloquez la rue. »

Jesse grimpa dans la cabine comme un somnambule et démarra. Où ce flic avait-il planqué sa voiture ? Avait-il coupé sa radio ? Avait-il vraiment cru à son explication ? Si jamais il faisait le tour du fourgon et remarquait le pare-chocs embouti, c'en était fini.

Jessie embraya et roula lentement le long de la rue. En arrivant au bout, il s'arrêta et regarda des deux côtés. Dans son rétroviseur latéral, il aperçut le policier en train de monter dans une voiture de patrouille.

Tandis qu'il s'engageait sur la chaussée, la voiture de police disparut de son champ de vision. Jesse, tremblant, essuya son front moite.

Il l'avait échappé belle.

CHAPITRE 21

Pour la première fois de sa vie, Evan Jones buvait un double whisky avant le déjeuner. Il y avait une raison à cela. C'était aussi la première fois de sa vie qu'il rompait son code d'honneur. Il expliquait cela plutôt confusément à son ami, Arny Matthews, parce que, n'ayant pas l'habitude de boire, l'alcool lui avait déjà embrumé le cerveau.

« Question d'éducation, tu vois, disait-il avec son accent chantant du pays de Galles. De mon temps, c'était la rigueur avant tout. On suivait la Bible à la lettre. Certes, il arrive qu'on change de code de nos jours, mais l'obéissance, tu vois, c'est quelque chose dont on ne se défait jamais.

— Je vois », répondit Arny, qui n'avait pourtant pas la moindre idée de ce que racontait son ami.

Evan était le directeur de la branche londonienne de la Cotton Bank of Jamaica et Arny l'actuaire principal à la Fire and General Marine Insurance. Tous les deux vivaient à Woking, dans le Surrey, et habitaient des maisons contiguës de faux style Tudor. Ils entretenaient une amitié sans faille.

« Les banquiers aussi ont un code d'honneur, continuait Evan. Pourtant, quand j'ai annoncé à mes parents que je voulais me lancer dans la finance, ce fut le drame. Chez nous, dans le sud du pays de Galles, le garçon qui n'entre pas dans l'administration minière après l'école secondaire devient professeur, pasteur ou syndicaliste. S'il existe un métier que personne ne s'attend à le voir embrasser, c'est bien celui de banquier.

— Ma mère ne savait même pas ce qu'était un actuaire, renchérit Arny avec empathie, bien qu'il ne comprît toujours pas où Evan voulait en venir.

— Je ne parle pas des principes que tout banquier digne de ce nom se doit de respecter : la règle du moindre risque, les garanties – qui doivent toujours couvrir les prêts à un taux supérieur –, ou les intérêts – qui seront systématiquement plus élevés pour les emprunts à long terme. Non, je parle de tout autre chose.

— Naturellement, opina Arny, qui sentit son ami à deux doigts de révéler une indiscrétion. Comme tout un chacun à la City, Matthews adorait les ragots dont il ne faisait pas l'objet.

« Tu en veux un autre ? » proposa-t-il en récupérant leurs deux verres avant de se diriger vers le bar. Evan le suivit du regard. Les deux hommes se retrouvaient souvent chez Pollard le soir, avant de prendre le train pour rentrer chez eux. Evan appréciait ce pub avec ses sièges en velours et ses serveurs tranquilles. Les nouveaux cafés qui poussaient comme des champignons dans le quartier des affaires n'étaient pas à son goût. Ces endroits à la mode bondés et à la musique trop forte étaient bons pour les petits génies de la finance en costumes trois-pièces et cravates voyantes qui descendaient des pintes de bière allemande ou sirotaient des apéritifs en vogue.

« Je parle de l'intégrité, reprit Evan quand Arny fut revenu. Un banquier peut être un imbécile, s'il est droit, il survivra. Mais s'il n'est pas intègre...

— Absolument.

— Prends Felix Laski, par exemple. Il est dépourvu de toute intégrité.

— C'est le type qui vous a rachetés ?

— Oui, à mon grand regret. Sais-tu comment il a fait main basse sur la banque ? »

Arny se pencha en avant, la cigarette à mi-chemin de ses lèvres.

« Nous avions pour client une compagnie immobilière, la South Middlesex Properties, que nous savions liée par un contrat d'escompte. Nous lui cherchions une échappatoire pour un emprunt à long terme qu'elle avait contracté et qui était beaucoup trop élevé pour elle, même si les biens qu'elle proposait en hypothèque avaient une grande valeur. Pour faire court, la compagnie n'a pas réglé ses échéances.

— Mais vous la possédiez, intervint Arny. Vous aviez forcément les titres le prouvant dans vos coffres.

— Il s'est avéré qu'ils ne valaient rien, les titres n'étant que des copies. Oh, nous n'étions pas les seuls, d'autres créanciers se retrouvaient dans la même situation.

— Mais c'est de la fraude pure et simple !

— Évidemment. J'ignore comment cette société s'est débrouillée, mais elle a réussi à faire passer cela pour de l'incompétence. Nous étions donc en train de boire la tasse lorsque Laski a débarqué et nous a sauvés en échange de la majorité des actions.

— Malin.

— Bien plus que tu ne le penses, Arny. Concrètement, c'est lui qui contrôlait cette boîte. Il n'en était pas le directeur, juste le conseiller. Mais comme il possédait un paquet d'actions, la direction laissait faire.

— Autrement dit, il t'a racheté la Cotton Bank avec un emprunt dont il n'avait pas réglé les échéances ?

— Oui, c'est à peu près cela. »

Arny secoua la tête. « J'ai du mal à le croire.

— Tu le croirais sans hésiter si tu connaissais le personnage. »

Deux hommes vêtus de costumes de notaire s'installèrent à la table voisine avec des demis de bière. Evan baissa la voix : « Un type sans la moindre intégrité, je te dis !

— Pour faire un coup pareil, il ne manque pas d'air en effet ! déclara Arny un brin admiratif. Tu aurais pu révéler cette histoire à la presse... Si tout est vrai.

— Qui aurait publié ça, en dehors de *Détective* ? Pourtant, tu peux me croire, mon vieux, c'est la stricte vérité. Ce type ne reculerait devant aucune bassesse. » Evan avala une grande rasade de whisky. « Sais-tu ce qu'il a fait aujourd'hui ?

— Ça ne peut pas être pire que ton histoire des South Middlesex Properties ! répliqua Arny dans l'espoir d'en entendre davantage.

— Tu te trompes ! »

Evan avait maintenant le visage un peu rougeaud. Son verre tremblait dans sa main. Il parlait lentement, sur le ton de l'homme décidé à tout raconter. « Il m'a dit – ordonné devrais-je dire – de compenser un chèque d'un million de livres qui n'était pas approvisionné. » Puis il reposa vivement son verre.

« Mais... Et Threadneedle Street ?

— C'est exactement ce que je lui ai répondu. Mot pour mot ! »

En voyant les deux notaires tourner la tête vers eux, Evan se rendit compte qu'il avait parlé trop fort. « Mot pour mot ! répéta-t-il, un ton en dessous. Et tu sais ce qu'il m'a balancé ? Tu ne le croiras jamais ! *"Qui possède la Cotton Bank of Jamaica ?"* Avant de me raccrocher au nez !

— Qu'est-ce que tu as fait ? »

Evan haussa les épaules. « Quand le bénéficiaire du chèque a téléphoné, j'ai répondu qu'il était valide. »

Arny laissa échapper un sifflement. « Qu'importe ce que tu as pu dire. C'est à la Banque d'Angleterre d'approuver le transfert. Quand elle va découvrir que ce million de livres n'est pas sur le compte…

— Mais je lui ai dit tout ça ! s'écria Evan au bord des larmes, honteux de sa faiblesse. En trente années de métier, depuis mes débuts de guichetier à la Barclays jusqu'à aujourd'hui, je n'avais jamais laissé passer un chèque en bois… » Il vida son verre et le fixa d'un air sombre. « On remet ça ?

— Non merci. Et tu devrais t'abstenir aussi. Tu vas donner ta démission ?

— J'y suis contraint. Trente ans ! insista-t-il en secouant la tête de gauche à droite. Allez, on en reprend un autre !

— Non, répondit Arny fermement. Tu vas rentrer chez toi. »

Il se leva et prit Evan par le coude.

« D'accord. »

Les deux hommes sortirent du bar. Dehors, le soleil était au zénith. Des queues commençaient à se former dans les cafés et devant les boutiques à sandwichs. Deux secrétaires passèrent devant eux en léchant des glaces.

« Quel temps splendide pour la saison ! fit remarquer Arny.

— Splendide », répéta Evan d'un ton lugubre.

Arny descendit du trottoir pour héler un taxi qui passait de l'autre côté de la rue. La voiture fit demi-tour et s'arrêta devant eux dans un crissement de pneus.

« Tu vas quelque part ? s'étonna Evan.

— Pas moi, toi ! répliqua Arny en ouvrant la portière. Gare de Waterloo », lança-t-il au chauffeur.

Evan grimpa maladroitement dans la voiture et se laissa tomber sur la banquette arrière.

« Rentre chez toi pendant que tu es encore capable de mettre un pied devant l'autre », lui conseilla Arny avant de claquer la portière.

Evan baissa la vitre. « Merci !

— Chez toi. C'est encore ce qu'il y a de mieux à faire !

— Si seulement je savais quoi dire à ma femme. »

Arny regarda le taxi s'éloigner et regagna son bureau. En tant que banquier, Evan était fini. Il fallait des années pour se construire une réputation d'honnête homme à la City, mais il suffisait d'un instant pour la perdre. Et c'était bien ce qui attendait Evan – aussi sûrement que s'il avait fait les poches du chancelier[1]. Peut-être aurait-il une retraite acceptable, mais obtenir un autre poste était exclu.

---

1. Dans le gouvernement du Royaume-Uni, le chancelier de l'Échiquier, parfois simplement appelé Chancelier, est le ministre des Finances, chargé du Trésor de Sa Majesté.

Pour sa part, Arny, en plus de son salaire tout à fait correct, souscrivait une assurance pour le couvrir en cas de coup dur. Il était loin d'être dans l'affreuse situation de son ami, pourtant, il avait contracté un emprunt pour agrandir son salon et il avait du mal à en rembourser les échéances. Il entrevit alors la possibilité de tirer profit de l'infortune d'Evan. Ce n'était certes pas très loyal, mais, en tout état de cause, son ami n'en serait pas plus malheureux.

Après réflexion, il pénétra donc dans une cabine téléphonique. Lorsque la tonalité retentit, il inséra la pièce dans la fente.

« L'*Evening Post* ?

— Quel service voulez-vous ?

— Le département économique. »

Une pause, puis une autre voix prit la relève.

« Bureau éco.

— Mervyn ?

— Lui-même à l'appareil.

— C'est Arnold Matthews.

— Bonjour, Arny. Quoi de neuf ? »

Arny prit une grande respiration. « La Cotton Bank of Jamaica est dans la tourmente. »

Chapitre 22

Doreen, la femme de Willie le Sourd, était assise à l'avant de la voiture de Jacko. Raide comme la justice, elle agrippait fermement de ses deux mains son sac à main posé sur ses genoux. Son visage blême et ses lèvres tordues en un étrange rictus trahissaient à la fois fureur et crainte. Très grande, avec des hanches volumineuses, elle était presque obèse, victime collatérale du penchant de son époux pour les chips. Elle était aussi mal fagotée, cette fois à cause du penchant de Willie pour la bière. Les yeux rivés droit devant elle, elle prononça du bout des lèvres :

« Qui l'a conduit à l'hôpital, alors ?

— J'en sais rien, Doreen, mentit Jacko. Peut-être qu'il était sur un coup et que les autres voulaient pas que ça se sache… Tout c'que j'sais, c'est que j'ai reçu un coup de téléphone : "Willie le Sourd est à l'hosto. Préviens sa dame." » Il fit le geste de raccrocher brutalement.

« Tu mens », répliqua Doreen sur un ton égal.

Jacko ne répondit pas.

Recroquevillé sur la banquette arrière, dans l'habitacle trop petit pour son corps dégingandé, le fils de Willie regardait par la fenêtre d'un air absent. En temps ordinaire, Billy aimait bien rouler en voiture, mais aujourd'hui sa mère était très tendue. Il s'était passé quelque chose de grave, assurément. Quoi exactement ? C'était un mystère. Tout se mélangeait dans sa tête. À l'évidence, Ma en avait gros sur le cœur contre Jacko, leur ami qui leur avait annoncé que Pa était à l'hôpital. Mais pas parce qu'il était malade. Comment aurait-il pu l'être, d'ailleurs, lui qui était en pleine forme quand il avait quitté la maison aux aurores ?

L'hôpital avait jadis servi de résidence au maire de Southwark. C'était une grande bâtisse en brique, de style vaguement gothique, à laquelle avaient été ajoutés plusieurs bâtiments à toits plats. Des anciens jardins, il ne restait plus trace : ils avaient été goudronnés et transformés en parkings.

Jacko se gara près de l'entrée des urgences. Tous trois descendirent de voiture sans échanger un mot et se dirigèrent vers la porte où un ambulancier, adossé à côté de son véhicule à un panneau interdisant de fumer, tirait sur sa pipe.

Ils passèrent de la chaleur écrasante du parking à la fraîcheur de l'hôpital. À cause de l'angoisse qui l'étreignait, la puissante odeur d'antiseptique rendit Doreen nauséeuse. Des rangs de chaises en plastique vert étaient installés le long des murs de part et d'autre du bureau qui faisait face à l'entrée. Il y avait là un petit garçon, les yeux fixés sur une vilaine coupure, un jeune homme avec le bras enserré dans une attelle de fortune et une fille qui se tenait la tête entre les mains. Leur vue n'était pas pour réconforter Doreen et, quand elle entendit le gémissement d'une femme venu de nulle part, la panique s'empara d'elle.

Au bureau, l'infirmière parlait au téléphone. Doreen attendit qu'elle raccroche. « Est-ce qu'un William Johnson est entré ce matin ?

— Un instant, s'il vous plaît », jeta l'Antillaise sans même tourner la tête. Elle griffonna quelque chose dans un registre avant de relever les yeux sur l'ambulance qui venait de s'arrêter devant la porte. « Allez vous asseoir », lança-t-elle à la cantonade avant de filer vers la porte.

Jacko s'éloignait déjà en direction des chaises lorsque Doreen le rattrapa par la manche. « Reste là ! Pas question de poireauter pendant des heures. Je bougerai pas d'ici tant qu'elle m'aura pas répondu. »

Ils attendirent donc debout devant le comptoir, à regarder une civière transportant un corps immobile sous une couverture tachée de sang et l'infirmière aider les ambulanciers à franchir les battants.

Une femme blanche, grassouillette, en tenue d'infirmière sortit par une autre porte. Doreen, bille en tête, l'agrippa : « Pourquoi on veut pas m'dire si mon mari a bien été transporté ici ? »

L'infirmière s'arrêta et, d'un coup d'œil, embrassa le trio. À cet instant, la femme noire revint.

« C'est à elle que j'ai demandé, reprit Doreen. Elle n'a pas voulu me dire.

— Mademoiselle, demanda l'infirmière replète, pourquoi ne vous êtes-vous pas occupée de ces personnes ?

— L'accidenté de la route, avec ses deux fractures ouvertes, m'a paru requérir des soins plus urgents.

— En effet, mais ce genre de ton ironique n'est pas nécessaire, répliqua la femme avant de se tourner vers Doreen : Comment s'appelle votre mari ?

— William Johnson. »

Elle consulta un registre. « Je n'ai personne de ce nom… »

Elle marqua une pause. « Nous avons bien un patient dont nous ignorons l'identité… Un homme blanc, entre deux âges, de constitution moyenne. Blessé à la tête par arme à feu.

— C'est lui ! intervint Jacko.

— Oh, mon Dieu ! » s'écria Doreen.

L'infirmière décrocha le téléphone. « Ce serait bien que vous le voyiez. Pour savoir si c'est votre mari. » Elle composa un numéro abrégé et attendit un moment. « Docteur, Mme Rowe à l'appareil, infirmière aux urgences. J'ai ici une dame qui est peut-être la femme du blessé par balle… Oui, entendu… Nous vous retrouvons là-bas. » Elle raccrocha. « Si vous voulez bien me suivre. »

Doreen traversa les couloirs en luttant de toutes ses forces contre le désespoir. Cela faisait des années, quinze ans au moins, qu'elle redoutait cet instant. Depuis le fameux jour où elle avait eu la certitude – après s'en être toujours doutée – que son mari était un voyou. Au temps où il la courtisait, Willie lui avait dit qu'il était dans les affaires et elle s'était contentée de cette réponse. À cette époque, les filles qui cherchaient un mari savaient ne pas se montrer trop curieuses ou insistantes. Mais, entre époux, il n'est pas facile de garder des secrets. Une fois, alors que Billy portait encore des couches, on avait frappé à la porte. Avant d'aller ouvrir, Willie avait regardé dehors par la fenêtre du premier étage. En apercevant un flic sur le perron, il avait dit à Doreen : « Hier soir, on a fait une partie de poker à la maison. Moi, Harry l'Écossais, Tom Webster et le vieux Gordon. La partie a commencé à dix heures et on s'est séparés à quatre heures du mat'. » Doreen, qui avait passé la nuit seule à se morfondre en essayant d'endormir Billy, avait opiné sans répondre. Quand on l'avait interrogée, elle avait corroboré le mensonge de Willie. Depuis ce jour, elle vivait dans une angoisse permanente.

Quand vous n'avez que des soupçons, vous pouvez encore vous convaincre de ne pas vous inquiéter. Mais quand vous savez fermement que votre mari, pour le compte de ses activités illicites, passe son temps à s'introduire clandestinement dans une usine, un magasin ou une banque, vous vous demandez chaque fois si vous le reverrez vivant.

Aujourd'hui, sans qu'elle sache trop pourquoi, la fureur se mêlait à l'angoisse. Elle n'aimait pas Willie, au sens romantique du mot. En tant que mari, il ne valait pas grand-chose : piètre amant, nul pour gérer leurs finances, il décampait aussi toutes les nuits. De supportable, la vie conjugale avait fini par devenir désespérante. Avant Billy, Doreen avait fait deux fausses couches. Ils n'avaient donc pas essayé d'avoir d'autres enfants après leur fils. S'ils étaient toujours ensemble, c'était uniquement à cause de Billy. Beaucoup de couples devaient être dans leur cas. S'occuper d'un enfant handicapé n'était pas toujours chose aisée, d'autant que Willie n'était pratiquement d'aucun soutien. Mais il devait se sentir suffisamment coupable pour ne pas vouloir quitter sa femme. Et le gamin adorait son père.

Non, Willie, je ne t'aime pas, pensa-t-elle. Mais je te veux à mes côtés. J'ai besoin de toi. J'aime t'avoir dans le lit à côté de moi, j'aime regarder la télévision assise près de toi, ou encore te regarder jouer au billard. Si c'est cela qu'on appelle l'amour, alors si, je t'aime.

Ils s'étaient arrêtés au milieu d'un couloir. « Je vous ferai entrer quand le docteur l'autorisera », leur dit l'infirmière avant de disparaître dans l'unité de soins et de refermer la porte.

Doreen demeura un moment à fixer le mur nu de couleur crème, en s'efforçant de ne pas imaginer ce qui se trouvait derrière la cloison. Elle était déjà passée par là, après le braquage des salaires de la Componi-parts. Mais les choses s'étaient déroulées différemment. D'abord, parce que ses complices étaient venus la prévenir eux-mêmes. « Willie est à l'hosto. Rien de grave. Il est juste dans les choux. » Il avait été chargé de faire sauter le coffre et avait eu la main trop lourde sur le plastic. À la suite de cet accident, il était devenu sourd d'une oreille.

Elle s'était alors rendue à l'hôpital – un autre que celui-ci – et avait attendu, comme aujourd'hui. À la différence près qu'à l'époque elle savait qu'il allait bien.

Suite à l'incident, elle avait tenté – pour la première et dernière fois de sa vie – de le remettre dans le droit chemin. Il avait eu l'air d'accord, restant tranquillement quelques jours chez lui après sa sortie de l'hôpital. Malheureusement, à court d'argent, il avait replongé. Plus tard, lorsqu'il avait laissé échapper fièrement que Tony Cox l'avait engagé dans sa société, Doreen était devenue folle de rage. Elle haïssait Tony Cox depuis cet instant-là.

Celui-ci le savait. Un jour qu'il était chez eux et s'empiffrait de chips en discutant de boxe avec Willie, il avait brusquement lancé à Doreen : « Qu'est-ce que t'as contre moi, femme ? »

Willie, inquiet, s'était interposé. « Vas-y mollo, Tony ! »

Mais Doreen avait redressé la tête. « T'es un voyou. »

Tony s'était esclaffé, la bouche si grande ouverte qu'on avait vue sur ses chips à moitié mastiquées, avant de rétorquer : « Ton mari aussi. Tu savais pas ? » Après cet aparté, il avait repris sa conversation où il l'avait laissée et Doreen n'avait plus pipé mot. Avec les gens de la trempe de Tony, elle n'arrivait jamais à répondre du tac au tac.

À quoi bon, de toute façon. Pour ce que son avis comptait ! Il ne serait jamais venu à l'idée de Willie de ne pas ramener un type à la maison simplement parce que sa femme ne l'aimait pas. La maison lui appartenait, quand bien même Doreen en payait le loyer tous les quinze jours grâce à ce qu'elle gagnait en travaillant pour un catalogue de vente par correspondance.

C'est Tony qui avait mis Willie sur le coup d'aujourd'hui. Doreen tenait le renseignement de la femme de Jacko, parce que Willie, bien sûr, ne lui avait rien dit. Si jamais il meurt, je jure devant Dieu que je balancerai Tony, pensa-t-elle. Oh, mon Dieu, faites qu'il aille bien…

Juste à ce moment-là, l'infirmière passa la tête dans le couloir, leur faisant signe de venir.

Le docteur, un type petit à la peau sombre et aux épais cheveux noirs, se tenait juste de l'autre côté de la porte, mais en entrant Doreen marcha directement vers le blessé sans lui prêter attention.

Au début, elle sembla interloquée devant ce haut lit métallique supportant un corps recouvert de bandages et caché d'un drap. Il était impossible d'identifier le blessé, son visage étant en grande partie dissimulé. Pendant tout un moment, elle resta désemparée. Puis elle s'agenouilla et écarta délicatement le drap.

« S'agit-il de votre mari, madame Johnson ? interrogea le docteur.

— Oh, mon Dieu, Willie ! Qu'est-ce qu'on t'a fait ? »

Elle abaissa la tête lentement jusqu'à ce que son front repose sur l'épaule nue de son mari. « C'est bien William Johnson », confirma Jacko. Elle l'entendit vaguement indiquer l'âge et l'adresse de Willie au médecin. Puis elle réalisa que Billy se tenait debout, juste à côté d'elle.

Après un moment, comme le garçon posait la main sur son épaule, elle trouva la force de se ressaisir. Tout du moins, de reporter son chagrin à plus tard. Elle se releva.

« Votre mari vivra », déclara le docteur d'un air grave.

Elle passa le bras autour des épaules de son fils. « Que lui est-il arrivé ?

— Il a reçu une décharge de chevrotine. Tirée à bout portant. »

Elle serra fortement l'épaule de Billy, se refusant à pleurer. « Il va s'en sortir, n'est-ce pas ?

— Comme je vous l'ai dit, il vivra, madame Johnson. Mais nous ne pourrons probablement pas sauver ses yeux. Il va rester aveugle.

— Non ! » cria Doreen, fermant les yeux de toutes ses forces.

Le personnel médical s'attendait à cette réaction et, en l'espace d'un instant, tout le monde l'entoura. Elle les repoussa violemment et se jeta sur Jacko en criant : « Espèce de salaud ! Tout ça, c'est la faute de Tony Cox ! Espèce de salaud ! »

Billy se mit à sangloter. Elle se retourna et, subitement calmée, attira son fils contre elle. « Là, là, Billy, murmura-t-elle en étreignant et en réconfortant ce grand corps qui la dépassait de plusieurs centimètres. Réjouissons-nous que ton père soit en vie.

— Vous devriez rentrer chez vous maintenant, dit le docteur. Y a-t-il un numéro où l'on puisse vous joindre ?

— Je vais la ramener, déclara Jacko. Je vous laisse mon numéro de téléphone, j'habite à côté. »

Doreen se détacha de Billy et marcha vers la porte, que l'infirmière ouvrit. Deux policiers se tenaient sur le seuil.

« Qu'est-ce que c'est que ça ! s'exclama Jacko, révolté.

— Dans des cas semblables, nous sommes tenus d'informer la police. »

En voyant qu'un des deux agents était une femme, Doreen eut envie de balancer que Willie avait été blessé à cause d'un coup monté par Tony Cox. Cela materait un peu Tony. Mais après quinze ans de mariage à un voleur, mentir à la police était devenu chez elle une seconde nature. Elle comprit aussi, au moment même où l'idée lui traversait l'esprit, que Willie ne lui pardonnerait jamais d'avoir mouchardé. Non, elle ne dirait rien à la police.

Elle avait une autre idée.

Brusquement, elle déclara :

« Je voudrais passer un coup de téléphone. »

TREIZE HEURES

CHAPITRE 23

Kevin Hart grimpa les marches deux par deux et fit irruption dans la salle de presse de l'*Evening Post* où il saisit au vol un exemplaire de l'édition de treize heures avant de s'asseoir derrière un bureau.

Son article avait droit à la première page, avec pour chapeau : VIOLENT MALAISE D'UN HAUT RESPONSABLE DU PÉTROLE. Il se délecta un moment de le voir signé de son nom – KEVIN HART –, puis se plongea dans la lecture.

> M. Tim Fitzpeterson, secrétaire d'État chargé de la politique pétrolière au sein du ministère de l'Énergie, a été retrouvé aujourd'hui sans connaissance à son domicile de Westminster, un flacon de pilules vide à côté de lui. Il a été transporté à l'hôpital de toute urgence.
>
> Me rendant chez lui pour une interview, je suis arrivé en même temps que l'agent de police Ron Bowler, lui-même dépêché sur les lieux en raison de l'absence inexplicable du haut fonctionnaire à une réunion du comité.
>
> En découvrant M. Fitzpeterson effondre sur son bureau, nous avons immédiatement appelé les secours.
>
> « Il semble que M. Fitzpeterson ait absorbé acci-

dentellement une dose excessive de médicaments », a déclaré le porte-parole du ministère de l'Énergie, avant de préciser qu'une enquête approfondie serait diligentée.

Tim Fitzpeterson, âgé de quarante et un ans, est marié et père de trois filles. Un représentant de l'hôpital a annoncé que ses jours n'étaient pas en danger.

Kevin n'en croyait pas ses yeux : aucune des phrases qu'il avait dictées au téléphone n'avait été retranscrite ! Il relut l'article de bout en bout. Un sentiment de vide et d'amertume s'abattit sur lui.

Ce papier devait lui apporter son quart d'heure de gloire et voilà qu'un de ces crétins du rewriting avait tout bousillé. Le coup de fil anonyme au journal pour rapporter que Fitzpeterson avait une maîtresse était passé à la trappe, tout comme son appel pour signaler qu'il était victime d'un chantage. Bon sang, les journaux étaient quand même censés dire la vérité, non ?

La colère de Kevin s'accentuait. Il n'avait pas choisi ce métier pour finir comme un vulgaire gratte-papier. Enjoliver la réalité était une chose – en période de disette, Kevin n'aurait pas hésité à transformer une simple bagarre d'ivrognes en guerre des gangs et à broder tant qu'il le fallait pour satisfaire le lecteur –, mais éradiquer purement et simplement des faits importants, qui plus est relatifs à des politiciens, c'était une autre paire de manches !

Si les journalistes ne pouvaient plus dire la vérité, qui donc se chargerait de la faire connaître ?

Il se leva, replia le journal et se dirigea vers la salle de rédaction.

Arthur Cole était en train de raccrocher un de ses téléphones. Il leva les yeux vers Kevin, qui lui fourra le journal sous le nez.

« Qu'est-ce que ça veut dire, Arthur ? On a un homme politique qui fait une tentative de suicide parce qu'il est l'objet d'un chantage, et l'*Evening Post* parle d'une malencontreuse overdose de médicaments ? »

Cole ne lui accorda même pas un regard. « Hé, Barney, ramène-toi !

— Qu'est-ce que ça veut dire, Arthur ?

— Oh, merde, Kevin ! Dégage ! »

Kevin le dévisagea.

« Appelle les flics et vois si une recherche a été lancée à propos du fourgon qui a pris la fuite », ordonna Cole à l'autre journaliste.

Kevin tourna les talons et partit, abasourdi. Il s'était préparé à débattre, argumenter, voire se quereller avec le chef, certainement pas à être écarté d'un revers de la main. Il alla se rasseoir à l'autre bout de la salle. Tournant le dos à Arthur, il fixait le journal sans le voir. Était-ce en raison de ce genre de pratiques que les réacs de province se méfiaient des journalistes ? Et ces crétins de gauchistes à l'université, était-ce cela qu'ils avaient en tête lorsqu'ils traitaient la presse de putain ? Je ne suis pourtant pas un connard d'idéaliste, pensait-il. S'il le faut, je suis tout à fait capable de prendre fait et cause pour la profession, de défendre ses penchants voyeuristes et son goût du sensationnel, de monter au créneau avec les meilleurs journalistes pour clamer que les gens ont la presse qu'ils méritent. Je ne suis pas un cynique invétéré pour autant ! En tout cas, pas encore ! Je crois qu'on existe pour révéler la vérité et ensuite l'imprimer.

Kevin commençait à s'interroger : voulait-il vraiment être journaliste ? Évidemment, il y avait des moments palpitants : quand le sujet se révélait intéressant et qu'on avait son nom en haut de l'article ; ou encore quand un événement important survenait et qu'ils étaient six ou sept à se précipiter sur leurs téléphones, bien décidés à couper l'herbe sous le pied aux journaux concurrents, voire à un collègue – comme cette histoire de fric dérobé qui était en train de se passer en ce moment. Mais la plupart du temps, le job était à mourir d'ennui. Il passait l'essentiel de son temps à attendre : que les détectives sortent des commissariats de police, que les jurés reviennent dans le prétoire avec le verdict, que des célébrités fassent leur entrée… Attendre simplement que quelque chose se *produise*.

Lorsque Kevin avait débarqué à Londres, il était convaincu que la presse nationale n'aurait rien à voir avec son canard des Midlands. Là-bas, engagé comme stagiaire au sortir de l'université, il n'avait pas été mécontent d'interviewer des conseillers municipaux à l'ego surdimensionné, de publier les récriminations démesurées des locataires de logements sociaux, de pondre des articles sur les troupes de théâtre amateurs, les chiens perdus et le vandalisme quotidien. Il tirait même une certaine fierté de quelques articles, comme sa série sur les problèmes des immigrés en ville ; son papier très controversé sur le gaspillage à la Mairie ; son enquête, patiente et compliquée, sur la planification. Mais collaborer à un grand quotidien, avait-il naïvement pensé, signifierait laisser tomber le menu fretin pour se focaliser sur des sujets à l'échelle nationale. Il avait vite déchanté : tous les domaines intéressants – politique, économie, industrie, arts – étaient préemptés par les journalistes chevronnés, et ceux qui visaient ces postes formaient une file interminable de jeunes gens aussi intelligents et doués que lui, Kevin Hart.

L'occasion de briller, voilà ce qu'il lui fallait : un scoop, un tuyau sensationnel, une interview exclusive... Quelque chose où il puisse illustrer de façon spectaculaire son esprit d'initiative et taper dans l'œil des responsables du *Post* qui avanceraient : « Un type talentueux, ce jeune Hart. Est-ce qu'il donne bien tout ce dont il est capable ? »

Aujourd'hui, il avait précisément cru avoir tiré le gros lot. Mais non ! Il s'était trompé, et il en venait à se demander si pareille occasion se représenterait un jour.

Il se rendit aux toilettes, tout en réfléchissant à une éventuelle reconversion. Pourrais-je me recycler dans l'informatique, la publicité, les relations publiques, la vente au détail ? Non. Il n'est pas question d'abandonner le journalisme sur un échec ! Si je dois mettre fin à ma carrière, ce sera sur un succès, se jura-t-il.

Arthur Cole entra alors qu'il se lavait les mains. « Désolé pour tout à l'heure, Kevin. Tu sais ce que c'est, à la rédaction », lui lança-t-il par-dessus son épaule.

Kevin, surpris, tira une longueur de serviette sans trop savoir que répondre. Cole vint se placer devant le lavabo.

« Sans rancune ?

— Je ne suis pas vexé, répondit Kevin. Je me fiche pas mal que tu gueules. Tu me dirais que je suis le pire des enfoirés que ça ne me toucherait pas. » Il s'interrompit, ce n'était pas ce qu'il avait voulu dire. Il resta un moment à fixer le miroir, puis plongea, tête la première. « En revanche, quand je vois qu'un de mes sujets est publié avec la moitié des faits tronqués, je me demande si je ne devrais pas devenir informaticien. »

Cole remplit le lavabo d'eau froide et s'aspergea le visage. Il attrapa une serviette à tâtons et s'essuya.

« Je vais te dire quelque chose que tu sais sûrement déjà, mais tant pis, commença-t-il. Les informations qui paraissent concernent des faits *certains*, et uniquement ceux-là. Nous *savons* que Fitzpeterson a été découvert sans connaissance et transporté d'urgence à l'hôpital, nous savons aussi qu'il y avait un flacon vide à côté de lui. Nous le savons parce que tu l'as vu de tes propres yeux. Tu étais au bon endroit au bon moment, ce qui est un talent qu'un journaliste a plutôt intérêt à posséder, soit dit en passant. Maintenant, que savons-nous d'autre ? Nous savons, par un coup de fil anonyme, que le monsieur en question a passé la nuit avec une prostituée. Nous savons aussi qu'un individu se faisant passer pour Fitzpeterson a prétendu être l'objet d'un chantage de la part de Laski et de Cox. En rapportant ces deux faits, nous laissons entendre que l'overdose de médicaments n'est pas un accident, mais qu'elle résulte des pressions que les deux lascars ont exercées sur lui.

— Mais c'est tellement évident qu'en ne le disant pas, nous trompons les gens ! objecta Kevin.

— Et si ces appels étaient des canulars et ces comprimés des pilules pour digérer ? Et si Fitzpeterson avait seulement fait un coma diabétique ? En livrant ces faits en pâture, nous ruinerions sa carrière.

— Je doute de cette version des faits, pas toi ?

— Bien sûr que si. Je suis sûr à quatre-vingt-dix pour cent que la vérité se situe bien là où tu voulais la décrire, Kevin. Mais nous ne sommes pas là pour publier nos soupçons et nos doutes. Allez, on se remet au boulot. »

Kevin suivit Arthur dans le couloir puis dans la salle de presse, les pensées confuses. D'un côté, Arthur avait raison ; de l'autre, ce n'était pas normal qu'il en aille ainsi.

Le téléphone d'un bureau inoccupé sonna juste au moment où il passait devant. Il décrocha.

« Salle de presse.

— Vous êtes journaliste ?

— Oui, madame. Mon nom est Kevin Hart. Que puis-je faire pour vous ?

— On a tiré sur mon mari, je réclame justice. »

Homicide rimait avec procès, mais signifiait aussi qu'il n'y aurait pas de grands rebondissements à attendre. La femme s'apprêtait à lui donner le nom du criminel et demander qu'il soit mentionné dans l'article. Mais c'était aux jurés de décider qui avait commis le crime, pas aux journalistes, soupira Kevin.

« Puis-je avoir votre nom, s'il vous plaît ?

— Doreen Johnson, 5, Yew Street, East 1. Mon mari Willie a été blessé. Sur cette affaire de fric volé… » Et elle ajouta d'une voix brisée : « Il restera aveugle… C'est Tony Cox qui a monté le coup, hurla-t-elle soudain. Imprimez-le, c'est tout ! » Puis elle raccrocha.

Kevin reposa lentement le téléphone, en s'efforçant de digérer la nouvelle.

C'était le jour des tuyaux, ma parole !

Son carnet à la main, il alla trouver Arthur.

« Quelque chose d'intéressant ?

— Je ne sais pas, répondit Kevin. Une femme qui vient d'appeler pour dire que son mari était sur le coup du fric volé. Il a reçu une balle et a perdu la vue. Elle dit que c'est un coup monté par Tony Cox.

— Cox ?… *Cox ?…* » répéta Arthur, le regard fixe.

Au même moment, quelqu'un l'interpella et le tira de ses pensées : « Arthur ! »

Kevin se retourna, agacé d'être interrompu. Cette voix était celle de Mervyn Glazier, le responsable des affaires à la City, un type jeune et massif portant une chemise tachée de sueur et des souliers en daim éculés. Il s'approchait déjà. « J'ai peut-être un sujet pour tes pages de l'après-midi. L'effondrement possible de la Cotton Bank of Jamaica qui appartient à un dénommé Felix Laski.

Arthur et Kevin se fixèrent en silence.

« Laski ?… Laski ?… répéta Arthur.

— Merde, alors ! » s'écria Kevin.

Arthur fronça les sourcils et se gratta la tête. « Mais qu'est-ce que c'est que ce bordel ? » lâcha-t-il d'un ton perplexe.

Chapitre 24

La Morris bleue filait toujours Tony Cox : il l'avait immédiatement repérée sur le parking en sortant du pub. Pourvu que les flics ne m'emmerdent pas à souffler dans le ballon, pensa-t-il. Il avait bu trois pintes de bière pour faire passer ses sandwichs au saumon.

Les policiers en civil quittèrent le parking quelques secondes à peine après la Rolls de Tony. Il n'était pas inquiet pour autant : il les avait déjà semés une fois aujourd'hui, il les sèmerait encore. Le plus simple, bien sûr, serait d'enfoncer la pédale de l'accélérateur à la première ligne droite, mais il valait mieux agir habilement, afin qu'ils ne se rendent compte de rien, comme ce matin.

Cela ne devrait pas être trop difficile.

Tony traversa le fleuve et s'engagea dans le West End. Tout en se frayant un chemin dans la circulation, il se demandait pour quelle raison les flics le surveillaient. Pour le plaisir de lui nuire, sans aucun doute, mais pas seulement. Le harcèlement, pour reprendre un de leurs termes, entrait aussi dans leurs attributions. Ils devaient penser qu'à lui coller au train, Tony finirait par s'énerver, ou par ne plus se méfier, et qu'il commettrait alors une erreur fatale. C'était une façon évidente de justifier leur mission. Mais la vraie raison était probablement une sombre question de bras de fer au sein même de Scotland Yard : le commissaire adjoint avait peut-être décidé de dessaisir la Criminelle de l'enquête sur Tony Cox pour la confier à la brigade spéciale chargée de la grande criminalité. En conséquence, il se dit que les gars de la Crim faisaient un peu de zèle pour bien montrer qu'ils ne se tournaient pas les pouces.

Tony se fichait pas mal de leurs histoires, du moment qu'ils ne se mettaient pas à jouer les justiciers comme ç'avait été le cas quelques années plus tôt. À cette époque, tous les projecteurs de la Brigade criminelle du commissariat central du West End étaient braqués sur le business de Tony. Le chef de la Brigade s'était révélé un brave type, il avait accepté de conclure un « accord » avec Tony. Jusqu'à ce qu'un jour, il refuse son enveloppe et prévienne Cox que le jeu était fini. Pour s'en sortir, Tony n'avait eu d'autre choix que de sacrifier cinq de ses hommes. Aidé de l'inspecteur, il s'était débrouillé pour faire reporter les charges d'extorsion sur des voyous mineurs dans son organigramme. Tous avaient fini au trou. La Brigade criminelle avait été félicitée par voie de presse d'avoir anéanti un gang qui tenait la ville entre ses mains, et les affaires avaient repris leur cours comme par le passé. Malheureusement, ce même inspecteur s'était fait coincer un peu plus tard pour avoir planté du cannabis chez un étudiant. C'est ce qui sonna le glas d'une carrière que Tony jugeait pourtant fort prometteuse.

Il entra dans un parking de plusieurs étages à Soho, prenant son temps pour retirer le ticket actionnant l'ouverture de la barrière, les yeux rivés sur la Morris bleue dans son rétroviseur. Il vit un flic bondir hors du véhicule et courir vers la sortie piétons, de l'autre côté de la rue, tandis que le conducteur se garait un peu plus loin sur une place payante d'où il avait une vue imprenable sur les voitures qui quittaient le bâtiment. Tony hocha la tête, satisfait. Il roula jusqu'au premier étage et s'arrêta près du local du gardien. À l'intérieur se trouvait un jeune homme qu'il ne connaissait pas.

« Je suis Tony Cox, lui dit-il. Tu vas garer ma Rolls et me filer une de tes bagnoles long séjour qui ne risque pas d'être utilisée aujourd'hui. »

Le type fit la moue. Il avait des cheveux frisés mal coiffés et un jean taché de graisse tout effiloché aux fesses. « Je peux pas faire ça, mon pote. »

Tony tapa du pied avec impatience. « J'aime pas répéter, fiston. *Je suis Tony Cox.* »

Le jeune homme rit. Il reposa sa BD et se leva. « Je m'fiche bien de qui tu es, tu... »

Tony lui balança un direct à l'estomac. Son large poing s'enfonça dans le ventre du mec aussi facilement que dans un oreiller de plumes. L'employé du parking se plia en deux en gémissant, le souffle coupé.

« Me fais pas perdre mon temps, gamin ! »

La porte du local s'ouvrit sur un type plus âgé coiffé d'une casquette de base-ball.

« Qu'est-ce qui se passe ?... Tiens, mais c'est Tony. Y a un problème ?

— Où t'étais, bordel ? En train de fumer dans les chiottes ? dit sèchement Tony. Y m'faut une caisse pour qu'on puisse pas remonter jusqu'à moi. Et fissa, j'suis à la bourre !

— Pas de problème, répondit le vieux en prenant un trousseau de clefs pendu à un crochet sur le mur en amiante. J'ai ici une chouette Ford Granada garée pour la quinzaine. Une trois litres automatique, d'une jolie couleur bronze.

— La couleur, je m'en tape, fit Tony en s'emparant des clefs.

— Là-bas, indiqua l'autre du doigt. Je m'occupe de garer la vôtre. »

Tony monta dans la Ford et boucla la ceinture de sécurité avant de démarrer. Arrivé à hauteur de sa Rolls, il s'arrêta tandis que le type en casquette prenait le volant.

« C'est quoi, ton nom ?

— Davy Brewster, Tony.

— OK, Davy Brewster. » Il sortit de son portefeuille deux billets de dix livres. « Assure-toi que le gamin l'ouvre pas.

— Pas de problème », répondit Davy en acceptant l'argent.

Tout en conduisant, Tony chaussa ses lunettes de soleil et se vissa un chapeau de toile sur la tête. À peine eut-il émergé dans la rue qu'il aperçut la Morris bleue un peu plus loin sur sa droite. Il appuya son coude sur le rebord de la fenêtre pour dissimuler son visage et tint le volant de l'autre main. À gauche, le deuxième inspecteur, qui tournait le dos à la rue, faisait semblant de scruter la vitrine d'une librairie religieuse tout en surveillant la sortie piétons.

Tony s'engagea dans le flot de la circulation. Un

rapide coup d'œil dans son rétroviseur lui confirma qu'aucun des flics ne l'avait vu passer.

« Comme dans du beurre ! » dit-il à haute voix.

Il prit la direction du sud.

Conduire cette voiture était un vrai plaisir : boîte de vitesses automatique et direction assistée. Elle disposait même d'un magnétophone dans lequel Tony fourra une cassette des Beatles en s'allumant un cigare.

Dans moins d'une heure, il serait à la ferme, en train de compter ses billets.

Il avait été bien inspiré d'entretenir de bonnes relations avec Felix Laski, pensa-t-il. Ils avaient lié connaissance dans le restaurant d'un des clubs de Tony. Les casinos Cox servaient la meilleure cuisine de Londres. Et il y avait plutôt intérêt car Tony avait pour devise : tu sers des cacahuètes, t'as des singes pour clients. Or il ciblait une clientèle de gens fortunés, pas les vauriens qui buvaient des bières pression et se bourraient de frites à cinq *pennies* la barquette.

Personnellement, il n'aimait pas les mets sophistiqués. Le soir où il avait rencontré Laski, il dégustait une énorme côte de bœuf. Tony n'avait pas la moindre idée de ce que le chef, débauché de chez Prunier, faisait à ses steaks, mais le résultat était grandiose. À la table voisine, un homme grand et élégant avait attiré son attention : il était très bien conservé pour son âge et accompagné d'une fille que Tony avait immédiatement qualifiée de poule de luxe.

Il avait fini sa côte de bœuf et piquait sa fourchette dans la montagne de petits amuse-gueules qui l'accompagnait quand un incident s'était produit : une bouteille de bordeaux à moitié pleine s'était renversée juste au moment où le serveur déposait des cannellonis devant Laski. La femme s'était reculée promptement en poussant un petit cri. Laski, lui, n'avait pas réagi à temps et quelques gouttes de vin éclaboussèrent sa chemise d'un blanc éclatant.

Tony avait réagi instantanément : posant sa serviette sur la table, il s'était levé et avait appelé à lui trois serveurs et le maître d'hôtel. « Allez vous changer ! avait-il commencé par dire à l'auteur de la catastrophe. Vous reviendrez vendredi toucher votre solde ! » Puis il s'adressa aux autres : « Bernardo, apportez une nappe propre. Giulio, une autre bouteille. Monsieur Charles, dressez une nouvelle table pour Monsieur et le dîner lui est bien sûr offert. » Enfin, se tournant vers le couple, il avait déclaré : « Je suis Tony Cox, le propriétaire des lieux. Recevez toutes mes excuses et faites-moi le plaisir de dîner aux frais de la maison. J'ose espérer que vous choisirez les plats les plus chers de la carte. À commencer par une bouteille de Dom Pérignon.

— Ce sont des choses qui arrivent, avait répondu Laski de sa belle voix profonde, dans laquelle Tony avait repéré une pointe d'accent étranger. Il est rare cependant de se voir traité avec autant de soin et de générosité », avait-il ajouté avec un sourire.

Sa compagne était intervenue à son tour : « Pour ma robe, il s'en est fallu de peu ! » Son accent confirma ce qu'avait pressenti Tony Cox : cette fille était bien une poule, et elle était issue de la même banlieue profonde que lui.

Le maître d'hôtel avait dit alors : « Excusez-moi, monsieur Cox, il n'y a pas d'autre table, nous sommes complets.

— Et celle-ci ? avait rétorqué Tony en désignant la sienne. Dressez-la immédiatement.

— Je vous en prie, s'était interposé Laski. Nous ne voudrions pas vous priver…

— J'insiste.

— Dans ce cas, prenez place avec nous. »

Tony les avait rapidement jaugés tous les deux. La fille n'était visiblement pas emballée par cette idée. Mais l'homme agissait-il par pure politesse ou sa proposition était-elle sincère ? Peu importait, il avait presque fini son dîner et si la compagnie de ces gens s'avérait déplaisante, il pourrait facilement quitter leur table.

« Je ne voudrais pas m'imposer…

— Mais pas du tout ! Vous me raconterez comment on gagne à la roulette.

— Eh bien, c'est entendu ! »

Tony avait passé toute la soirée avec eux, s'entendant à merveille avec Laski. Comprenant vite que la présence de la fille était sans importance, Cox avait dévoilé les magouilles typiques des patrons de tels établissements tandis que Laski exposait, anecdotes à l'appui, les pratiques en usage à la Bourse. Il était apparu que Laski n'était pas joueur lui-même, mais qu'il emmenait volontiers ses invités dans des clubs de jeu. Lorsqu'ils étaient passés au casino plus tard dans la soirée, il avait offert à la fille cinquante livres de jetons, et la soirée s'était achevée quand Laski, à moitié ivre, avait confié à Tony : « Je suppose que c'est le moment de la ramener chez elle et de la sauter. »

Après cela, ils s'étaient croisés par hasard au club à plusieurs reprises. Chaque fois, leur rencontre se terminait en soirée arrosée. Une fois, Tony avait fait comprendre à Laski qu'il était gay. Comme celui-ci n'avait pas réagi, il en avait déduit que le financier était un homme tolérant.

Tony était flatté de se lier d'amitié avec quelqu'un de la classe de Laski. La scène au restaurant lui avait été d'autant plus facile à jouer qu'il l'avait bien répétée : le beau geste, l'attitude de commandement, la courtoisie un peu exagérée, et même son accent des faubourgs qu'il était plus ou moins parvenu à dissimuler, tout avait concordé pour faire bonne impression.

Entretenir un lien avec un homme comme Laski – riche, intelligent et bien introduit dans les milieux côtoyant l'aristocratie – constituait en soi un beau succès pour Tony. Pourtant, à l'initiative de Laski, une relation plus profonde s'était établie entre les deux individus.

Un dimanche matin, aux premières heures du jour, après une soirée où l'alcool avait coulé à flots, Laski avait évoqué le pouvoir de l'argent : « En y mettant le prix, s'était-il vanté, je peux découvrir n'importe quoi à la City – jusqu'à la combinaison de la chambre forte de la Banque d'Angleterre.

— Je ne suis pas d'accord, avait répliqué Tony. Le pouvoir du sexe est bien plus puissant.

— Que voulez-vous dire ?

— Que le sexe est la meilleure des armes. Grâce à lui, je peux découvrir n'importe quel secret de la ville de Londres.

— J'en doute », avait rétorqué Laski, qui maîtrisait parfaitement ses appétits sexuels.

Tony avait haussé les épaules. « Mettez-moi au défi. »

Laski avait alors sauté sur l'occasion : « Le gisement de Shield. Découvrez à qui son exploitation a été attribuée avant que ce ne soit annoncé par le gouvernement. »

En voyant briller l'œil du financier, Tony s'était dit que le sujet n'était pas arrivé sur le tapis par hasard.

« Pourquoi ne me demandez-vous pas quelque chose de plus compliqué ? rétorqua-t-il. Les politiciens et les hauts fonctionnaires sont des proies bien trop faciles.

— Cela me suffira, avait répondu Laski avec un sourire.

— Très bien. À mon tour de vous lancer un défi.

— Je vous écoute », avait répondu Laski en plissant les yeux.

Tony lança la première idée qui lui traversait l'esprit : « Donnez-moi la date à laquelle les billets usagés doivent être transportés à l'usine de destruction de la Banque d'Angleterre.

— Oh, ça ? Je le saurai sans même débourser un *penny* », avait dit Laski avec assurance.

C'était ainsi que tout avait commencé.

Au volant de la Ford en direction du sud de la ville, Tony sourit à ce souvenir. Dieu seul savait comment Laski avait réussi à honorer son pari. Mais pour ce qui était de sa partie à lui, cela avait été du gâteau.

Qui détenait l'information qu'il convoitait ? Le ministre. Quel genre d'individu était-ce ? Un mari fidèle. Autrement dit, presque un puceau. Est-ce que sa femme le satisfaisait quotidiennement ? Pas vraiment. Était-il susceptible de tomber dans le plus vieux panneau du monde ?

Et comment !

La première face de la cassette s'était achevée, Tony la retourna. Combien de fric pouvait-il bien y avoir dans ce fourgon ? Cent mille livres ? Un quart de million, peut-être ? S'il y avait plus, cela compliquerait la situation. Il était impossible de se pointer à la Barclays avec des sacs remplis de vieux billets de cinq livres sans éveiller les soupçons. Cent cinquante mille, ce serait l'idéal : cinq mille pour chacun des gars, quelques milliers en plus pour les frais, et environ cinquante mille à rajouter discrètement aux recettes de plusieurs de ses entreprises légales. Les clubs de jeu, c'était sacrément pratique pour dissimuler des revenus pas très réglo.

Les gars sauraient quoi faire de leur part du butin : rembourser leurs dettes, s'acheter une voiture d'occasion, placer une petite somme sur les deux ou trois comptes bancaires qu'ils possédaient, offrir un manteau neuf à leur femme, faire crédit à leur belle-mère, passer une nuit au pub – bref, en un rien de temps, ils auraient tout dépensé. Mais s'ils touchaient vingt mille livres, ils se mettraient à caresser des idées ridicules. Et quand vous avez des chômeurs et des types sans emploi qui commencent à parler de villas dans le sud de la France, le fisc ne tarde pas à pointer son nez.

En ce qui le concernait, Tony n'était pas inquiet : posséder trop de fric faisait partie des problèmes qu'il aimait bien avoir, songeait-il en souriant. Mais comme le disait parfois Jacko, « il valait mieux ne pas compter ses filles avant de les avoir baisées ! ». Ce fourgon pouvait très bien ne contenir que des demi-*pennies* en attente d'être refondus !

Alors *là*, y aurait vraiment de quoi se marrer.

Il y était presque. Tony se mit à siffloter.

Chapitre 25

Assis dans son bureau, Felix Laski déchirait une enveloppe administrative, les yeux rivés sur un écran de télé. Les nouvelles de la Bourse et les fluctuations des cours sur les différents marchés des actions, des matières premières et des devises arrivaient en permanence, la télévision en circuit fermé ayant supplanté le téléscripteur. Pour l'heure, aucune allusion n'était faite au gisement de pétrole, et Hamilton Holdings avait chuté de cinq points depuis la veille.

Pourtant, le nom du bénéficiaire de la licence de forage aurait dû être révélé depuis une heure. La panique était sur le point de s'emparer de Laski, qui se voyait déjà dans la peau d'un de ces boursiers représentés dans les films sur la crise de 1929. Il avait fini par complètement déchiqueter l'enveloppe et jeta les bouts de papier dans la corbeille avant de décrocher le téléphone bleu pour appeler l'horloge parlante.

« Au quatrième top, il sera exactement une heure, quarante-sept minutes et cinquante secondes. » L'annonce avait plus d'une heure de retard. Il appela le ministère de l'Énergie, où une chargée des relations presse lui expliqua que le secrétaire d'État avait eu un contretemps. « La conférence débutera dès son arrivée et la communication sera faite immédiatement. »

Et merde, avec vos délais ! pensa Laski. J'ai une fortune en jeu, dans cette histoire !

Il pressa le bouton de son interphone. « Carol ? »

Pas de réponse. « Carol ! » beugla-t-il.

La jeune fille passa la tête par la porte. « Excusez-moi, je reviens des archives.

— Apportez-moi un café.

— Certainement, monsieur. »

Il saisit dans son casier « arrivée » un dossier intitulé : TUBES PRÉCISION – RAPPORT DES VENTES POUR LE 1er TRIMESTRE. Sa théorie était que, même en période de crise, les ventes de biens d'équipement étaient plutôt satisfaisantes. Ce document interne, obtenu par espionnage industriel, émanait d'une entreprise qu'il envisageait de racheter. Il restait à voir si TUBES PRÉCISION avait les reins assez solides pour se développer.

Laski parcourut la première page en grimaçant. La prose du directeur des ventes était indigeste. Il reposa le dossier, incapable de se concentrer, contracté par l'attente de la décision ministérielle. Lorsqu'il décidait de prendre un risque, il pouvait accepter de perdre avec sérénité. En revanche, qu'une situation lui échappe et tourne à la catastrophe sans raison le mettait hors de lui.

Il toucha le pli de son pantalon en pensant à Tony Cox. S'il s'était allié à ce jeune voyou, c'était parce que, en dépit de son homosexualité évidente, il sentait en lui une âme sœur – pour reprendre l'expression consacrée. Comme lui, Cox avait su s'arracher à la misère en usant des seules armes dont il disposait : la détermination, l'opportunisme et la cruauté. Comme lui, Cox s'efforçait d'adoucir ses manières brutales. Certes, il avait plus de mal à dissimuler ses origines, mais c'était uniquement parce qu'il s'y employait depuis moins longtemps. Cox, en réalité, voulait ressembler à Laski, et il y parviendrait : à cinquante ans, il serait devenu un gentleman de la City aux tempes argentées et à l'allure distinguée.

Laski prit soudainement conscience que la confiance qu'il avait placée en Tony Cox ne reposait sur rien de concret, mis à part son instinct – qui lui soufflait que Cox était un type loyal. Mais, en ce bas monde, les gars comme Tony Cox n'étaient-ils pas connus pour être de fieffés menteurs ? Et s'il avait simplement tout inventé à propos de Tim Fitzpeterson ?

Le cours d'Hamilton Holdings apparut de nouveau à l'écran, accusant une baisse d'un point supplémentaire. Ils ne peuvent pas utiliser autre chose que cette foutue interface ! râla Laski intérieurement. Toutes ces lignes horizontales et verticales déversant l'info en continu, ça vous tuait les yeux ! Il entreprit de calculer le montant de ses pertes, au cas où Hamilton Holdings n'aurait pas obtenu la licence d'exploitation.

En vendant ses cinq cent dix mille parts maintenant, il ne perdrait que quelques milliers de livres. Sauf qu'il était impossible de se débarrasser de l'ensemble du lot à la valeur du marché. Et le prix continuait à chuter. Au pire, Laski subirait une perte de vingt mille livres. Il ne fallait pas cependant négliger que cela entacherait sérieusement sa réputation de battant.

Courait-il d'autres risques hormis ces deux-là ?

Oui, un risque nommé Cox. La façon dont ce type utiliserait l'information que lui avait fournie Laski était certainement illégale. Mais Laski ne pourrait être jugé coupable de complot puisqu'il n'en savait rien.

Mais il y avait cette loi sur les délits d'initié qui, bien que paraissant anodine comparée à celle en vigueur en Europe de l'Est, n'en existait pas moins. Et elle interdisait précisément de soudoyer un fonctionnaire pour obtenir des informations confidentielles. Il ne serait pas si simple de prouver que Laski l'avait fait, mais c'était envisageable. Lorsqu'il avait demandé à Peters si la journée s'annonçait difficile, l'autre avait répondu : « C'est *un* de ces fameux jours », et Laski s'était empressé de transmettre l'information à Cox. Si jamais Peters et Cox étaient amenés à comparaître, il pourrait effectivement être reconnu coupable. Peters ne poserait pas de problème : il n'imaginerait pas un instant avoir pu révéler un secret, et personne ne songerait à lui poser la question. Mais qu'en serait-il de Cox s'il était arrêté ? Pour forcer les gens à parler, la police britannique disposait de moyens bien plus subtils que la batte de base-ball, et Cox pourrait finalement le balancer, avouer qu'il tenait ses renseignements de lui. Dans ce cas-là, ses moindres faits et gestes de la journée seraient passés au crible, et l'on ne tarderait pas à découvrir qu'il avait pris un café avec Peters.

Tout cela était pour le moment purement virtuel. En cet instant, Laski se souciait surtout de ne pas laisser de plumes dans l'accord passé avec Hamilton.

Le téléphone sonna, il décrocha.

« Oui ?

— J'ai Threadneedle Street en ligne, déclara Carol. Un certain M. Ley. »

Laski s'énerva. « Passez-le à Jones. C'est sans doute à propos de la Cotton Bank.

— Il a déjà appelé là-bas. M. Jones est rentré chez lui.

— Rentré chez lui ? D'accord, je le prends. »

Il entendit Carol dire : « Je vous passe M. Laski. »

« Laski ? dit une voix traînante et haut perchée, à l'accent aristocratique.

— Lui-même.

— Ley à l'appareil, de la Banque d'Angleterre.

— Comment allez-vous ?

— Bonjour. Voyons un peu ce qu'il en est, mon vieux. » À ces mots, Laski leva les yeux au ciel. « Vous avez signé un chèque plutôt conséquent au nom de Fett et Compagnie. »

Laski pâlit. « Mon Dieu, ils l'ont déjà présenté ?

— J'ajouterais même que l'encre n'était pas complètement sèche. Le problème, comme vous le savez sans doute, est qu'il est tiré sur la Cotton Bank, et que cette pauvre petite n'a pas les fonds pour le couvrir. Vous me suivez ?

— Bien sûr que je vous suis. »

Cet abruti qui s'adressait à lui comme à un enfant de deux ans l'horripilait.

« À l'évidence, mes instructions concernant la remise de ces fonds n'ont pas été suivies. Peut-être puis-je dire, à la défense de mon personnel, qu'il pensait disposer de plus de temps pour opérer.

— Hmm. Il aurait été vraiment préférable d'avoir les fonds disponibles avant de signer ce fichu bout de papier. Par mesure de sécurité, voyez-vous. »

L'esprit de Laski tournait à toute vitesse. Merde ! Si l'annonce avait été faite en temps voulu, tout ça ne serait jamais arrivé. Et Jones qui n'était pas joignable ! Où donc était-il passé ?

« Vous vous doutez certainement que ce chèque vient en paiement de ma participation majoritaire dans la société Hamilton Holdings. J'ai pensé que ces actions pourraient garantir...

— Oh, mon Dieu, mais pas du tout ! l'interrompit Ley. C'est hors de question ! La Banque d'Angleterre n'a pas vocation à financer la spéculation en Bourse ! »

Peut-être, pensa Laski. Mais s'il avait été connu de tous, comme prévu, qu'Hamilton Holdings détenait désormais un puits de pétrole, vous n'en feriez pas toute une montagne. Puis Laski songea qu'ils connaissaient peut-être déjà le nom de la société à laquelle on avait attribué l'exploitation du gisement. D'où ce coup de téléphone. Il fut gagné par la colère.

« Écoutez, vous êtes une banque. Je vous réglerai le taux demandé pour un prêt de vingt-quatre heures...

— Il n'est pas dans les habitudes de la banque d'intervenir sur le marché monétaire. »

Laski éleva la voix. « Vous savez pertinemment qu'avec un peu de temps devant moi, je pourrai couvrir ce chèque sans aucun problème ! Si vous me refusez ce délai, ma réputation est fichue. Vous n'allez quand même pas, au nom d'une tradition stupide, m'anéantir pour un malheureux prêt d'un million de livres le temps d'une nuit ! »

La voix de Ley se fit soudain glacée. « Monsieur Laski, nos traditions, comme vous dites, existent précisément pour anéantir ceux qui signent des chèques qu'ils ne sont pas en mesure d'honorer. Si ce retrait ne peut être effectué dans la journée, je demanderai au bénéficiaire de représenter ce chèque. Pour être clair, cela signifie que vous avez une heure et demie pour déposer un million de livres en liquide à Threadneedle Street. Je vous souhaite une excellente journée.

— Allez vous faire voir ! » s'écria Laski, mais la communication avait déjà été coupée. Il raccrocha si violemment que le combiné se fissura.

Son esprit bouillonnait. Il existait forcément un moyen de lever un million de livres sur-le-champ. Forcément !

Carol lui avait apporté son café pendant son coup de fil sans qu'il s'en aperçoive. Lorsqu'il en but une gorgée, il grimaça puis hurla :

« Carol ! Cette saloperie de café est glacée ! »

Rouge de fureur, il jeta rageusement sa tasse dans la corbeille à papier. La délicate porcelaine se fracassa contre le rebord métallique.

La secrétaire fit demi-tour et quitta hâtivement le bureau.

QUATORZE HEURES

CHAPITRE 26

Le jeune Billy Johnson était à la recherche de Tony Cox, mais il l'oubliait sans cesse.

Après son retour de l'hôpital, tandis que Jacko avait été emmené au poste pour collaborer à l'enquête, il s'était enfui de chez lui. Sa mère criait trop fort, ils étaient cernés de policiers et assaillis de voisins et de membres de la famille qui n'arrêtaient pas de passer. Cela ajoutait à la confusion générale, or lui n'aimait rien tant que le calme.

Comme personne n'avait semblé vouloir s'occuper de lui ou lui donner à manger, il avait englouti tout un paquet de biscuits au gingembre et était finalement sorti par la porte de derrière en disant à Mme Glebe, la voisine qui habitait trois numéros plus loin, qu'il allait regarder la télé en couleurs chez sa tante.

En chemin, il avait tenté de mettre ses idées au clair. Marcher l'aidait à réfléchir. Quand il se sentait un peu perdu, il s'arrêtait et regardait passer les voitures, jetait un œil aux vitrines et observait les gens pendant un petit moment, pour se reposer l'esprit.

Au début, il emprunta effectivement la rue qui menait chez sa tante jusqu'à ce qu'il se souvienne qu'il n'avait pas vraiment envie d'aller là-bas. Il avait dit ça uniquement pour empêcher Mme Glebe de faire des histoires. Il dut donc réfléchir pour savoir où il allait vraiment. Il s'était arrêté devant la devanture d'un disquaire, et entreprit de déchiffrer les inscriptions sur les pochettes criardes en s'efforçant de remettre un nom sur les airs qu'il entendait à la radio. Il possédait un tourne-disque, mais pas d'argent pour acheter des disques. De toute façon, il n'avait pas les mêmes goûts que ses parents : Ma avait un faible pour les chansons sentimentales tandis que Pa préférait les fanfares. Lui aimait le rock'n' roll. Parmi les gens qu'il connaissait, le seul qui aimait aussi le rock'n' roll était Tony Cox.

Tony Cox ! C'était justement lui qu'il cherchait…

Il prit plus ou moins la direction de Bethnal Green. Billy connaissait très bien l'East End, ses ruelles, ses magasins, tous les endroits qui avaient été bombardés pendant la guerre, les terrains vagues, les canaux et les squares, mais tout cela par petits bouts. Il dépassa un chantier de démolition et se rappela que c'était là qu'avait vécu Mamie Parker, la dame qui n'avait pas quitté son salon pendant qu'on démolissait les vieilles maisons à côté de la sienne, jusqu'à ce qu'elle attrape une pneumonie qui lui avait été fatale. Cette issue malheureuse avait bien soulagé les responsables des Tower Hamlets qui ne savaient comment faire pour la déloger. Billy avait suivi l'histoire à la télé avec d'autant plus d'intérêt qu'ils en avaient vraiment fait des montagnes. Oui, il connaissait l'East End dans ses moindres recoins, mais son esprit était incapable de relier entre eux les différents morceaux du paysage, comme les pièces éparses d'un puzzle. Ainsi, il connaissait Commercial Road et Mile End Road, mais ignorait que ces deux rues se croisaient à Aldgate. Malgré tout, il parvenait presque toujours à retrouver son chemin, bien que cela lui demandât parfois plus de temps que prévu. Et quand il se perdait pour de bon, les flics le ramenaient chez lui dans une voiture de patrouille. Tous les flics connaissaient son père.

Le temps d'atteindre Wapping, il avait de nouveau oublié où il se rendait. Il se dit qu'il avait sans doute eu l'idée d'aller regarder les bateaux. Il atteignit les docks en se faufilant dans le trou d'une clôture, celui-là même qu'il avait traversé avec Snowy et Tubby Toms le jour où ils avaient attrapé un rat et lui avaient dit de le rapporter à sa mère, parce qu'elle serait contente de le faire cuire pour le thé. Contente, Ma ? Sûrement pas ! Elle avait poussé un hurlement et fait un bond d'un mètre en arrière, renversant le sucre en poudre. Ensuite, elle avait pleuré et dit aux deux garçons qu'ils ne devaient pas se moquer de Billy. C'est vrai que les autres lui jouaient souvent des tours, mais il le prenait bien. Il était heureux d'avoir des copains.

Billy vadrouilla à droite à gauche pendant un moment. Il eut l'impression qu'il y avait plus de bateaux quand il était petit. Aujourd'hui, il n'y en avait qu'un seul – un gros, immergé très bas dans l'eau –, dont il ne parvenait pas à lire le nom sur le flanc. À côté, des hommes tiraient du ventre de ce bateau un tuyau qui allait jusqu'à un entrepôt.

Il resta à les regarder puis finit par lancer :

« Il y a quoi, à l'intérieur ? »

Un docker, vêtu d'un gilet et d'une casquette d'ouvrier, leva les yeux vers lui. « Du vin, mon pote.

— Du vin dans le bateau ? s'étonna Billy. Du vin et rien d'autre ?

— Ouais, p'tit gars. Du château-maroc. Millésime : jeudi dernier. »

Ses compagnons s'esclaffèrent, et Billy aussi, bien qu'il n'eût pas saisi l'allusion. Les hommes se remirent au travail. Après un moment, celui qui lui avait parlé reprit :

« Et toi, qu'est-ce que tu fabriques ici ? »

Billy réfléchit un instant et répondit : « J'ai oublié. »

L'homme le regarda fixement et marmonna quelque chose à son collègue. Billy n'entendit que la fin de sa phrase : « ... querait plus qu'y tombe à la baille ! »

Sur ces mots, le docker entra dans l'entrepôt.

Un peu plus tard, un officier de la police des docks débarqua. « C'est le gamin en question ? » Les autres hochèrent la tête.

« Tu t'es perdu ? demanda l'homme à Billy.

— Non.

— Tu vas où ? »

Il allait répondre « nulle part », quand il réalisa que ce n'était probablement pas la chose à dire. Il se rappela soudain sa destination : « Bethnal Green.

— Très bien, accompagne-moi. Je vais te remettre sur la bonne route. »

Billy, qui était plutôt docile, suivit le policier jusqu'à l'entrée des docks.

« À propos, où est-ce que tu habites ?

— Yew Street.

— Ta mère sait où tu es ? »

Voyant en ce policier une seconde Mme Glebe, Billy décida qu'il valait mieux mentir. « Oui, dit-il. Je vais chez ma tante.

— Tu es sûr de bien connaître le chemin ?

— Oui. »

Ils étaient arrivés au portail. Le flic considéra Billy d'un œil peu convaincu. « Très bien, alors. Je te laisse. Mais ne te promène plus sur les docks, c'est plus sûr de rester en dehors.

— Merci », dit Billy. Dans le doute, il disait merci à tout le monde. Puis il s'éloigna.

Maintenant, les choses lui revenaient en mémoire. Pa était à l'hôpital et, quand il en sortirait, il serait aveugle à cause de Tony Cox. Billy en connaissait un, d'aveugle. Deux, si on comptait Squint Thatcher, qui était aveugle seulement quand il allait jouer de l'accordéon dans le West End. De vraiment aveugle, il n'y avait qu'Hopcraft. Il vivait tout seul sur Isle of Dogs, dans une maison qui sentait mauvais, et il marchait avec une canne. Est-ce que Pa porterait des lunettes de soleil, lui aussi, et marcherait à petits pas en frappant le trottoir devant lui ? Cette idée le bouleversa.

Comme il ne pleurait jamais, les gens pensaient souvent qu'il était incapable d'être triste ou de s'énerver. Même bébé, lorsqu'il s'était fait mal, il n'avait jamais versé une larme. C'est comme ça qu'on avait découvert qu'il était différent. Ma disait parfois : « C'est pas qu'y sente pas les choses, Billy, c'est juste qu'y le montre pas ! »

Pa, quant à lui, disait que de toute façon Ma s'énervait assez pour deux.

Pourtant, quand il se passait des choses vraiment horribles, comme la blague avec le rat, Billy bouillait à l'intérieur et il était submergé par l'envie de faire quelque chose de radical. Comme de crier, par exemple. Mais ça non plus, ça n'arrivait pas.

Il avait tué le rat et ça l'avait soulagé. Il l'avait pris dans une main et, de l'autre, lui avait tapé sur la tête avec une brique jusqu'à ce qu'il cesse tout à fait de remuer.

C'est quelque chose dans ce goût-là qu'il comptait faire à Tony Cox désormais. Sauf que Tony était plus grand qu'un rat. Il était plus grand que lui-même et, en s'en rendant compte, Billy fut décontenancé. Il chassa cette pensée de son esprit.

Arrivé au bout d'une rue, il s'arrêta. La maison à l'angle avait une boutique au rez-de-chaussée, une de ces vieilles échoppes où on vend toutes sortes de choses. Billy connaissait la fille du propriétaire, une jolie fille avec des cheveux longs prénommée Sharon.

Un ou deux ans plus tôt, elle lui avait permis de toucher sa poitrine. Mais après cela, elle n'avait plus voulu lui parler et s'enfuyait à son approche. De son côté, pendant des jours et des jours, il n'avait plus pensé qu'à ces petites bosses rondes sous sa blouse, si tendres sous ses doigts. Et puis il avait fini par se dire que c'était probablement une de ces choses merveilleuses qui ne se produisent jamais deux fois.

Il entra dans la boutique, où la mère de Sharon se tenait derrière le comptoir. Elle portait une salopette bleu foncé striée de fines rayures claires. Elle ne le reconnut pas.

Il sourit et dit bonjour.

« Que puis-je pour vous ? demanda-t-elle, visiblement mal à l'aise.

— Comment va Sharon ?

— Très bien, merci. Elle est absente pour le moment. Vous la connaissez ?

— Oui. » Billy parcourut des yeux la boutique et son assortiment de choses à grignoter, d'outils, de livres, de babioles fantaisie, de tabac et de bonbons. Il aurait bien dit : « Elle m'a laissé toucher ses seins, une fois », mais il savait qu'elle le prendrait mal, alors il se contenta de répondre : « On jouait ensemble, dans le temps. »

À voir l'air soulagé de la marchande, il avait opté pour la bonne réponse. Elle sourit et Billy vit qu'elle avait des taches brunes sur les dents, comme son Pa.

« En quoi puis-je vous être utile ? » répéta-t-elle.

Un bruit de pas résonna dans l'escalier et Sharon entra par la porte située derrière le comptoir. Son air plus âgé surprit Billy. Elle avait les cheveux courts maintenant et ses seins, plutôt gros, s'agitaient sous son T-shirt. Ses longues jambes étaient moulées dans un jean très serré. « Salut, maman, lança-t-elle en se précipitant vers la sortie.

— Bonjour, Sharon ! » intervint Billy.

Elle s'arrêta net et le dévisagea. Il devina à son expression qu'elle l'avait reconnu. « Oh, salut Billy. Pas le temps de m'arrêter ! dit-elle avant de disparaître.

— Excusez-moi, dit sa mère d'un air gêné. J'avais oublié qu'elle était là-haut.

— C'est pas grave, répondit Billy. J'oublie beaucoup de choses, moi aussi. » Puis il reprit : « Je voudrais un couteau. »

L'idée lui était venue de nulle part, mais il avait su d'emblée que c'était exactement ce qu'il lui fallait. À quoi bon assommer d'une pierre un homme aussi costaud que Tony Cox ? Il vous rendrait les coups bien plus fort. Non, il fallait le poignarder dans le dos, comme les Indiens.

« Pour vous ou pour votre mère ?

— Pour moi.

— Pour quel usage ? »

Comprenant qu'il valait mieux qu'elle ne connaisse pas ses intentions, Billy se concentra. « Pour couper des choses. De la ficelle et tout ça…

— Ah… » Elle s'avança vers la vitrine pour en retirer un couteau dans son étui, semblable à ceux utilisés par les scouts.

Billy extirpa de ses poches toutes les pièces qu'il avait en sa possession. Il ne comprenait pas grand-chose à l'argent. Aussi laissait-il toujours les marchands compter eux-mêmes.

La mère de Sharon le dévisagea. « Mais vous n'avez que huit *pennies* !

— Ça ne suffit pas ? »

Elle soupira. « Non, je suis désolée.

— Ah… Je peux avoir un chewing-gum à la place ? »

La femme remit le couteau dans la vitrine et prit un paquet de chewing-gums sur une étagère. « Cela fera six pennies. »

Il tendit sa poignée de pièces, la femme en mit quelques-unes de côté.

« Merci », dit Billy.

Dans la rue, il ouvrit le paquet et le vida entièrement dans sa bouche, comme il aimait le faire. Puis il repartit en mâchant avec volupté. Il avait complètement oublié où il se rendait.

Il s'arrêta pour regarder des ouvriers en train de creuser un trou dans la chaussée. Le haut de leurs têtes lui arrivait juste au ras des pieds. Il remarqua avec intérêt que la paroi de la tranchée changeait de couleur en fonction de la profondeur. On voyait d'abord le trottoir, puis un matériau noir comme le goudron, ensuite de la terre brune, et enfin de l'argile humide. Et, tout au fond, était installée une canalisation en béton toute neuve. Quelle drôle d'idée de cacher des tuyaux sous la route ! Il se pencha et demanda : « Pourquoi est-ce que vous cachez un tuyau sous la chaussée ? »

Un ouvrier leva les yeux vers lui. « Pour que les Russes le voient pas !

— Ah », fit Billy en hochant la tête d'un air entendu.

Au bout d'un moment, il reprit sa route.

Il avait faim. Pourtant, il y avait une chose qu'il devait faire avant de rentrer chez lui pour le déjeuner. Le déjeuner ? Il avait déjà mangé tout un paquet de biscuits parce que Pa était à l'hôpital. Et ça avait à voir avec la raison pour laquelle il se trouvait ici, à Bethnal Green, mais laquelle ? Impossible de faire le lien.

Il tourna à un coin de rue et en lut le nom sur le panneau accroché en hauteur : Quill Street. La rue de Tony Cox ! C'était là qu'il habitait, au numéro 19, se souvint-il. Il allait frapper à la porte quand il se ravisa. Il préféra plutôt passer par l'arrière.

Pourquoi ? Il aurait eu du mal à l'expliquer, mais il pressentait que c'était ce qu'il devait faire. Un point, c'est tout. Billy s'engagea dans la petite ruelle qui longeait ces maisons par-derrière, des maisons identiques et parfaitement alignées, et marcha jusqu'à celle de Tony.

Le chewing-gum avait perdu tout son goût. Il le retira de sa bouche et le jeta avant d'ouvrir le portillon, tranquillement. Il entra dans le jardin sans se faire repérer.

CHAPITRE 27

Tony Cox roulait lentement sur un chemin de terre. S'il prenait soin d'éviter les ornières, ce n'était pas par égard pour cette voiture empruntée, mais bien pour son confort personnel. La voie qu'il suivait n'avait pas de nom. Elle quittait la route pour desservir une propriété appartenant à un joueur invétéré qui lui devait beaucoup d'argent. Le terrain d'un demi-hectare était stérile, la ferme vide et délabrée, mais flanquée d'une grange. Tony y stockait parfois toutes sortes d'objets ayant survécu à des incendies et acquis à des prix défiant toute concurrence, si bien que la vue d'une camionnette ou d'une voiture dans la cour de la ferme n'étonnait plus les paysans du coin. Un portail composé de cinq barres métalliques fermait le chemin. Aujourd'hui, il était ouvert. En le franchissant, Tony ne vit pas de fourgonnette bleue stationnée devant les bâtiments, mais aperçut Jesse qui grillait une cigarette, adossé au mur de la ferme. Il s'avança pour lui ouvrir la portière et annonça sur-le-champ :

« Y nous est arrivé des bricoles, Tony. »

Le patron descendit de voiture.

« Où est le fric ?

— Dans le fourgon, répondit l'autre en désignant la grange de la tête. Mais quand même, ç'a pas été de tout repos.

— Tu m'diras ça à l'intérieur. Il fait trop chaud ici. » Tony entra dans la grange, suivi de Jesse. Un tiers du sol était occupé par une quantité de caisses d'emballage contenant des uniformes et des manteaux du surplus de l'armée. Le fourgon bleu était garé, l'arrière face à la porte.

« À quoi t'as joué ? demanda Tony en remarquant, ahuri, les plaques d'immatriculation attachées avec de la ficelle.

— Mince, Tony ! Attends un peu d'savoir c'que j'ai dû faire.

— Ben vas-y, accouche !

— Voilà, j'ai eu un accrochage. Pas grave, tu vois, juste une petite égratignure de rien du tout. Mais là, y a le mec qui sort de sa caisse et qui veut appeler les flics. Il m'emmerde, surtout qu'il m'bloque la voie. Du coup, j'le bouscule… »

Tony jura à mi-voix.

À présent, le visage de Jesse exprimait la peur. « Je m'dis que j'vais forcément avoir les flics aux trousses, alors je m'arrête dans un garage. Je fais l'tour par-derrière pour aller aux chiottes et voilà que j'tombe sur ces plaques et une combinaison. J'les tire, bien sûr. » Il hochait la tête avec impatience, en signe d'approbation de ses propres actes. « Après quoi, je m'ramène ici. »

Tony le dévisagea d'un air ébahi puis éclata de rire. « Espèce d'enfoiré ! »

Jesse parut soulagé. « J'm'en suis plutôt bien sorti, tu trouves pas ? »

Le rire de Tony se calma. « Espèce d'enfoiré, répéta-t-il. T'es là, avec une fortune en fric volé dans le fourgon, et tu trouves rien de mieux à faire que de t'arrêter… » Il s'interrompit, pris d'une nouvelle quinte de rire. « T'arrêter dans un garage pour voler une salopette ! »

Jesse sourit à son tour, non pas d'amusement mais de soulagement, en comprenant qu'il n'avait plus à s'inquiéter. Ayant retrouvé son sérieux, il reprit : « Y a quand même une mauvaise nouvelle.

— Quoi encore, putain ?

— Le chauffeur du fourgon a voulu jouer les héros.

— Tu l'as pas tué, au moins ? demanda Tony anxieusement.

— Non, juste frappé à la tête. Mais, du coup, tout le monde a paniqué et y a eu une merde : le flingue à Jacko est parti tout seul et a touché Willie le Sourd en pleine poire. Il est mal en point, Tone.

— Oh, bordel ! » Tony se laissa tomber d'un bloc sur un vieux trépied. « Pauvre vieux Willie. On l'a emmené à l'hôpital, j'espère ? »

Jesse hocha la tête. « Ouais, Jacko. C'est pour ça qu'il est pas là, mais je sais pas si Willie est arrivé vivant…

— C'était si terrible que ça ? »

Jesse hocha la tête.

« Oh, bordel ! » répéta Tony. Il garda le silence un moment. « Il a la poisse, le Sourd. Il avait pas besoin de ça. Déjà qu'il a une oreille en moins, un gamin qu'est pas tout à fait là et une femme qui ressemble à Henry Cooper[1]... Bon, conclut-il avec un claquement de langue désabusé, on lui donnera double part. Même si ça lui rendra pas sa tête. » Il se leva.

Jesse ouvrit la camionnette, content d'avoir transmis à Tony les déconvenues sans subir sa colère.

« Allons jeter un œil à ce qu'on a dégoté », déclara le patron en se frottant les mains.

Neuf coffres en acier étaient rangés à l'arrière du véhicule. Il s'agissait plus exactement de malles en métal avec des poignées sur le côté. Elles étaient toutes fermées par un double cadenas et pesaient un âne mort. Les deux hommes les déchargèrent une par une et les alignèrent au centre de la grange. Tony les contempla avec avidité et son visage trahissait un plaisir immense, presque sensuel. « Putain, c'est comme dans *Ali Baba et les quarante voleurs*, mon pote ! »

Jesse était en train de sortir d'un sac polochon des câbles, des détonateurs et du plastic et de les déballer. « Dommage que Willie soit pas là pour le grand feu d'artifice, déclara-t-il depuis le coin de la grange où il se trouvait.

— Dommage que Willie soit pas là, point barre ! » le corrigea Tony, redevenu grave.

Jesse entreprit de barbouiller les cadenas de plastic gélatineux, puis il fixa câbles et détonateurs avant de relier chacune de ces minibombes à un déclencheur de type ventouse.

« T'as l'air de pas trop mal te débrouiller, fit remarquer Tony qui le regardait effectuer les préparatifs nécessaires à l'ouverture des coffres.

---

1. Ce boxeur fut champion d'Angleterre des poids lourds entre 1959 et 1967, puis en 1970.

— J'ai vu si souvent Willie le faire... » Il sourit. « Je vais p't-être devenir l'artificier de la société.

— Le Sourd n'est pas encore mort, pour autant qu'on sache ! » l'interrompit brutalement Tony.

Jesse ramassa le déclencheur et les fils qui traînaient et emporta le tout dehors. Tony lui emboîta le pas.

« Vire le camion, au cas où y aurait une traînée d'essence, si tu vois ce que je veux dire.

— Pas de danger !

— J'veux pas prendre de risques. T'as encore jamais manié les explosifs.

— OK. » Jesse referma les portières de la fourgonnette et manœuvra en marche arrière jusqu'au milieu de la cour. Puis, ayant ouvert le capot, il connecta le déclencheur à la batterie du véhicule à l'aide de pinces crocodiles.

« Retiens ton souffle ! » dit-il avant d'appuyer sur la gâchette.

Une détonation sourde retentit.

Les deux hommes rentrèrent dans la grange. Les coffres étaient toujours alignés, mais les couvercles avaient été rejetés vers l'arrière et tordus par l'explosion.

« Bon boulot ! » déclara Tony.

Ils étaient remplis à ras bord de liasses empilées avec soin : vingt en longueur, dix en largeur, cinq en hauteur, soit mille liasses de billets chacun.

Chaque liasse était composée de cent billets, ce qui faisait cent mille billets par coffre.

Les six premiers contenaient d'anciens billets de dix shillings retirés de la circulation et, donc, inutilisables.

« Putain de merde ! » lâcha Tony.

Le suivant renfermait des billets d'une livre, mais il n'était pas plein. Huit cents liasses, seulement. L'avant-dernier était rempli de billets d'une livre, lui aussi.

« C'est déjà mieux ! On a quasiment le compte ! »

Le dernier coffre, bourré à ras, renfermait uniquement des billets de dix livres.

« Seigneur, murmura Tony.

— Ça fait combien, Tony ? demanda Jesse, les yeux écarquillés.

— Un million cent quatre-vingt mille livres sterling, mon gars. »

Jesse poussa un cri de joie : « On est riches, putain ! Riches ! »

Tony demeura sombre. « Je crois qu'on devrait brûler les billets de dix.

— Qu'est-ce que tu racontes ? » Jesse le regardait comme s'il était devenu fou. « Qu'est-ce tu veux dire, les brûler ? T'es cinglé ! »

Tony l'attrapa par le bras et serra fort. « Écoute-moi ! Qu'est-ce qu'ils vont penser, les gens au *Rose and Crown*, en te voyant payer ta demi-pinte et ton pâté à la viande avec un billet de dix ? Pire encore, en te voyant l'faire tous les jours de la semaine ?

— Y penseront qu'j'ai eu une rentrée imprévue. Hé, mon bras, Tone. Tu me fais mal !

— Et combien de temps ça prendra avant qu'un de ces affreux p'tits museaux crache le morceau aux flics ? Je donne pas cinq minutes ! » Il libéra Jesse. « C'est trop, Jess. Ton problème, c'est que tu réfléchis pas. Ce fric, faut le planquer. Mais en le planquant, on a toutes les chances que la flicaille mette la main dessus. »

Pour Jesse, cette vision des choses était un peu trop dure à encaisser. « Tu peux quand même pas foutre en l'air tout ce fric !

— Tu m'écoutes, oui ou merde ? Ils ont Willie le Sourd. Et y a le chauffeur que t'as cogné qui fera le lien entre Willie et le braquage. En plus, ils savent que Willie travaille pour moi. Donc ils savent que nous sommes derrière ce coup. Je suis prêt à parier que dès ce soir ils seront chez toi en train de découper ton matelas et de retourner ton carré de pommes de terre. Cinq mille livres en billets d'une livre, ça peut être les économies d'une vie, mais cinquante mille en billets de dix, ça t'incrimine. Tu piges ?

— J'avais pas vu ça comme ça.

— La "capacité de surextermination", qu'ça s'appelle.

— J'imagine qu'on peut pas non plus déposer ce fric à la banque. Tout le monde peut avoir eu de la veine aux courses un soir, mais si t'en as trop gagné, de fric, ça prouve que t'as un truc à cacher, tu vois ? argua Jesse, resservant à Tony son explication pour lui démontrer qu'il avait bien compris. C'est ça, pas vrai ?

— Ouais », répondit Tony d'un ton absent, préoccupé qu'il était à trouver le moyen de conserver à disposition et sans risque une aussi grosse somme d'argent.

« Et tu peux pas non plus te pointer à la Barclays, la gueule enfarinée, et demander à déposer plus d'un million en billets d'une livre sur un compte épargne ? continuait Jesse.

— Ça y est, t'as pigé ! » laissa tomber Tony sur un ton sarcastique. Et, brusquement, il fixa son compagnon. « Mais oui ! Qui est-ce qui peut entrer dans une banque avec des paquets de fric sans éveiller les soupçons ? »

Jesse le regarda, perplexe. « Euh, personne, je pense.

— Tu vois ça ? répliqua Tony en désignant les caisses de surplus de l'armée. Ouvrez-en autant qu'y faut. Fringuez-vous tous comme les gars de la Navy ! Je viens d'avoir une idée du tonnerre… Carrément géniale. »

Chapitre 28

Il était plutôt rare que le directeur de la publication tienne une réunion au beau milieu de l'après-midi. Comme il aimait à le dire lui-même : « Le matin, on rigole, l'après-midi, on travaille. » De fait, jusqu'à l'heure du déjeuner, il concentrait tous ses efforts à la fabrication du numéro du jour. Après, il n'était plus possible d'en modifier fondamentalement le contenu : passé deux heures de l'après-midi, le journal avait grosso modo acquis sa forme définitive et la plupart des éditions de la journée étaient imprimées et déjà en kiosques. Il lui restait alors à régler « la mélasse administrative », pour reprendre son expression, à laquelle il s'attelait de toute façon puisqu'il était tenu de rester dans les parages au cas où quelque chose nécessiterait une décision en haut lieu.

Comme maintenant, se disait Arthur Cole, assis en face de lui à l'immense table blanche et entouré de Kevin Hart et Mervyn Glazier.

Le directeur acheva de signer les lettres devant lui et releva les yeux. « Du nouveau ? »

Cole débita d'un trait : « Tim Fitzpeterson se remettra ; on ne sait toujours pas à qui l'exploitation du gisement de pétrole a été attribuée ; les braqueurs se sont évanouis dans la nature avec plus d'un million de livres sterling, et la candidature de l'Angleterre aux JO de 1979 n'a pas été retenue.

— C'est tout ?

— Il se trame quelque chose. »

Le directeur alluma un cigare. « J'écoute, dit-il, ravi d'être arraché à son bourbier administratif.

— Vous vous souvenez que ce matin, Kevin a déboulé au beau milieu de la réunion, surexcité à propos d'un coup de fil qu'il aurait reçu de Tim Fitzpeterson ? »

L'éditeur sourit avec indulgence. « Si les journalistes ne sont pas excités quand ils sont jeunes, quand le seront-ils ? À l'âge des cheveux blancs ?

— Il disait que c'était du lourd. Eh bien, il est possible qu'il ait eu raison. Vous vous rappelez le nom des gens censés faire chanter Fitzpeterson ? Cox et Laski… À toi, la suite… » acheva Cole en se tournant sur sa droite.

Kevin Hart décroisa les jambes et se pencha en avant. « Plus tard, j'ai reçu un autre appel. D'une femme, cette fois, qui m'a donné ses coordonnées. Elle voulait signaler que son mari, William Johnson, avait participé au braquage du fourgon, qu'il avait perdu la vue dans la fusillade et que c'était un coup monté par Tony Cox.

— Tony Cox ! s'exclama le directeur. Tu as vérifié ?

— Il y a effectivement un William Johnson à l'hôpital, blessé par balle au visage, et, à son chevet, un policier qui attend son réveil. Je suis allé trouver sa femme, mais elle a refusé de me parler.

— Tony Cox, c'est un très gros poisson, déclara le directeur, qui avait couvert les affaires criminelles au temps où il était reporter. C'est tout sauf un gentil. Rien ne m'étonne venant de lui. Continue.

— Le reste relève de Mervyn, intervint Cole.

— Nous avons une banque en difficulté, commença le spécialiste des affaires de la City. Une banque étrangère, dont la succursale est basée à Londres et fait beaucoup d'affaires au Royaume-Uni. La Cotton Bank of Jamaica. Elle est détenue par un certain Felix Laski.

— Comment le sait-on ? demanda le directeur. Qu'elle est en difficulté…

— J'ai appelé Threadneedle Street pour vérifier. Ils sont restés dans le vague, bien sûr, mais leurs bruits de gorge tendaient à confirmer le tuyau.

— Que t'a-t-on dit, très précisément ? »

Glazier sortit son carnet. C'était un as de la sténo, capable de reporter cent cinquante mots à la minute sans une seule rature. « Je me suis adressé à Ley, le type qui me paraissait le mieux placé pour traiter le problème, si problème il y avait. Il se trouve que je le connais parce que…

— Saute la pub, Mervyn ! interrompit le directeur. Nous savons tous que tes sources sont valables. »

Glazier sourit. « Pardon. D'abord, je lui ai demandé s'il savait des choses sur cette Cotton Bank of Jamaica, ce à quoi il a répondu : “La Banque d'Angleterre connaît pas mal de choses sur toutes les banques de Londres.”

« J'ai dit ensuite : “Tu sais alors si elle bat de l'aile en ce moment.”

« Il a répondu : “Bien sûr. Ce qui ne veut pas dire que je te le dirai.”

« J'ai insisté : “Elle est sur le point de s'écrouler. Vrai ou faux ?”

« Il a répondu : “Je passe.”

« J'ai dit : “C'est bon, Donald, on n'est pas en train de jouer aux devinettes. On parle de l'argent des gens”.

« Il a dit : “Tu sais très bien que je ne peux pas discuter de ce genre de choses. Les banques sont nos clients. Nous nous devons de respecter la confiance qu'elles placent en nous.”

« J'ai répliqué : “Je suis sur le point de publier un article dans lequel je dis que la Cotton Bank est à deux doigts de s'effondrer. Est-ce que tu me dis que je me goure complètement ? Réponds-moi par oui ou non.”

« Il a répondu : “Je te dirai de commencer par bien vérifier les faits.” C'est tout. » Gazier referma son calepin. « Si cette banque avait eu les reins solides, je pense qu'il n'en aurait pas fait mystère. »

Le directeur hocha la tête. « Je n'aime pas beaucoup ce mode de raisonnement mais, dans le cas présent, tu as probablement raison. » Il tapota son cigare sur le rebord d'un cendrier en verre. « Qu'est-ce qu'on a, en somme ? »

Cole résuma : « On a Laski et Cox qui font chanter Fitzpeterson ; Fitzpeterson qui tente de se suicider ; Cox qui commandite un braquage et Laski qui fait faillite. Il se passe quelque chose.

— Et vous comptez faire quoi ?

— Découvrir ce qui se trame. C'est pour ça qu'on nous paie, non ? »

Le directeur se leva et alla à la fenêtre, histoire de prendre le temps de tout bien considérer. Il modifia légèrement l'écartement des lamelles du store et la pièce s'illumina davantage. Dans les rayons du soleil, le motif du tissage de la moquette bleu profond apparut plus nettement.

« On laisse tomber, dit-il, une fois revenu s'asseoir à la grande table, et voici pourquoi. Un : on ne peut pas dire qu'une banque va s'effondrer, et cela, pour la raison qu'une simple rumeur pourrait causer son effondrement. Le seul fait d'avoir posé des questions sur sa fiabilité risque déjà d'ébranler la City.

« Deux : on ne peut pas enquêter pour savoir qui a commis le braquage, c'est du domaine de la police. De plus, quand bien même découvrirait-on quelque chose, on ne pourrait pas le publier. On nous taxerait de vouloir influencer la justice. Je veux dire par là que si nous savons que Tony Cox est sur le coup, la police le sait sûrement aussi. Et la loi nous interdit, sous peine de poursuites judiciaires, de publier que quelqu'un va être arrêté ou risque de l'être.

« Trois : Tim Fitzpeterson ne va pas mourir. Si on se balade en ville en posant des questions sur ses penchants sexuels, on n'aura pas fait trois pas qu'une bonne âme au Parlement demandera pourquoi les reporters de l'*Evening Post* sillonnent le pays en quête de ragots sur les hommes politiques. Non. Laissons ça aux torchons du dimanche. » Il posa les mains à plat sur son bureau. « Désolé, les gars.

— C'est bon, concéda Cole en se levant On se remet au boulot. »

Les trois journalistes quittèrent le bureau.

De retour dans la salle de presse, Kevin Hart dit : « La loi et l'ordre… Avec un type comme lui à la tête du *Washington Post*, ce pauvre Nixon aurait pu gagner les élections ! »

Personne ne rit à sa boutade.

QUINZE HEURES

CHAPITRE 29

« Monsieur Laski, j'ai Smith et Bernstein en ligne.

— Merci, Carol. Passez-le-moi. Bonjour, George.

— Felix, comment vas-tu ? »

Laski s'efforça non sans mal de prendre un ton enjoué. « Je tiens une forme triomphale. As-tu amélioré ton service ? » Son ami jouait au tennis.

« Pas vraiment. Comme tu le sais, j'ai appris à jouer à George Junior. Maintenant, il me bat. »

Laski s'esclaffa. « Comment va Rachel ?

— Elle n'est pas plus mince ! On parlait de toi, hier soir, et elle me disait que tu devrais te marier. Je lui réponds du tac au tac : "Felix est gay, tu ne le savais pas ?" Et tu sais ce qu'elle me rétorque ? "Pourquoi les gens joyeux n'auraient-ils pas le droit de se marier ?" Il a fallu que je lui explique ce que gay voulait dire. Elle en a laissé tomber son tricot ! Tu te rends compte, Felix ? Elle m'avait cru sur parole ! »

Pour la seconde fois, Laski se força à rire, tout en se demandant combien de temps il allait pouvoir continuer ainsi.

« Justement, George, répondit-il. Figure-toi que j'y pense.

— À te marier ? Grands dieux, ne fais pas cette bêtise ! C'est pour ça que tu m'appelles ?

— Non. Ça, c'est juste une idée qui me trotte dans la tête.

— Pour quoi donc, alors ?

— Oh, pour un petit service. J'aimerais que tu me prêtes un million de livres pendant vingt-quatre heures. Une affaire qui se présente. Je me suis dit que je pourrais t'en faire profiter. »

Laski retint son souffle. Un court silence suivit.

« Un million… Depuis quand Felix Laski investit-il sur le marché financier ?

— Depuis que j'ai découvert comment en tirer un vrai profit en l'espace d'une nuit.

— Mets-moi dans le secret, tu veux bien ?

— D'accord. Dès que tu m'auras prêté la somme. Sans blague, George, tu peux ?

— Bien sûr. En ce qui concerne la garantie, que me proposes-tu ?

— Nantir un prêt de vingt-quatre heures ? J'ai du mal à imaginer que ce soit dans tes habitudes de réclamer ça ! » Laski agrippait si fort le téléphone que ses jointures étaient devenues toutes blanches.

« C'est vrai, mais il n'est pas non plus dans nos habitudes de prêter des sommes pareilles à des banques de la taille de la tienne.

— OK. Je te propose cinq cent dix mille actions dans Holdings Hamilton.

— Je te demande un instant. »

Le silence se fit. Laski se représenta George Bernstein avec sa grosse tête, son nez proéminent et son sempiternel grand sourire, assis à sa vieille table dans son bureau exigu qui donnait sur Saint-Paul, compulsant des chiffres dans le *Financial Times* tout en tapotant sur son clavier d'ordinateur.

Bernstein revint en ligne. « Au cours du jour, ce n'est pas suffisant, Felix.

— Oh, allez ! C'est juste une formalité. Tu sais bien que je ne planterais jamais un ami. » Laski s'essuya le front du revers de la manche.

« J'aimerais bien, mais j'ai un associé.

— Un associé endormi si profondément qu'on prétend qu'il a déjà un pied dans la tombe.

— Une affaire pareille le réveillerait même au fond du trou. Appelle Larry Wakely, Felix. Il pourra certainement faire quelque chose pour toi.

— Oui, c'est une idée, répondit Laski qui l'avait déjà fait. Un tennis ce week-end, ça te tente ?

— Et comment ! s'exclama Bernstein avec un soulagement évident. Samedi matin au club ?

— Dix livres la partie ?

— Ça me brisera le cœur de te piquer ton fric.

— Et moi donc ! Au revoir, George.

— Salut. »

Laski ferma les yeux un instant, le combiné posé dans le creux de sa main. Le refus de Bernstein n'était pas pour le surprendre. S'il l'avait appelé, c'était uniquement pour s'assurer d'avoir tout essayé. Il se frotta le visage. Pas de panique, il n'était pas encore battu.

À l'aide d'un crayon au bout mâchonné, il composa un nouveau numéro.

Les sonneries s'éternisèrent. Laski allait raccrocher quand enfin on répondit : « Ministère de l'Énergie.

— Le service de presse, demanda Laski.

— Je vous mets en relation. »

Une autre voix de femme prit la relève : « Service de presse, j'écoute…

— Bonjour, pourriez-vous me dire à quelle heure le secrétaire d'État doit annoncer à qui le gisement…

— Le secrétaire d'État a pris du retard, l'interrompit la femme. La presse en a été informée. Vous trouverez une explication complète sur le Télex de *Press Agency* », dit-elle avant de raccrocher.

Laski se laissa retomber contre son dossier. Il sentait la peur s'insinuer en lui, et il n'aimait pas ça du tout. Dominer les situations, connaître les choses avant tout le monde, être celui qui manipule et que les autres courtisent pour tenter d'y voir clair, c'était ça son rôle. Sûrement pas de s'adresser aux prêteurs la main tendue.

Le téléphone sonna à nouveau et Carol annonça : « Un M. Hart vous demande au téléphone.

— Je suis censé le connaître ?

— Non, mais il dit que c'est en rapport avec la Cotton Bank et les sommes dont elle a besoin.

— Passez-le-moi… Bonjour, Laski à l'appareil.

— Bonjour, monsieur Laski, répondit un type à la voix jeune. Kevin Hart, de l'*Evening Post*.

— Je croyais qu'elle avait parlé de… Non, rien, répondit Laski, déstabilisé.

— Des sommes dont a besoin la Cotton Bank ? Eh bien, une banque en difficulté a besoin d'argent, n'est-ce pas ?

— Je ne pense pas avoir envie de vous parler, jeune homme.

— Et Tim Fitzpeterson ? » lança Hart avant que Laski n'ait eu le temps de raccrocher.

Laski pâlit. « Quoi, Tim Fitzpeterson ?

— Les ennuis de la Cotton Bank ont-ils quelque chose à voir avec la tentative de suicide de Tim Fitzpeterson ? »

Seraient-ils déjà au courant ? Non, c'était impossible. Au mieux, ils en étaient au stade des supputations et prétendaient savoir des choses pour tester l'adversaire. C'est donc d'un ton ferme qu'il demanda :

« Votre directeur de la publication est au courant de cet appel ?

— Hmm… Non, bien sûr. »

Il comprit, à son ton hésitant, que le journaliste avait peur et il martela :

« Je ne sais pas à quoi vous jouez, jeune homme, mais si j'entends encore ces balivernes, je saurai d'où provient la rumeur.

— Quelles sont vos relations avec Tony Cox ? insista cependant Hart.

— Avec qui ? Au revoir, jeune homme ! » Laski raccrocha.

Trois heures et quart !

Il ne lui restait plus d'un quart d'heure pour réunir un million de livres. C'était fichu. Il n'y arriverait jamais. Sa banque allait plonger, sa réputation serait ruinée et il serait probablement traîné devant les tribunaux. Quitter le pays aujourd'hui même ? Ça voulait dire ne rien emporter avec soi et repartir de zéro à New York ou à Beyrouth. Il était trop vieux pour ça. En restant à Londres, il arriverait au moins à sauver un bout de son empire, juste assez pour lui permettre de mener une vie tranquille jusqu'à la fin de ses jours. Mais quel genre de vie serait-ce ?

Il fit pivoter son fauteuil et regarda par la fenêtre. La température s'était rafraîchie. Il n'y avait là rien d'anormal, ce n'était pas l'été. En contrebas, l'ombre des tours de la City s'étirait sur les deux côtés de la rue.

Tout en observant la circulation, il pensa à Ellen Hamilton. Quelle ironie du sort ! Lui qui depuis vingt ans aurait pu épouser toutes les femmes qu'il voulait – mannequins, actrices, débutantes ou princesses –, voilà qu'il faisait faillite le jour même où il se décidait enfin à sauter le pas. Comme s'il n'avait pas pu choisir un autre jour du calendrier. Un homme superstitieux interpréterait cela comme le signe qu'il ne devait pas se marier.

Mais l'occasion pourrait bien ne jamais se représenter. Laski en play-boy et millionnaire, c'était une chose, mais Laski sortant de prison après une faillite, c'en était une autre. Sa relation avec Ellen ne survivrait pas à pareille catastrophe. Jusqu'ici, elle était fondée sur la sensualité et l'hédonisme, et n'avait rien à voir avec la dévotion éternelle dont il est question dans le Livre de la prière commune.

Laski s'était imaginé, théoriquement, qu'une affection durable s'instaurerait plus tard, du simple fait de vivre ensemble, de partager les choses du quotidien, certain que le désir fou qu'ils éprouvaient l'un pour l'autre s'estomperait avec le temps. À mon âge, se dit-il, je ne devrais plus élaborer des théories, mais avoir des certitudes.

Ce matin, l'idée d'épouser Ellen avait ressemblé à une décision prise à la légère, un brin cynique, à la façon d'un coup en Bourse, dont il pourrait facilement se détacher. Mais maintenant qu'il ne contrôlait plus la situation, il comprenait qu'il avait sincèrement, profondément besoin d'elle, et cette prise de conscience le heurta comme un coup de poing. Il voulait une dévotion éternelle, il voulait avoir quelqu'un qui se soucie de lui. Quelqu'un qui apprécie sa compagnie et lui caresse affectueusement l'épaule en passant près de son fauteuil. Quelqu'un qui soit toujours présent, qui lui dise "Je t'aime" et partage ses vieux jours. Tout au long de sa vie, il avait été seul. Cela avait assez duré.

Il se surprit même à penser qu'avec Ellen à ses côtés, il supporterait sans mal de voir son empire s'écrouler, l'accord avec Hamilton Holdings partir en fumée et sa réputation piétinée. Il pourrait même accepter d'être écroué avec Tony Cox, s'il était sûr qu'elle l'attende à sa sortie de prison.

Tony Cox ! Si seulement il avait pu ne jamais le rencontrer.

Il avait imaginé pouvoir le diriger à sa guise, persuadé que ce voyou à la petite semaine, si puissant qu'il soit au sein de son petit monde, ne saurait porter atteinte à sa réputation de respectable homme d'affaires. Las ! Lorsqu'un homme d'affaires respectable s'associe, même officieusement, à un truand, il cesse définitivement d'être respectable. Au final, dans cette association, c'était Laski lui-même qui était compromis, pas ce malfrat de Tony Cox.

En entendant la porte de son bureau s'ouvrir avec fracas, Laski fit pivoter son fauteuil.

À la vue de Tony Cox, il resta bouche bée, comme s'il s'était trouvé face à un fantôme.

« Je l'ai prié d'attendre, il n'a rien voulu savoir ! piaillait Carol qui courait derrière l'intrus en essayant de le retenir.

— Laissez, Carol, je m'en occupe ! »

Elle sortit et referma la porte.

« Qu'est-ce que vous foutez ici ? explosa Laski. C'est de la folie ! Alors que les journaux m'interrogent déjà sur vous et sur Fitzpeterson ! Vous savez qu'il a essayé de se suicider ?

— Calmos, vous arrachez pas les cheveux !

— Me calmer ? C'est une catastrophe, j'ai tout perdu ! Si on me surprend en votre compagnie, je suis bon pour la taule... »

En deux longues enjambées, Tony Cox vint le saisir à la gorge et le secoua sans ménagement. « Ferme-la ! rugit-il en le rejetant contre son siège. Maintenant, écoute. J'ai besoin que tu m'aides !

— Pas question ! marmonna Laski.

— Silence ! Tu vas m'aider ou j'te jure que tu vas moisir en prison ! À l'heure qu'il est, t'as pigé que c'est moi qui ai organisé le braquage de ce matin. Le fourgon bourré de fric.

— Quel fourgon ? Je ne suis au courant de rien ! »

Cox fit celui qui n'avait pas entendu. « Vu que j'ai nulle part où cacher ce pognon, je vais le planquer dans ta banque.

— C'est ridicule ! » réagit Laski. Il se renfrogna et demanda : « À combien s'élève la somme ?

— Un peu plus d'un million.

— Où est-elle ?

— En bas, dans la camionnette. »

Laski bondit sur ses pieds. « Vous avez un million de livres volé dans une putain de camionnette !

— Oui.

— Vous êtes cinglé ! » Il avait l'esprit en ébullition. « Comment se présente le fric ?

— En billets usagés.

— Dans les coffres d'origine ?

— J'suis pas con. On les a transférés dans des caisses d'emballage.

— Les numéros de série se suivent ?

— C'est pas trop tôt, ton cerveau se remet en marche ! Mais si tu restes le cul planté dans ton fauteuil, le fourgon va se faire embarquer pour stationnement interdit. »

Laski se gratta la tête. « Comment comptez-vous transporter l'argent au coffre ?

— J'ai six gars en bas.

— Je ne peux pas laisser six malfrats transférer tant d'argent dans ma banque ! Le personnel va se poser des questions !

— Y sont en uniforme d'la marine, pantalon, chemise et cravate. On dirait des gardes de sécurité, Felix ! Si tu veux jouer à “Questions pour un champion”, attends au moins jusqu'à demain, d'accord ?

— Très bien, on y va. »

Il poussa Cox vers la sortie et le suivit dans le bureau de Carol.

« Appelez la chambre forte et dites-leur de se préparer à réceptionner une grosse quantité d'argent. Je m'occuperai des papiers en personne. Et passez-moi la ligne extérieure. »

Revenu dans son bureau, il décrocha le combiné et composa le numéro de la Banque d'Angleterre. Sa montre affichait trois heures vingt-cinq.

On lui passa Ley.

« Laski à l'appareil.

— Ah, oui ? » fit le banquier d'un ton méfiant.

Laski se força à garder son calme. « J'ai résolu notre petit problème, Ley. L'argent est au coffre. Je peux vous le faire livrer immédiatement, comme vous le suggériez tout à l'heure. Ou vous pouvez venir l'inspecter aujourd'hui et en prendre livraison demain…

— Euh… » Ley hésita. « Je ne pense pas que ce soit nécessaire, Laski. Étant donné l'heure qu'il est, devoir compter tous ces billets nous embêterait plus qu'autre chose. Si vous pouvez effectuer la livraison demain matin à la première heure, le chèque sera débité aussitôt.

— Je vous remercie », dit Laski, et il ajouta, pour remuer le couteau dans la plaie : « Désolé de vous avoir tant irrité tout à l'heure.

— J'ai moi-même peut-être été un peu brusque. Au revoir, Laski. »

Felix raccrocha. Quantité de réflexions se bousculaient dans son esprit. Tout d'abord, il devait réunir cent mille livres en espèces pendant la nuit. Cox devrait y parvenir aussi grâce à ses clubs. Ils remplaceraient ainsi les billets volés qui étaient trop usagés pour être encore en circulation. Il s'agissait d'une simple question de précaution, au cas où au moment de la livraison, un petit malin trouverait curieux que le montant du dépôt soit le même que celui du braquage. Des billets en bon état dissiperaient les soupçons.

Apparemment, tout était sous contrôle désormais. Il s'accorda un moment de répit. Je m'en suis sorti ! Encore une fois, j'ai réussi, se dit-il en laissant échapper un rire triomphal.

À présent, il devait superviser les détails. Il avait intérêt à se rendre à sa banque et à tout vérifier par lui-même, histoire de rassurer ses employés sans doute éberlués. Et surtout à faire déguerpir au plus vite de ses bureaux Cox et son équipe.

Ensuite, il appellerait Ellen.

CHAPITRE 30

Ellen Hamilton était restée chez elle toute la journée. Contrairement à ce qu'elle avait dit à Felix, rien ne l'appelait en ville ce matin-là. Elle avait tout inventé, se cherchant un prétexte pour le voir car elle se languissait. Son escapade jusqu'à Londres ne lui avait pas pris longtemps. Au retour, elle s'était changée et recoiffée, avant de se préparer un déjeuner à base de fromage blanc, salade, fruits et café noir sans sucre en prenant son temps. Pendant qu'elle lavait la vaisselle – à la main, c'était bête d'utiliser la machine pour si peu –, elle avait envoyé Mme Tremlett passer l'aspirateur à l'étage. Après avoir regardé les informations et un feuilleton à la télévision, elle avait entrepris de lire un roman historique, qu'elle avait reposé au bout de cinq pages pour ranger des choses qui n'avaient pas besoin de l'être, ici et là dans la maison.

Après cela, elle avait voulu prendre un bain dans la piscine, mais s'était ravisée à la dernière minute. Et maintenant, entièrement nue dans le pavillon d'été au dallage si frais sous ses pieds, tenant son maillot dans une main et sa robe dans l'autre, elle se demandait comment elle aurait suffisamment de volonté pour quitter son mari alors qu'elle n'arrivait même pas à savoir si elle voulait se baigner ou pas.

Laissant tomber ses vêtements au sol, elle se laissa aller, les épaules affaissées, sans un regard vers le miroir en pied. Elle prenait pourtant grand soin de son apparence. Ce n'était pas par vanité, mais par respect pour son entourage. À ses yeux, les miroirs étaient des objets dont on pouvait parfaitement se passer.

Elle se demanda quelle impression cela faisait de nager nue. Lorsqu'elle était jeune, c'était quelque chose d'inimaginable et, de toute façon, elle aurait été trop prude pour le faire. Consciente de ses inhibitions, elle ne cherchait pas à s'en libérer. Au contraire. Elle les acceptait car elles structuraient sa vie, ce dont elle avait besoin.

Le carrelage était merveilleusement frais. Elle fut tentée de s'allonger par terre pour le sentir de tout son corps, mais s'en abstint. Le risque de voir surgir Pritchard ou Mme Tremlett lui parut trop grand et elle se rhabilla.

Ce pavillon était juché sur les hauteurs. Depuis la porte, on embrassait du regard presque toute la propriété, soit un demi-hectare de jardins charmants et insolites. Aménagé au début du siècle dernier et planté d'une dizaine d'essences d'arbres différentes, ce parc lui avait procuré un grand plaisir autrefois. Ces derniers temps, elle s'en était lassée, comme du reste. Mais aujourd'hui, dans la fraîcheur de l'après-midi, il lui parut particulièrement agréable. Soulevée par la brise, sa robe en coton imprimé se mit à battre au vent comme un drapeau. Ellen longea la piscine et s'enfonça dans le sous-bois. Le soleil qui filtrait à travers le feuillage faisait onduler des motifs sur la terre sèche.

Felix disait qu'elle était une femme libérée. Bien entendu, il se trompait. Elle avait simplement choisi de tirer un trait sur la fidélité au profit de l'exaltation De toute façon, avoir un amant n'était plus honteux de nos jours. À condition d'agir en toute discrétion, or Ellen était vigilante.

Le souci était qu'elle avait pris goût à la liberté.

Elle se rendait compte qu'elle était arrivée à l'âge critique où les femmes comptent les années qu'il leur reste à vivre et constatent amèrement qu'il leur en reste fort peu. Elles décident alors de se consacrer à tout ce sur quoi elles ont fait l'impasse jusque-là. Du moins, c'était le message que la presse féminine relayait constamment, à en croire les journaux qu'Ellen feuilletait régulièrement.

Les jeunes écrivains à la mode mettaient les femmes en garde contre ce genre de promesses qui se soldent par des désillusions. Mais qu'en savaient-ils ? Ils n'avançaient là que des suppositions, comme tout le monde.

Ellen estimait pour sa part que l'âge n'avait rien à voir dans l'histoire. À soixante-dix ans, elle en était convaincue, elle trouverait encore un nonagénaire fougueux et plein d'entrain, pour peu qu'à cet âge il lui importe encore qu'un homme la désire. Cela n'avait rien à voir non plus avec la ménopause, étape qu'elle avait dépassée depuis longtemps. Tout simplement, à trouver chaque jour Felix de plus en plus attirant et Derek de moins en moins, elle ne supportait plus le contraste entre ces deux hommes.

Indirectement, elle leur avait exposé à tous deux

la situation sous la forme d'un ultimatum voilé. Elle sourit en se rappelant l'air pensif que chacun avait pris. Elle les connaissait bien. L'un comme l'autre allaient analyser ses paroles, mettre un certain temps à comprendre l'allusion et, au final, se féliciter de leur perspicacité. Sans se douter un instant qu'ils étaient tous deux menacés.

Elle sortit des taillis et s'appuya contre une clôture en bordure d'un champ. Un âne et une vieille jument y pâturaient : l'âne faisait la joie de ses petits-enfants ; la jument avait été jadis sa monture préférée pour la chasse. Tout allait bien pour eux, ils n'avaient pas conscience du temps.

Elle traversa le champ et escalada le talus d'une ancienne voie ferrée. Des locomotives à vapeur y circulaient à l'époque où Derek et elle étaient des jeunes gens joyeux et mondains qui dansaient au son du jazz, buvaient trop de champagne et donnaient des réceptions bien au-dessus de leurs moyens. Sautant d'une traverse à l'autre, elle avança entre les rails rouillés jusqu'à ce qu'un petit animal à fourrure noire surgissant de dessous le bois pourri l'effraie et l'oblige à dévaler la butte. Elle s'en revint vers la maison en suivant le cours d'eau qui passait à travers bois.

Peu lui importait de redevenir jeune et gaie, ce qu'elle voulait, c'était être encore amoureuse. C'était pour cela qu'elle avait joué cartes sur table avec Derek et Felix. À son mari, elle avait dit que son travail l'excluait de sa vie, que s'il voulait la garder, il devait changer. À son amant, elle avait signifié qu'elle ne se contenterait pas éternellement d'être un simple divertissement.

Les deux hommes pouvaient très bien se plier à sa volonté – ce qui ne réglerait en rien son problème du choix –, mais ils pouvaient tout aussi bien décider de la quitter. Auquel cas il ne lui resterait plus qu'à être *désolée* de son sort, comme les héroïnes de Françoise Sagan. Elle savait déjà que cette posture ne lui conviendrait pas.

À supposer qu'ils soient prêts l'un comme l'autre à respecter ses décisions, lequel des deux choisirait-elle ? Felix probablement, se dit-elle alors qu'elle s'apprêtait à contourner sa maison.

En apercevant la voiture de Derek garée dans l'allée et son mari qui en descendait, elle eut un choc. Pourquoi revenait-il si tôt à la maison ? Il lui faisait un signe de la main, il avait l'air heureux. Elle s'élança vers lui en courant sur le gravier et l'embrassa, le cœur serré par un sentiment de culpabilité.

CHAPITRE 31

Kevin aurait dû s'inquiéter, mais d'une certaine manière il n'en avait pas l'énergie. Pourtant, il avait désobéi à l'ordre qui leur avait été donné à tous de ne pas enquêter sur la Cotton Bank.

« Votre directeur est au courant de ce coup de téléphone ? » avait interrogé Laski comme le font presque toujours les gens irrités d'être interviewés. La réponse à cette question était toujours un non insouciant. À moins, bien sûr, que le directeur de la publication n'ait effectivement formellement interdit qu'on appelle ledit individu. S'il prenait à Laski l'idée de se plaindre au directeur, voire au président du groupe, Hart le sentirait passer.

Alors pourquoi n'était-il pas préoccupé ?

Était-ce parce qu'il n'aimait plus son métier autant que ce matin ? Le directeur de la publication avait de bonnes raisons de vouloir étouffer l'affaire. Il y avait toujours de bonnes raisons d'être lâche, et personne ne semblait s'en offusquer. « C'est contraire à la loi » était un argument imparable que l'on ne manquait pas de brandir à tout-va. Pourtant, dans le passé, de grands journaux avaient enfreint la loi, une loi bien plus dure et rigoureuse dans son application qu'elle ne l'était aujourd'hui. Kevin croyait dur comme fer que la presse écrite devrait persévérer dans cette voie : imprimer les articles, au risque de se voir traduits en justice et interdits de publication. Néanmoins, ce point de vue était plus facile à défendre pour qui n'était pas directeur de la publication.

Assis dans la salle de presse près des bureaux de la rédaction, un thé pris à la machine posé à côté de lui, il relut son œuvre transformée en ragot, tout en se déclamant intérieurement ce discours héroïque qu'il n'avait pas tenu face au directeur. En ce qui concernait les sujets traités dans cette édition, la journée était terminée. Pour en modifier le contenu, il fallait au moins un assassinat effroyable ou une catastrophe majeure avec morts à l'appui. La moitié des journalistes – ceux qui faisaient la journée de huit heures – étaient déjà rentrés chez eux. Kevin, lui, travaillait dix heures d'affilée quatre jours par semaine. Le correspondant chargé de l'industrie cuvait dans un coin les huit Guinness qu'il avait bues au déjeuner. Une unique machine à écrire cliquetait sporadiquement sous les doigts d'une fille en jean qui travaillait sur un article généraliste pour la première édition du lendemain. Les dactylos se disputaient à propos du football et les rewriters chargés de trouver des légendes pour les caricatures riaient à gorge déployée à chaque trait d'esprit. Arthur Cole, tenaillé par l'envie de fumer, arpentait la salle en rêvant secrètement à un incendie au palais de Buckingham et s'arrêtait de temps à autre près de sa pointe à papiers pour feuilleter les notes qui y étaient empalées, inquiet à l'idée d'avoir pu laisser filer le grand sujet du jour.

Après un certain temps, Mervyn Glazier, la chemise sortie du pantalon, abandonna son petit royaume pour venir d'un pas nonchalant s'asseoir à côté de Kevin. Il alluma une pipe à tuyau d'acier et posa son pied chaussé d'un mocassin fatigué sur le rebord de la corbeille à papier.

« La Cotton Bank of Jamaica », lança-t-il d'une voix tranquille en guise d'entrée en matière.

Kevin sourit. « Tu as joué les vilains petits garçons, toi aussi ? »

Mervyn haussa les épaules. « Qu'est-ce que j'y peux si des gens tiennent absolument à me refiler leurs tuyaux ? Quoi qu'il en soit, si jamais cette banque a frisé la catastrophe, elle est maintenant hors de danger.

— Comment tu le sais ?

— Ma source à Threadneedle Street. Je cite : "Après ton coup de fil, j'ai regardé la Cotton Bank d'un peu plus près et j'ai vu qu'elle était en excellente santé sur le plan financier." Fermez les guillemets. En d'autres termes : le sauvetage n'a pas fait de vagues. »

Kevin termina son thé et froissa bruyamment sa tasse en plastique. « Fin de l'histoire.

— J'ai aussi entendu dire, d'une tout autre source mais qui ne se trouve pas à des années-lumière du Conseil de la Bourse, que Felix Laski avait pris une participation majoritaire dans Hamilton Holdings.

— Ce qui veut dire qu'il n'est pas à court de liquidités. Le Conseil n'a pas tiqué ?

— Il est au courant et il s'en fiche.

— Tu crois qu'on a fait beaucoup de bruit pour rien ? »

Mervyn secoua lentement la tête. « Sûrement pas !

— Moi non plus. »

Mervyn vida sa pipe éteinte dans la corbeille. Les deux journalistes restèrent un moment à se regarder, conscients de leur impuissance, et Mervyn s'en alla.

Kevin reporta son attention sur la colonne des ragots. Il lut quatre fois de suite un même paragraphe sans rien y comprendre et finit par renoncer, incapable de se concentrer.

Il s'était passé aujourd'hui une sacrée magouille, et ça le démangeait d'autant plus de comprendre de quoi il retournait qu'il se sentait tout près du but.

Arthur l'appela. « Prends la relève pendant que je vais aux toilettes, OK ? »

Kevin contourna le bureau, et s'installa sans enthousiasme derrière la rangée de téléphones et la console de communication : si le rédac-chef adjoint lui confiait sa place, c'était que, à cette heure de la journée, peu importait qui l'occupait, et parce que de tous les journalistes présents dans la salle, il était le plus proche et n'avait rien à faire.

Dans ce métier, songea Kevin, rester à se tourner les pouces était inévitable. Pour qu'il y ait assez de monde en cas de coup de feu, les journalistes étaient forcément trop nombreux en période creuse. Dans certains canards, on vous fourguait des tâches idiotes pour vous occuper, comme de concocter un article à partir d'infos piochées dans un communiqué publicitaire ou dans un dossier de presse émanant d'une officine du gouvernement locale – le genre de papier qui ne voyait finalement jamais le jour. C'était démoralisant, de l'énergie gâchée pour rien, et il n'y avait guère que les directeurs de journaux peu sûrs d'eux pour demander ça.

Un employé vint déposer sur le bureau une longue feuille de papier, dépêche d'une agence de presse qui venait tout juste de tomber sur les téléscripteurs.

Kevin s'en empara et la lut avec un sentiment mêlé d'ahurissement et d'exaltation :

> La licence d'exploitation du gisement de pétrole en mer du Nord a été attribuée ce jour à une société du groupe Hamilton Holdings.
>
> Le nom du candidat vainqueur a été annoncé par le secrétaire d'État pour l'Énergie, M. Carl Wrightment, lors d'une conférence de presse assombrie par la maladie soudaine du vice-ministre, M. Tim Fitzpeterson.
>
> Cette annonce donnera aux actions de ce grand groupe d'imprimerie un coup de fouet bien nécessaire après la publication hier de résultats semestriels décevants.
>
> Les réserves du gisement de Shield laissent espérer une production d'un demi-million de barils par semaine.
>
> Outre la société mère Hamilton Printing, le groupe comprend la firme Scan, géant de l'ingénierie, et la British Organic Chemicals, spécialisée dans l'industrie chimique.
>
> M. Wrightment a conclu son annonce par ces mots : « C'est avec tristesse que je dois vous apprendre la maladie soudaine de Tim Fitzpeterson, dont la collaboration en matière de politique pétrolière a été si précieuse pour le gouvernement. »

Kevin relut l'article par trois fois sans oser croire à ce qui était sous-entendu : si l'on réunissait ces éléments épars, depuis Tim Fitzpeterson et en y revenant – en passant par Cox, Laski, le braquage, la banque en difficulté subitement redressée –, l'ensemble formait un puzzle effrayant.

« Incroyable ! s'exclama-t-il à haute voix.

— Quoi ? Une nouvelle de dernière minute à imprimer ? » La voix d'Arthur avait retenti dans son dos.

Kevin lui passa la feuille et libéra le fauteuil. « Je pense, dit-il lentement, que le directeur changera d'avis quand il aura lu ça. »

Arthur s'assit. Kevin le regarda lire le Télex en espérant le voir bondir sur ses pieds et crier : « On change la une ! » ou quelque chose de ce genre.

Mais Cole resta de marbre. Enfin, il laissa retomber le papier sur le bureau et dévisagea Kevin d'un air glacé. « Et alors ?

— Ce n'est pas évident ? s'écria le jeune journaliste tout excité.

— Non. Dis-moi.

— Mais enfin ! Laski et Cox font chanter Fitzpeterson pour qu'il leur révèle le nom de la société qui a remporté le droit d'exploiter le gisement. Cox, peut-être avec l'aide de Laski, braque le fourgon de transport de fonds et verse un million de livres à Laski qui, grâce à cet argent, rachète la compagnie qui a obtenu la licence.

— Et alors, qu'est-ce que tu veux qu'on fasse ?

— Enfin ! Disséminer des indices, lancer une enquête, prévenir la police. Ne serait-ce que ça : prévenir la police ! On est les seuls à tout savoir ! On ne peut pas laisser ces salauds s'en tirer comme ça !

— Tu n'es pas au courant ?

— De quoi ? »

Arthur déclara d'un ton lugubre : « L'*Evening Post* appartient à Hamilton Holdings. » Il planta ses yeux dans ceux de Kevin : « À partir d'aujourd'hui, ton patron, c'est Felix Laski. »

SEIZE HEURES

CHAPITRE 32

Ils s'assirent l'un en face de l'autre à la table ronde de la petite salle à manger, puis il dit : « J'ai vendu la compagnie. »

Elle sourit. « Comme j'en suis heureuse, Derek ! »

Elle avait répondu d'une voix égale mais, soudain, ses yeux s'emplirent de larmes malgré elle. Pour la première fois de sa vie depuis la naissance d'Andrew, son self-control vacillait et s'écroulait. À travers ses larmes, son mari fut ébahi de découvrir combien cette décision comptait pour elle.

« Je pense que cela mérite un verre, dit-elle en allant ouvrir le bar.

— On m'en a offert un million de livres, déclara-t-il tout en sachant que cela ne lui faisait ni chaud ni froid.

— Est-ce satisfaisant ?

— En l'occurrence, oui. L'important, c'est que nous pourrons vivre confortablement jusqu'à notre dernier jour.

— Je te sers quelque chose ? demanda Ellen tout en se préparant un gin tonic.

— Un Perrier, s'il te plaît. J'ai décidé de me mettre au régime sec pendant un temps. »

Elle lui tendit son verre et se rassit en face de lui.

« Qu'est-ce qui t'a décidé ?

— Différentes choses. De parler avec toi et Nathaniel. » Il but une gorgée de son eau minérale. « Avec toi, surtout. Ce que tu as dit sur notre façon de vivre.

— Quand est-ce que l'accord sera définitif ?

— Il l'est déjà. Je ne remettrai plus les pieds au bureau. Jamais. » Il détourna les yeux et regarda la pelouse par-delà les portes-fenêtres. « J'ai donné ma démission à midi. Depuis, je n'ai pas senti une seule fois mon ulcère. N'est-ce pas merveilleux ?

— Si. » Elle suivit son regard. Un soleil rougeoyant brillait à travers les branches du pin sylvestre, son arbre préféré. « As-tu déjà des projets ?

— Je me suis dit qu'on pourrait les faire ensemble. » Il lui sourit sans détour. « Je sais déjà que je me lèverai tard et prendrai trois petits repas par jour, toujours à la même heure. Que je regarderai la télévision et que j'essaierai de voir si je sais encore tenir un pinceau. »

Elle hocha la tête. Elle se sentait gauche, tout comme lui d'ailleurs. Une nouvelle relation s'établissait entre eux, et ils tâtaient le terrain sans bien savoir que dire ou faire. Pour lui, la situation était simple : il avait accompli le sacrifice demandé, il lui avait remis son âme. Il voulait maintenant qu'elle reconnaisse son geste et en fasse un à son tour prouvant qu'elle acceptait le cadeau.

Mais, venant d'elle, cela consistait à rayer Felix de sa vie. « Je n'en suis pas capable », se dit-elle tout bas. Cette phrase résonna dans sa tête comme l'écho d'une malédiction.

Il reprit : « Que voudrais-tu que l'on fasse ? »

C'était à croire qu'il connaissait son dilemme et voulait lui forcer la main, l'obliger à parler d'eux comme d'une seule entité. « Je voudrais qu'on prenne le temps de décider, répondit-elle.

— Bonne idée. » Il se leva. « Je vais me changer.

— Je t'accompagne. » Elle lui emboîta le pas, son verre à la main.

Il parut surpris. En réalité, elle ne l'était pas moins que lui. Cela faisait trente ans qu'ils avaient cessé de se déshabiller l'un devant l'autre.

Ils traversèrent le vestibule et montèrent ensemble le grand escalier. « Dans six mois, je le grimperai en courant », dit-il haletant. L'avenir le réjouissait autant qu'il angoissait Ellen. Pour lui, la vie recommençait. Si seulement il avait pu vendre la société avant qu'elle ne rencontre Felix !

Il lui tint la porte de leur chambre ouverte. Le cœur d'Ellen bondit. Ce geste avait été un signe entre eux, un code amoureux instauré alors qu'ils étaient encore tout jeunes. Remarquant un jour qu'il était d'une courtoisie presque embarrassante lorsqu'il était d'humeur lubrique, elle lui avait dit pour plaisanter : « Tu ne me tiens la porte que quand tu veux faire l'amour. » Par la suite, bien sûr, ils y pensaient tous deux chaque fois qu'il lui tenait la porte ouverte. Pour Derek, c'était devenu une façon de faire comprendre à sa femme qu'il la désirait. À cette époque, elle éprouvait comme lui le besoin de se rassurer derrière des rituels. Aujourd'hui, elle était contente de simplement dire à Felix : « Faisons-le à même le sol. »

Derek se souvenait-il de ce que ce geste signifiait ? En lui tenant ainsi la porte, cherchait-il à lui faire savoir qu'il était bel et bien question de ça ? Tant d'années avaient passé, et il était devenu si répugnant. Attendait-il vraiment ça d'elle ?

Il entra dans la salle de bains et ouvrit les robinets, elle alla s'asseoir à sa coiffeuse et se brossa les cheveux. Dans le miroir, elle le vit revenir et commencer à se dévêtir. Elle le regarda. Il faisait exactement comme autrefois : il enlevait ses chaussures d'abord – le pantalon ensuite et enfin le veston. Il lui avait dit un jour que c'était ainsi qu'il devait en être, parce que le pantalon allait sur le cintre avant le veston et que les chaussures devaient avoir été retirées pour que le pantalon puisse passer. Elle lui avait répondu qu'un homme avait vraiment l'air ridicule lorsqu'il n'était plus qu'en chemise, cravate et chaussettes. Ils avaient bien ri.

Il retira sa cravate et déboutonna le col de sa chemise. Les cols le dérangeaient toujours. Peut-être qu'il n'aurait plus besoin de les porter fermés, désormais.

Il ôta sa chemise, ses chaussettes et enfin son boxer. Il surprit ses yeux dans la glace et une expression défiante passa dans son regard, comme pour lui signifier : « Voilà à quoi je ressemble maintenant. Il vaudrait mieux que tu t'y fasses. » Elle soutint son regard un moment et se détourna. Il alla dans la salle de bains et un bruyant clapotis lui indiqua qu'il venait d'entrer dans la baignoire.

Maintenant qu'elle n'avait plus le reflet de Derek sous les yeux, elle se sentait plus libre de réfléchir. Comme si, avant, il avait pu lire dans ses pensées. Le dilemme qui la tourmentait s'exposa de nouveau dans toute sa brutalité : pouvait-elle oui ou non avoir des relations sexuelles avec Derek ? Quelques mois auparavant, elle aurait pu non seulement envisager cette idée, mais aussi la mettre à exécution avec un certain empressement. Dorénavant, elle touchait le corps ferme et musclé de Felix, et dans cette relation si charnelle elle redécouvrait aussi son propre corps.

Elle se força à visualiser Derek nu : son cou épais, ses seins gras avec des touffes de poils grisonnants autour des tétons, son ventre bedonnant et la flèche de poils qui descendait en s'élargissant jusqu'à l'aine. Et plus bas… De ce côté-là, au moins, Felix et Derek étaient sensiblement identiques.

Elle se vit au lit avec Derek et, en s'imaginant la façon dont il la caresserait et l'embrasserait, en voyant ce qu'elle-même pourrait lui faire, elle comprit subitement qu'elle en était tout à fait capable, qu'elle pourrait même y prendre du plaisir en pensant à ce que signifiait cet acte.

Les doigts de Felix avaient beau être experts, c'était les mains de Derek qu'elle avait tenues pendant tant d'années. Elle pouvait égratigner les épaules de Felix dans un élan passionnel, mais c'était sur celles de Derek qu'elle pouvait s'appuyer en cas de besoin. Felix était d'une beauté saisissante, mais elle lisait des années de gentillesse et de réconfort, de compassion et de compréhension sur le visage de Derek.

Peut-être aimait-elle Derek après tout… Ou peut-être qu'elle était trop vieille pour changer, tout simplement.

En l'entendant sortir de la baignoire, une peur panique la saisit néanmoins. Les choses allaient trop vite. Elle n'était pas prête à prendre une décision irrévocable, à accepter, là, maintenant, de ne plus jamais avoir Felix en elle. Il lui fallait du temps.

Elle devait parler avec Derek, changer de sujet d'une manière ou d'une autre, faire diversion. Briser l'humeur dans laquelle tous deux baignaient. Que pouvait-elle raconter ?

À présent, il était probablement en train de s'essuyer et serait de retour dans la chambre d'un instant à l'autre. Elle lança : « Qui a racheté la société ? »

La réponse fut inaudible. Au même moment, le téléphone sonna.

Tout en traversant la pièce pour aller répondre, elle répéta : « Qui a racheté la société ? » Elle décrocha.

« Un type nommé Felix Laski. Tu l'as rencontré, tu t'en souviens ? »

Elle se glaça, le combiné à l'oreille, incapable de proférer un son. Les conséquences, l'ironie de la situation, la trahison, c'en était trop pour elle. Dans le combiné, une voix susurrait : « Bonjour… »

C'était Felix !

« Oh, mon Dieu, non ! murmura-t-elle.

— Ellen ? C'est toi ?

— Oui.

— Peut-on se voir ? J'ai une foule de choses à te dire.

— Je ne pense pas, balbutia-t-elle.

— Ne dis pas ça. » Cette voix profonde, shakespearienne, plus douce à l'oreille qu'un violoncelle. « Je veux t'épouser.

— Oh, mon Dieu !

— Ellen, réponds-moi. Veux-tu m'épouser ? »

Soudain, elle sut exactement ce qu'elle voulait. Et en même temps qu'elle en prenait conscience, elle sentit une paix irradier son être. Elle prit une profonde inspiration.

« Non. Certainement pas. »

Elle raccrocha et resta un moment à fixer l'appareil.

Puis, doucement et posément, elle se déshabilla et empila ses vêtements sur une chaise.

Enfin, elle se glissa dans le lit pour y attendre son mari.

CHAPITRE 33

Tony Cox était heureux. Il rentrait chez lui au volant de sa Rolls, roulant sans se presser dans les rues de l'East End. Tout s'était bien passé. Vraiment. Il en oubliait même le drame qui avait frappé Willie le Sourd tandis qu'il pianotait sur le volant au son de l'entraînante chanson pop qui passait à la radio. Il faisait plus frais à présent. Le soleil était bas, des serpentins de nuages d'un blanc éblouissant se détachaient sur le ciel bleu. L'heure de pointe approchait, la circulation devenait plus dense, mais ce soir Tony était d'une patience d'ange.

Tout s'était bien terminé, aussi. Les gars avaient touché leur part, et Tony leur avait expliqué que le reste du fric était planqué dans une banque. Il leur avait promis de leur verser un bonus dans les prochaines semaines. Ils étaient très contents.

Laski avait accepté de cacher le butin plus facilement qu'il ne s'y était attendu. Peut-être ce petit malin espérait-il en détourner un peu à son profit. Qu'il essaye seulement ! En tout cas, ensemble, ils allaient devoir mettre au point une combine qui lui permette d'effectuer des retraits à volonté sans révéler la vraie nature de ces fonds. Ce ne devrait pas être si compliqué.

D'ailleurs, ce soir, rien ne pouvait être compliqué. À commencer par la soirée. Comment allait-il la passer ? À draguer un type d'un soir dans un bar gay ? Pourquoi pas. Il se mettrait sur son trente et un, porterait quelques bijoux et placerait un rouleau de billets de dix dans sa poche. Il se dégoterait un garçon un peu plus jeune que lui et le couvrirait de ses largesses : repas succulent, spectacle arrosé de champagne puis retour à l'appartement de Barbican, où il le frapperait un peu, histoire de l'amadouer, avant de…

Oui, un bon programme l'attendait. Au petit matin, le garçon s'en irait. Avec quelques bleus, certes, mais surtout du fric plein les poches. Il serait content, au bout du compte. Et Tony aimait bien rendre les gens heureux.

Cédant à une impulsion, il s'arrêta devant un magasin à l'angle d'une rue. La boutique, décorée dans un style très contemporain, faisait également dépôt de presse. Le long des murs, des rayonnages flambant neufs s'alignaient, remplis de livres et de magazines. Derrière le comptoir se tenait une grosse fille boutonneuse et insolente. Quand Tony lui commanda la plus grande boîte de chocolats du magasin et qu'elle tendit le bras pour l'attraper, sa combinaison en nylon remonta presque jusqu'à ses fesses. Tony détourna les yeux.

« C'est qui, l'heureuse élue ? voulut-elle savoir.

— Ma mère.

— Ça va, faut pas me la faire ! »

Tony régla et s'empressa de déguerpir. Il n'y avait rien de plus repoussant qu'une femme repoussante.

Avec un million de livres, je devrais trouver mieux à faire que de me payer une soirée en ville, se dit-il au moment de démarrer. Mais finalement, c'était la seule chose dont il avait vraiment envie. Il aurait pu s'acheter une maison en Espagne, mais il faisait trop chaud là-bas. Une voiture ? Il en possédait suffisamment. S'offrir une croisière autour du monde ? Cette seule idée l'ennuyait à mourir. Posséder un manoir à la campagne ne le tentait pas davantage, et il n'était pas collectionneur. En y pensant, il y avait de quoi en rire : devenir millionnaire du jour au lendemain et ne rien trouver de mieux à faire que d'acheter une boîte de chocolats !

L'argent, c'était la sécurité. Surtout dans les mauvaises passes, si par exemple – Dieu l'en préserve – il devait tirer une peine de prison. Avec ce fric, il pourrait aussi assouvir ses penchants sexuels plus ou moins indéfiniment. Sa société lui coûtait parfois un max. Elle employait une vingtaine de gars et tous autant qu'ils étaient venaient réclamer leur paye chaque vendredi, qu'ils aient eu quelque chose à faire ou pas, soupira-t-il.

L'argent, c'était la sécurité. À partir de maintenant, ses responsabilités financières lui pèseraient moins. Rien que pour cela, le braquage valait le coup.

Il se gara devant la maison de sa mère. Cinq heures moins vingt-cinq, indiquait la pendule du tableau de bord. C'était bientôt l'heure du thé. Elle lui servirait peut-être une tartine de pain grillé avec du fromage ou des fèves au lard. Ensuite viendrait la tarte aux fruits ou le gâteau Battenberg et, pour finir, des poires au sirop saupoudrées de lait lyophilisé. À moins qu'elle ne lui ait préparé son dessert préféré : des beignets à la confiture. Il avait toujours eu bon appétit et ce soir il dînerait tard.

Il pénétra dans la maison et referma la porte derrière lui. Dans l'entrée régnait un fouillis inhabituel : l'aspirateur avait été abandonné au milieu de l'escalier ; un imperméable était tombé sur le carrelage ; un tas d'objets en désordre était amassé près de la porte de la cuisine. Sa mère avait dû sortir à l'improviste, pensa-t-il, espérant qu'il ne soit rien arrivé de grave. Il ramassa l'imperméable et l'accrocha à la patère.

Tony nota que le chien n'était pas là : il n'y avait eu aucun aboiement pour l'accueillir.

En entrant dans la cuisine, il s'arrêta sur le seuil.

Ici, le désordre était indescriptible. Il ne comprit pas immédiatement de quoi il s'agissait, puis il sentit l'odeur du sang.

Il y en avait partout : sur les murs, le sol, le plafond, le réfrigérateur, la cuisinière, l'égouttoir. Une puanteur d'abattoir emplit ses narines et il faillit tourner de l'œil. D'où venait tout ce sang ? Qu'est-ce qui avait pu causer une telle horreur ? Il regarda rageusement autour de lui à la recherche d'un indice. Il n'y avait rien d'autre que ce rouge macabre.

En deux grandes enjambées, dérapant dans les flaques, il atteignit la cour.

Sa chienne gisait sur le dos, un couteau planté dans le corps – celui qu'il avait aiguisé ce matin même. Tony s'agenouilla à côté du cadavre mutilé. L'animal semblait avoir rapetissé, comme un ballon dégonflé.

Il étouffa des jurons à la vue des nombreux coups de couteau qui avaient lardé le corps de l'animal et des lambeaux de tissu qu'elle avait entre les dents. Il murmura : « Tu t'es bien battue, ma belle. »

Il alla jusqu'au portillon et regarda dans la ruelle, comme si le tueur pouvait se trouver encore dans les parages. Tout ce qu'il vit, ce fut un gros chewing-gum rose mastiqué, jeté par terre par un enfant négligent.

À l'évidence, sa mère n'avait pas été présente au moment du drame. Une chance ! Tony décida de tout nettoyer avant son retour.

Il alla chercher une bêche dans l'appentis. Entre la courette en ciment et le portillon, il y avait une bande de mauvaise terre où son père faisait pousser des légumes autrefois. Ce n'était plus maintenant qu'un coin couvert de mauvaises herbes. Il retira sa veste, y délimita un rectangle et se mit à la tâche.

Il creusa la tombe en un rien de temps, mû par la force, et surtout la colère. Il enfonçait sa bêche méchamment en imaginant tout ce qu'il ferait au tueur quand il lui mettrait la main dessus. Ce salopard avait agi par pure méchanceté, et quand les gens commettent des actes pareils, ils finissent tôt ou tard par s'en vanter. Sinon à quoi bon ? Pour se prouver quelque chose à soi-même ? Cela ne suffisait pas, Tony le savait bien. Quelqu'un entendrait forcément parler de quelque chose et le rapporterait à l'un de ses gars dans l'espoir d'une récompense.

Il lui traversa même l'esprit que ce pourrait être un coup monté par la police. Mais il chassa cette idée, ce n'était pas leur genre. Qui donc, alors ? Tony ne manquait certainement pas d'ennemis, mais aucun d'eux n'était à la fois aussi haineux et courageux pour perpétrer une telle horreur. Quand Tony tombait sur un type qui avait un tel culot, la plupart du temps, il l'embauchait.

Il enveloppa la chienne dans sa veste et la déposa délicatement au fond du trou, puis il remit la terre en place et égalisa la surface du plat de sa bêche. Est-ce qu'on récitait des prières pour les chiens ? Non.

Il retourna dans la cuisine où régnait un chaos épouvantable. Il n'arriverait jamais à le nettoyer tout seul et sa mère devrait être de retour d'un instant à l'autre. C'était déjà un miracle qu'elle soit restée dehors si longtemps. Il décida d'appeler sa belle-sœur à la rescousse.

Il traversa la cuisine en s'efforçant de ne pas étaler davantage le sang, étonnamment abondant pour un boxer.

C'est lorsqu'il entra dans le salon pour appeler sa belle-sœur qu'il découvrit sa mère, étendue de tout son long sur le tapis. Un mince filet de sang traçait comme un chemin de la porte à son corps : elle avait dû vouloir atteindre le téléphone. L'unique coup de couteau qu'elle avait reçu lui avait été fatal.

Les traits de Tony exprimèrent l'horreur, cédant peu à peu place au désespoir. Il leva lentement les mains vers son visage avant de hurler comme une bête : « Maman ! Oh mon Dieu, maman ! »

Puis il tomba à genoux à côté du corps, en pleurs, secoué de gros sanglots entrecoupés de hoquets, comme un enfant en proie à la plus effroyable souffrance.

Dehors, une petite foule se rassembla devant la fenêtre du salon. Personne n'osa entrer.

CHAPITRE 34

Le City Tennis Club tenait plus du lieu où il faisait bon siroter un verre en plein après-midi que du club de sport, songeait souvent Kevin Hart. Surtout que ce local étriqué, coincé entre une église et un immeuble de bureaux dans une petite rue du quartier de Fleet Street, aurait difficilement pu accueillir une table de ping-pong. Si l'objectif était de permettre aux clients de lever le coude en dehors des heures d'ouverture des pubs, il aurait certainement été plus sensé d'ouvrir, par exemple, un club de philatélie ou de modélisme. En fait, l'objet qui se rapprochait le plus du tennis ici était une machine à pièces surmontée d'un écran télé où s'affichait un joueur sur un court que l'on pouvait déplacer en tournant un bouton.

Quoi qu'il en soit, l'endroit en question possédait trois bars et un restaurant où l'on avait des chances de croiser des gens du *Daily Mail* ou du *Mirror* susceptibles de vous embaucher un jour.

Kevin y pénétra peu avant cinq heures. Il commanda une pression au bar et alla s'asseoir à une table occupée par un journaliste de l'*Evening News* qu'il connaissait vaguement. Pourtant, il n'avait pas la tête à parler de la pluie et du beau temps. Il bouillonnait encore à l'intérieur. Lorsque le journaliste partit peu après, Kevin vit Arthur Cole entrer et se diriger vers le bar.

À sa surprise, le rédacteur en chef adjoint vint le rejoindre à sa table.

« Quelle journée ! » s'exclama Arthur en guise d'entrée en matière.

Kevin acquiesça. Il n'avait pas vraiment envie de compagnie. Il voulait être seul et faire le point.

Arthur vida d'un trait la moitié de sa chope et la reposa avec un soupir de satisfaction. « Je n'avais pas eu le temps d'en boire une à midi.

— Voilà ce que c'est de tenir tout seul la baraque ! répliqua Kevin par politesse.

— Oui. » Cole sortit des cigarettes et un briquet de sa poche et les posa sur la table. « J'ai réussi à les oublier toute la journée. Combien de temps vais-je encore tenir ? »

Kevin jeta furtivement un coup d'œil à sa montre. Ne ferait-il pas mieux d'aller à El Vino ?

« Tu te demandes probablement si tu ne t'es pas trompé en choisissant ce métier, dit Arthur.

— En effet, répondit Kevin, surpris de découvrir Cole si perspicace.

— Tu as peut-être raison.

— Voilà qui me regonfle à bloc ! »

Cole soupira. « Tu vois, voilà ton problème. Il faut toujours que tu sortes une petite phrase ironique.

— Si je dois faire le lèche-bottes pour faire carrière, je suis plutôt mal parti. »

Arthur tendit la main vers ses cigarettes et se ravisa. « Tu as appris certaines choses aujourd'hui, et tu commences à piger. En tout cas, tu as au moins acquis un peu d'humilité.

— Après ce qu'on vient de vivre, je m'étonne d'être le seul à éprouver ce sentiment d'échec ! » répliqua Kevin, irrité par son ton condescendant.

Cole eut un rire amer, et Kevin comprit qu'il avait touché une corde sensible : Arthur était plus ou moins en permanence habité par un sentiment d'échec.

Celui-ci enchaîna : « Vous êtes une race nouvelle, vous les jeunes, et je suppose qu'on a besoin de vous. L'ancienne méthode, qui consistait à faire partir tout le monde du bas de l'échelle pour en grimper lentement les échelons grâce au fruit de son travail, produisait certes de bons journalistes mais beaucoup moins de bons dirigeants. Et Dieu sait s'il y a pénurie de cerveaux parmi ceux qui administrent les journaux. J'espère que tu sauras faire en sorte qu'on remarque le tien. Tu veux une autre bière ?

— Oui, merci. »

Arthur alla au bar, laissant derrière lui un Kevin quelque peu circonspect : Cole lui demandait – à lui qui n'avait jamais reçu que des critiques de sa part – de ne pas renoncer au métier et même de viser un poste dans les hautes sphères ! Cela ne faisait pas partie de ses plans. Pas seulement parce qu'il n'y avait jamais songé, mais parce que cela ne correspondait pas du tout à ses désirs. Ce qu'il aimait par-dessus tout, c'était découvrir des choses, écrire et faire éclater la vérité.

Mais après tout… Oui, il allait y réfléchir.

Arthur revint avec les boissons. Kevin déclara : « Si les choses se déroulent comme aujourd'hui quand je tiens un gros scoop, je ne sais pas comment je pourrai arriver quelque part. »

Arthur eut à nouveau son rire amer. « Tu penses être le seul ? Réalises-tu que c'est moi qui étais le rédacteur en chef aujourd'hui ? Pour toi, au moins, il y aura d'autres affaires. » Il tendit la main vers ses cigarettes et cette fois en alluma une.

Kevin le regarda tirer une bouffée. Oui, pensa-t-il, pour moi, d'autres occasions se présenteront.

Pour Arthur, le rideau était tombé.

Ken Follett
dans Le Livre de Poche

PARMI LES TITRES LES PLUS RÉCENTS

Le Siècle, 1. La Chute des géants n° 32413

À la veille de la guerre de 1914-1918, les grandes puissances vivent leurs derniers moments d'insouciance. De l'Europe aux États-Unis, du fond des mines du pays de Galles aux antichambres du pouvoir soviétique, en passant par les tranchées de la Somme, cinq familles vont se croiser, s'unir, se déchirer. Passions contrariées, jeux politiques et trahisons… toute la gamme des sentiments à travers le destin de personnages exceptionnels…

Le Scandale Modigliani n° 32185

Ils ont entendu parler d'un fabuleux Modigliani perdu et sont prêts à tout pour mettre la main dessus : une jeune étudiante en histoire de l'art dévorée d'ambition, un marchand de tableaux peu scrupuleux et un galeriste en pleine crise financière et conjugale… sans compter quelques faussaires ingénieux et une actrice idéaliste venant allégrement pimenter une course-poursuite échevelée.

Un monde sans fin n° 31616

1327. Quatre enfants sont les témoins d'une poursuite meurtrière dans les bois : un chevalier tue deux soldats au service de la reine, avant d'enfouir dans le sol une lettre mystérieuse dont la teneur pourrait mettre en danger la couronne d'Angleterre. Ce jour lie à jamais leurs sorts…

Le Vol du Frelon n° 37084

Juin 1941. La plupart des bombardiers anglais tombent sous le feu ennemi. Comme si la Luftwaffe parvenait à détecter les avions… Les Allemands auraient-ils doublé les Anglais dans la mise au point de ce nouvel outil stratégique : le radar ? Winston Churchill, très préoccupé, demande à ses meilleurs agents d'éclaircir la situation dans les plus brefs délais.

Le Réseau Corneille n° 37029

France, 1944. Betty a vingt-neuf ans, elle est officier de l'armée anglaise, l'une des meilleures expertes en matière de sabotage. À l'approche du débarquement allié, elle a pour mission d'anéantir le système de communication allemand en France.

Le Livre de Poche s'engage pour l'environnement en réduisant l'empreinte carbone de ses livres. Celle de cet exemplaire est de : 350 g éq. CO_2
Rendez-vous sur www.livredepoche-durable.fr

Composition réalisée par PCA

Achevé d'imprimer en décembre 2012 en France par
CPI BRODARD ET TAUPIN
La Flèche (Sarthe)
N° d'impression : 71396
Dépôt légal 1re publication : janvier 2013
LIBRAIRIE GÉNÉRALE FRANÇAISE
31, rue de Fleurus – 75278 Paris Cedex 06

31/6012/4